NÃO FAZ meu tipo

PIPPA GRANT
AUTORA BEST-SELLER DO USA TODAY

NÃO FAZ meu tipo

São Paulo
2025

Grupo Editorial
UNIVERSO DOS LIVROS

Not my kind of hero
Copyright © 2023 by Pippa Grant

© 2025 by Universo dos Livros

Todos os direitos reservados e protegidos pela Lei 9.610 de 19/02/1998.
Nenhuma parte deste livro, sem autorização prévia por escrito da editora, poderá ser reproduzida ou transmitida sejam quais forem os meios empregados: eletrônicos, mecânicos, fotográficos, gravação ou quaisquer outros.

Diretor editorial
Luis Matos

Gerente editorial
Marcia Batista

Produção editorial
Letícia Nakamura
Raquel F. Abranches

Tradução
Marcia Men

Preparação
Bia Bernardi

Revisão
Lui Navarro
Gabriele Fernandes
Nathalia Ferrarezi

Arte e capa
Renato Klisman

Ilustração de capa
Bilohh

Diagramação
Beatriz Borges

Dados Internacionais de Catalogação na Publicação (CIP)
Angélica Ilacqua CRB-8/7057

G79r

Grant, Pippa
  Não faz meu tipo / Pippa Grant ; tradução de Marcia Men. – São Paulo : Universo dos Livros, 2025.
  352 p.

  ISBN 978-65-5609-752-7
  Título original: *Not my kind of hero*

  1. Ficção norte-americana
  I. Título II. Men, Marcia

24-5380 CDD 813

UNIVERSO DOS LIVROS Editora Ltda.
Avenida Ordem e Progresso, 157 — 8º andar — Conj. 803
CEP 01141-030 — Barra Funda — São Paulo/SP
Telefone: (11) 3392-3336
www.universodoslivros.com.br
e-mail: editor@universodoslivros.com.br

Ao espírito da vaca que deu boas-vindas à minha família em nossa casa nova. E também ao Earl.

Capítulo 1

MAISEY SPENCER, TAMBÉM CONHECIDA COMO UMA MÃE SOLO QUE NÃO CONSEGUE PARAR DE QUESTIONAR TODAS AS DECISÕES DE SUA VIDA

Isso é bom.

Está tudo bem.

Estou com tudo sob controle. Daqui a três dias, nós nos lembraremos disso e vamos rir até chorar.

Assim como rimos de uma dúzia de coisas nos últimos meses.

— Mãe, é um *urso*. O que a gente faz com um *urso*? — Juniper, minha filha de dezesseis anos, pontuou a frase escalando minhas costas e se agarrando a mim como se a vida dela dependesse disso.

Por um glorioso momento, congratulo a mim mesma. Estamos nos conectando! Ela me perdoou por me mudar e arrancá-la da única vida que ela conhecia em Cedar Rapids para o Wit's End, o rancho do meu tio em Hell's Bell, Wyoming.

Eu estava certa.

Era exatamente o reinício de que precisávamos.

Champanhe! Bexigas! Festa!

Junie me ama, e, assim que ela começar na escola, fizer amigos e se habituar aqui, vai esquecer que a princípio não queria vir, e tudo ficará bem.

A mudança foi realmente a solução para todos os nossos problemas. Estamos livres.

O urso levanta a cabeça e olha para nós.

Talvez este não seja nosso ano para ser feliz.

Ou nossa década.

— Ele está lá fora, docinho. Estamos a salvo. Ele não vai nos pegar.

Eu me movo, ajustando-a em minhas costas para que consiga pegar suas pernas e tornar este momento de conexão adolescente mais ergonomicamente correto. Minhas costas não são jovens como eram.

Especialmente depois de dar à luz, ouço em minha cabeça minha mãe dizer.

— A janela está aberta! — berra Junie.

— Ela tem uma tela. — Não acho que eu esteja berrando de volta. Acho que estou sendo calma.

Eu sou a voz competente e confiante da razão, do *vai ficar tudo bem*.

O urso nos encara com um olhar assassino, e tudo bem, agora estou gritando, sim.

Junie solta um som de terror e tenta subir em meus ombros.

O urso funga em nossa direção, então volta a comer... alguma coisa.

— Fecha a janela! — berra Junie.

O urso levanta a cabeça de novo.

Estendo a mão até o parapeito da janela e algo se contrai na parte baixa das minhas costas.

Hoje não, corpo de velha, resmungo baixinho para mim mesma. *Meu neném precisa de mim.*

Tudo bem, eu também preciso de mim. E não estou *tão* velha assim. Casei praticamente criança, e Junie veio pouco depois. Estou em boa forma.

Mas o importante é que... ela está certa. Deveríamos ter vidro entre nós e a besta. E o urso é uma ameaça maior que qualquer dor nas costas.

Além do mais, se pretendemos ser tão felizes aqui como eu costumava ser ao visitar este local quando era criança, é provável que precise descobrir como lidar com ursos.

— Ai, meu Deus, mãe, será que ele consegue *atravessar o vidro*? Isso é um urso-negro ou pardo? O que ele está comendo? Por que ele está aqui? *Por que você se mudou comigo para um lugar onde eu posso ser comida por um urso?*

Fantástico. A janela não quer fechar.

— Ele não vai... *unf...* comer você... *argh*! Sob minha... *uff*... supervisão. Hoje não, neném.

— *Mãe*, para de me chamar de *neném*. Eu não sou um *bebê* e não quero que essas sejam as últimas palavras que você me diga!

Coloco todo meu peso para fazer a velha janela de madeira descer pela moldura.

Nada.

Eu consigo dar um jeito nisso. Eu consigo. Os últimos dezesseis anos da minha vida foram dedicados aos negócios de faz-tudo do pai de Junie.

Pois é. Dezesseis anos.

Eu praticamente rolei para fora da mesa de parto, beijei meu bebê recém-nascido e disse: *Passa a furadeira... tem umas tábuas soltas nesse armário em cima da minha cama.*

O último episódio da sexta temporada de *Reformas do Dean* foi ao ar no canal Home Improvement não faz muito tempo. Nós passamos essa temporada final fingindo que estava tudo bem, apesar do processo de divórcio em andamento durante toda a gravação, além de *outras* coisas das quais não quero falar.

Mas o negócio é: eu já consertei centenas de janelas velhas travadas.

Sei como fazer isso. Sou competente. Tenho feito isso por muito tempo. Histórico ótimo de feitos e tudo mais.

Mas essa aqui, em especial, *não se move.*

Aparentemente, lembra muito meu relacionamento com minha filha.

— Certo, certo. Vamos consertar isso de outro jeito. — Eu já comentei que meu coração está basicamente na garganta? Por fora, estou fingindo coragem e tentando conversar muito comigo mesma para me distrair e não piorar o surto de Junie.

Eu sabia que poderíamos ver ursos se mudássemos para cá? Em teoria, sabia.

Eu achava que isso fosse acontecer na primeira semana? Não. De jeito nenhum.

E definitivamente não a menos de cinco metros do antigo barracão dos funcionários do rancho, o que ainda é perto demais da casa onde Junie e eu vamos morar, pelo menos até ela se formar no ensino médio.

— O que ele está comendo? — pergunta ela, apertando os braços ainda mais em volta dos meus ombros.

— Eu não sei, docinho.

Pareço minha própria mãe, bufando enquanto tiro meu telefone do bolso, mantendo um olho no urso, que não está se aproximando, mas também não está indo embora.

Ursos conseguem escalar cercas? Será que ele vai comer as vacas dos vizinhos? Ele é um urso-pardo ou negro? Aliás, cadê o pequeno rebanho de vacas que o inquilino do tio Tony disse ter ficado para trás?

Este é um urso assassino?

Será que assassinou as vacas do tio Tony?

O meu *eu não sei, docinho* é na verdade um *eu não vou dizer a você que aquilo é uma carcaça de vaca do lado de fora da minha janela.*

Isso mesmo.

Uma vaca morta.

Esse item não estava em minha lista de pesquisa sobre o que precisávamos saber antes de nos mudarmos para um rancho.

Mas é claramente um problema para hoje.

Logo após o animal selvagem *vivo*.

— Urso, urso, urso — digo baixinho enquanto equilibro minha filha nas costas e mantenho um olho na pesquisa em meu celular e outro no urso mastigando, feliz.

E digo mais...

Eca, urso. Apenas *eca*.

Se essa é a dieta normal dele, esse bicho deve ter o sistema imunológico de um deus.

— Puma! — digo, triunfante, quando minha internet identifica o predador natural dos ursos.

NÃO FAZ MEU TIPO

Mais ou menos.

O site diz que ursos desse tamanho não têm exatamente nenhum predador natural, mas, se eles têm, esta é minha melhor chance.

— Mãe! — Junie tenta agarrar meu telefone, e, já que ela é mais alta que eu, com braços mais cumpridos, quase consegue. — *Não ouse...*

Antes de ela conseguir terminar a frase, dou play no vídeo do YouTube que acabei de encontrar e aumento o volume no máximo.

Uma canção cadenciada se inicia, e então uma raposa prateada começa a falar. *Homens, vocês têm problemas para dar no couro? Eu também tinha, até que encontrei...*

— *Mãe!*

— Pula a propaganda! — grito para meu telefone. — *Pula a propaganda!*

Junie e eu estamos nos contorcendo e virando na sala dos fundos do barracão, que está ficando mais quente a cada minuto.

Ela continua tentando pegar o meu celular enquanto se agarra a mim como se ainda tivesse idade para andar de cavalinho.

Tento pular a maldita propaganda.

Enquanto me viro e me contorço, vejo o urso nos olhando através da tela da janela.

Por que o barracão está ao nível do chão e não elevado?

Por quê? Por quê? Por quê?

Esse urso assassino vai comer nós duas durante o sono, antes até de completarmos duas noites aqui.

E, se ele não o fizer, aprenderei a quem devo chamar para me livrar de uma carcaça de vaca.

Existe alguém por aqui a quem a gente ligue para se livrar de uma carcaça de vaca?

Não é isso que eu quero fazer hoje.

Meu dedo se conecta com as letrinhas no canto direito da tela para pular o anúncio no vídeo.

— Mãe, tem um... — Junie gagueja mais uma vez.

O rugido de um puma explode vindo do meu telefone no volume máximo.

Um cavalo relincha.

— *Mãe*. — Junie se assusta, estendendo a palavra para aproximadamente onze sílabas aterrorizadas, o que parece impossível até você ter uma adolescente.

O som de puma ruge vindo do meu celular novamente, e, desta vez, quando levanto a cabeça para ver se está assustando o urso, eu vejo o que Junie vê.

Tem um homem.

A cavalo.

Ele *estava* a cavalo, agora está se debatendo no chão, saindo da frente enquanto o cavalo empina, relinchando como...

Bem, como se estivesse sendo perseguido por um puma.

O cavalo abaixa, os cascos dianteiros a meros centímetros das costas do homem, então salta por cima dele e vai embora desembestado em direção às árvores que cercam o riacho na beira do rancho.

O homem rola.

O urso se vira a fim de olhar para ele, e eu juro, tem menos de três metros de distância entre homem e fera.

— Ai, meu Deus! — grito.

— Fuja! — berra Junie. — Corra por sua vida!

Meu telefone ruge com o rugido do puma mais uma vez.

— Desliga — digo para o telefone. — *Desliga isso!*

— Desliga isso! — grita Junie.

— Estou tentando! — grito de volta.

A seis metros de minha janela, o homem fica de pé com um pulo, ajeita seu boné de beisebol e acena com os braços bronzeados para o urso comedor de vacas. Acho que eu não deveria julgar o urso, já que também como carne de vaca.

Só que... não desse jeito, exatamente.

— Sai daqui, Earl. Vai embora. *Passa fora* — berra o homem.

O urso funga.

Eu consigo finalmente fechar o vídeo do puma em meu telefone.

O homem acena novamente, fazendo sua camiseta levantar e mostrar uma barriga branca e chapada com um caminho da felicidade descendo para baixo do seu cinto e com sulcos logo acima do seu quadril. A calça jeans está colada nas planícies rijas de suas coxas, seus pés calçados com botas de caubói, as mangas de sua camisa abraçando seus bíceps firmes e talvez tatuados. Ele está movendo rápido demais para que eu veja, e, na verdade, esta não é a parte importante. Eu também não consigo ver o rosto por debaixo do boné, mas posso perceber uma barba acobreada.

— Ele acabou de chamar o urso de *Earl*? — sussurra Junie.

Ela está imóvel nas minhas costas.

Eu também estou paralisada.

Tem um homem encarando um urso sobre uma vaca morta do lado de fora do meu barracão.

Um homem forte que claramente não tem medo de nada. Nem de cavalos medrosos, nem de ursos e provavelmente nem de hormônios.

Todas essas três coisas estão, no momento, fazendo-me repensar as escolhas que fiz na minha vida.

Estamos permanente e irrevogavelmente fora de relacionamentos com homens, relembro para meus mamilos, minha vagina e meu cérebro.

Seja como for, a paisagem é incrível. Passa a pipoca, por favor, eles respondem em uníssono.

— Não me faça ir chamar o xerife, Earl — diz o homem.

Sinto um arrepio na orelha. Sua voz profunda e bem modulada está mesmo fazendo minhas orelhas se arrepiarem.

Fica claro que faz tempo que não tenho cuidado de minhas necessidades, se um homem pode fazer minhas orelhas arrepiarem quase antes de a tinta nos papéis do meu divórcio secar.

Mas, em minha defesa, ele está enfrentando um urso por nós.

Além disso, meu casamento acabou formalmente há quase um ano e, em teoria, há mais tempo que isso. Mantivemos as aparências para cumprir obrigações contratuais para o programa de Dean. Um pouco por causa de June também, até que ela me contou bruscamente que ouviu Dean planejando transar com a estrela de um de nossos programas concorrentes.

Quantas vezes desejei faltar às filmagens para ir aos jogos de futebol dela, levá-la para comprar materiais para a volta às aulas ou simplesmente *estar presente* para ouvir como foi seu dia na escola...

Eu não a culpo por ser tão impertinente comigo.

Entre deixá-la por semanas sendo criada por babás, meus cunhados ou minha mãe, o que é outra coisa que tenho que resolver, e os hormônios normais da adolescência, eu tenho sorte de ela ainda falar comigo hoje em dia.

— Diz que você *não está* babando por causa disso — fala Junie alto demais enquanto eu noto que este homem tem, de fato, uma tatuagem aparecendo por debaixo da manga de sua camisa.

O urso estuda o homem mais uma vez, olha para Junie e para mim, funga como se estivesse concordando com minha filha adolescente de que sou *nojenta* e então sai gingando em outra direção, demorando um pouco.

Honestamente, lembra-me de Junie nas noites em que ela tem que lavar a louça.

Você pode me forçar a fazer isso, mas não pode me forçar a fazer rápido, é o que diz aquele gingado. *Eu ainda sou a porra de um urso e ainda posso comê-la enquanto dorme. Não se esqueça disso.*

Sinto Junie voltar toda sua atenção para nosso herói inesperado momentos depois de mim.

Ela não desce das minhas costas.

Eu não balanço para que ela desça.

Não quando estou boquiaberta enquanto o homem tira seu boné de beisebol, olha ao redor, presumivelmente procurando seu cavalo, faz uma careta de desgosto e, em seguida, vira-se totalmente para a janela onde Junie e eu estamos olhando para ele boquiabertas.

Ele chega até nós em cerca de dez passos largos, mesmo tendo que contornar o cadáver. Apesar de ter acabado de ser arremessado de um cavalo, não está mancando, nem um pouco, e minha surpresa aumenta a cada passo determinado e confiante dele.

Suas maçãs do rosto são esculpidas sobre a barba, seus olhos estão meio cerrados sob uma sobrancelha densa, seus lábios são cheios e seu cabelo é espesso e bagunçado. Não consigo identificar o que ele tem tatuado no braço, mas há definitivamente uma tatuagem ali. Eu diria que tem entre trinta e trinta e cinco anos, talvez alguns anos mais jovem do que eu, e não há dúvida de que ele *não* está feliz em nos ver.

Quando para do outro lado da janela, seu olhar cor de avelã vai do meu rosto até meu ombro, sem dúvida observando Junie, que ainda está pendurada nas minhas costas, e depois volta para mim.

— Sra. Spencer? — ele diz, sem pressa, naquele barítono profundo que não está mais fazendo *apenas* meus ouvidos se arrepiarem, apesar da discreta curva em seu lábio, como se ele também pensasse o mesmo de mim que minha filha adolescente.

— Mai... — Eu começo, depois tenho que parar e limpar a garganta ao perceber que ele sabe quem somos.

Junie faz um som de nojo, como se soubesse que a mãe está tendo uma pequena reação à presença de tanta masculinidade.

E *reações*, embora sejam saudáveis e normais, são as últimas coisas que posso me dar ao luxo de seguir agora.

Chacoalho a cabeça e sorrio para o caubói que acabou de nos salvar do urso.

— Pode me chamar de Maisey.

Então apago o sorriso do meu rosto.

É cedo demais para parecer ansiosa. *Não* estou aqui para namorar, não importa qual reação inoportuna meu corpo esteja tendo.

Não até que eu tenha voltado aos trilhos de ser uma boa mãe e depois me reconectado com quem eu quero ser e lembrado de como me amar primeiro.

No entanto, é completamente legítimo sorrir para o homem que acabou de nos salvar da morte por um urso, então eu sorrio outra vez. *Não seja tímida, Maisey.* Embora ele tenha enfrentado um urso, não *é seu novo herói. Não. Seja. Tímida.*

— Muito obrigada por afastar aquele urso. Isso foi... você foi... *uau*. Não é que não possamos lidar com um pouco de vida selvagem, mas chegamos tarde ontem à noite e não estávamos preparadas para ter um animal tão grande tão perto, tão rápido, mas você simplesmente chegou cavalgando e... *uau*. Obrigada. Seu cavalo ficará bem?

Eu não pretendia assustá-lo. Não os vimos chegando. Esta é minha filha, Junie. E você é...?

Droga.

Tenho quase certeza de que pareci tímida.

Sem problemas, no entanto. Este homem é completamente imune a seja lá o que eu não consiga evitar fazer, se o olhar sério e a mandíbula firme dele forem alguma indicação.

— Flint Jackson — diz ele.

Eu faço um som que provavelmente se assemelha a algo que uma vaca moribunda faria.

Ele?

Ele é Flint Jackson? O homem que aluga a casa do portão e que vem gerenciando a fazenda desde a morte do meu tio? O homem que enviou atualizações regulares nos últimos meses sobre o que está quebrado, o que foi consertado e o que devo a ele por seus serviços?

O homem cujos e-mails sugerem que ele tem a personalidade de uma parede de tijolos e gosta de reclamar que *esses pirralhos precisam sair do meu gramado*?

Ele não diz mais nada.

— Sério, mãe? — resmunga Junie enquanto desliza para fora das minhas costas.

— Senhor Jackson. — Estou gaguejando. Além de trabalhar como faz-tudo desde a adolescência, sempre cercada por homens de todos os tipos, passei os últimos seis anos filmando um programa de televisão, entregando minhas falas e improvisando como o alívio cômico em quase todas as circunstâncias que se pode encontrar ao gravar um programa de reformas... exceto encontrar um urso comendo uma vaca morta no set, isso é definitivamente novo... e nunca gaguejei como estou gaguejando agora. — Pensei que você fosse bem mais velho.

Pensei que você fosse bem mais velho?

Alguém, por favor, tire minha boca de mim antes que ela diga outra estupidez.

— Ele me parece bem velho — diz Junie. Ela inclina a cabeça, alcança a janela e puxa uma ripa de madeira de cerca de quarenta e cinco centímetros que a está mantendo aberta.

O vidro se fecha sozinho, batendo com força o suficiente para fazê-lo tremer.

— Ah — murmuro suavemente.

— Pois é. — O desprezo na voz de Junie diz tudo.

Essa foi a primeira coisa que eu deveria ter verificado quando a janela não se movia.

Eu sabia que devia verificar isso.

E Flint Jackson está de pé do outro lado da janela que pode ou não nos ter protegido do urso, olhando para nós como se não fôssemos durar nem quatro dias aqui.

Eu forço a janela a abrir novamente, o que requer mais esforço do que deveria, considerando a facilidade com que ela caiu. Há algo errado nesta janela.

Ou talvez eu esteja sabotando minhas próprias habilidades de abrir janelas porque estou tão envergonhada por tudo isso.

— Desculpe — digo a Flint com um grunhido enquanto mantenho a janela aberta. — Ainda estamos nos familiarizando, mas não se preocupe. Da próxima vez, estaremos mais preparadas para o urso. Estamos estudando como viver aqui. O conhecimento intelectual e o conhecimento prático são duas habilidades diferentes. Chegaremos lá.

— Vou morar com a vovó — resmunga Junie.

— Você não pode morar com a vovó e sabe disso — resmungo de volta.

— Você sabe que esta não é a casa principal? — pergunta ele.

— Ah, sim. Nós sabemos. Estamos dando uma olhada. Vendo o que precisa ser retirado, o que pode ser melhorado. Fazendo um inventário. Vendo como se faz.

A bochecha dele tem um espasmo.

— Retirado e melhorado — ele repete de forma monótona.

A dúvida dele de que eu posso lidar com isso *deveria* aliviar essa atração indesejada por sua testosterona.

Não alivia.

Não importa, eu me lembro. *Você controla seus hormônios, não o contrário.*

Eu acho.

Espero.

Sorrio de novo para Flint e, desta vez, tenho quase certeza de que meu sorriso é puramente o sorriso amigável de uma vizinha.

— Gostaria de entrar? Ou nos acompanhar até a casa principal para um café e doces? Podemos revisar as contas da fazenda, e você pode me atualizar sobre qualquer novidade desde o seu último e-mail. Espero que não se importe se eu fizer algumas perguntas. Mas só algumas. No geral, Junie e eu estamos prontas para gerenciar este pequeno rancho por conta própria, agora que estamos aqui.

— *June* — diz minha filha. — Você pode me chamar de *June*.

— Ensino médio? — O olhar dele se volta para ela mais uma vez.

Ela revira os olhos.

Os lábios dele se contorcem.

Os lábios desse homem se contorcem com o revirar de olhos da minha filha.

O que isso quer dizer? Não, sério, o que isso quer dizer?

— Eu vou começar o segundo ano em uma nova escola cheia de desconhecidos — diz ela. — Não é *incrível*?

— Tão incrível quanto ser jogado de um cavalo assustado por um puma inexistente — concorda ele.

Junie dá uma resmungada.

Uma *resmungada*.

Flint torna a olhar para mim.

— Vai ter que ficar para depois. — Ele diz isso num tom mais seco que o deserto, o que faz Junie resmungar *novamente*. — Tenho um cavalo para encontrar.

Ele levanta o boné de beisebol para nós, vira e se afasta, e fico tão atordoada com sua brusquidão, sua irritação comigo e seu humor completamente contrário com Junie que não consigo fazer nada além de...

— Não *ouse* ficar olhando para a bunda dele — murmura Junie para mim.

É. Qualquer coisa, menos ficar olhando para a bunda dele.

E eu gostaria de não olhar. Eu realmente gostaria. Mas não consigo me controlar, nem consigo parar agora.

Flint Jackson, que eu pensava ter, no mínimo, sessenta e cinco anos e ser analfabeto digital, com base em seus e-mails; que provavelmente conhecia meu tio Tony melhor do que eu, pelo menos nos últimos anos; que acaba de salvar a mim e minha filha de um urso que estava comendo uma vaca e que claramente pensa que não sou nada além de um incômodo, sem dúvida tem uma das melhores bundas que já vi pessoalmente.

Junie faz outro som de nojo.

Ignorar isso demanda todo meu empenho.

— Ótimo trabalho descobrindo por que a janela estava emperrada. Quer ir até o celeiro comigo e ver se conseguimos encontrar uma pá? Tenho quase certeza de que não existe um serviço de recolhimento de vacas mortas por aqui, então vamos ter de enterrá-la. Ah! Eu me pergunto se o tio Tony ainda tem seu trator. Você pode praticar dirigir até conseguirmos transferir sua carta provisória para Wyoming. Isso não é ótimo?

Os olhos castanhos que ela herdou do pai me examinam de cima a baixo, depois de cima a baixo outra vez, e tenho quase certeza de que não é porque ela é veementemente contra dirigir pelo resto da vida depois daquela pequena batida que teve com um trator durante a única aula de direção que Dean tentou lhe dar numa rodovia no interior, antes de ela ter idade suficiente para solicitar sua carteira provisória de motorista, dois anos atrás.

— Você escolheu essa vida, mãe. Eu não. Boa sorte. Não seja comida por um urso.

Sorrio para ela. Ela não *quer* que eu seja comida por um urso. Isso parece um progresso após o tratamento silencioso que recebi na maior parte das últimas duas semanas desde que contei a ela que estávamos nos mudando para Wyoming.

Ela *sabe* por que tivemos que nos mudar. Eu sei que ela sabe.

E sei que, de muitas maneiras, também provavelmente está feliz por estar aqui, mesmo que doa o fato de que nada disso seja culpa dela.

Nada disso.

Mas ela sofre as consequências mesmo assim.

Amigos perdidos. Ser cortada da equipe de futebol em Iowa. Olhares tortos em qualquer lugar que fôssemos na cidade.

Vou fazer tudo o que puder para que este seja um bom novo lar para nós, mas estamos aqui mais por desespero do que qualquer outra coisa.

Não podíamos ficar em Cedar Rapids.

Não depois de *todos* os escândalos.

E, francamente?

O velho rancho do tio Tony não era tentador apenas por estar *longe*. Era tudo de que eu precisava no caso de ter que educar Junie em casa enquanto cultivamos nossa própria comida e eu trabalho para mudar seu nome legal, a fim de que ninguém nunca saiba de quem ela é parente, para que ela possa pelo menos ingressar na faculdade com o pé direito.

Esse rancho guarda tantas lembranças felizes para mim. Eu *adorava* visitá-lo quando era criança. Espero poder proporcionar para ela o mesmo que o tio Tony me proporcionou: um refúgio seguro onde eu me sentia amada em todos os lugares a que ia e sabia que podia contar com ele.

— Vou me esforçar para ficar viva por você, querida — digo a ela.

Ela revira os olhos e se afasta.

Eu entendo.

Estraguei tudo. Reconstruir isso levará tempo.

O que basicamente resume a história da minha vida neste momento.

Capítulo 2

FLINT JACKSON, TAMBÉM CONHECIDO COMO O HOMEM QUE QUERIA TER FICADO NA CAMA ESTA MANHÃ

Chirívia está de mau humor quando a guio de volta a Wit's End, depois de finalmente a encontrar escondida na floresta rala perto do riacho, mas não tem jeito.

Não há como Maisey Spencer fazer o que precisa ser feito com aquela vaca, e, se eu não lidar com isso, a coisa só vai piorar.

É por isso que Chirívia e eu estamos voltando para enterrar aquela porcaria para Maisey e sua adolescente.

Melhor assim. Já vai doer amanhã por ter sido derrubado, então não é como se enterrar uma vaca piorasse muito as coisas.

— Acalme-se — digo para minha égua quarto de milha palomino, que era na verdade a antiga quarto de milha palomino de Tony, o que não direi a Maisey. Gosto demais do animal para deixar seu destino nas mãos de uma mulher que não esteve neste rancho há vinte anos e cujo feito mais recente foi *não* ser atropelada por um cortador de grama que ela deveria ter ouvido vindo no episódio final daquela série idiota que ela fez com seu ex-marido ainda mais idiota. — Não era um puma de verdade. Raramente se vê isso por aqui. E, se fosse, teria ido direto para a vaca.

Provavelmente.

O fato de o urso a estar comendo sugere que está velha e provavelmente está lá há algumas semanas.

Pelo menos.

Que bicho nojento.

Eu provavelmente deveria ter encontrado a vaca morta antes, mas tenho passado mais tempo ajudando Kory, o vizinho do lado, e menos tempo verificando os vinte hectares de Wit's End regularmente. Andar pelas cercas e verificar se há algumas quebradas para que possamos consertá-las? Sim. Verificar a casa quase vazia que Maisey havia esvaziado com uma empresa de venda de bens em vez de fazer ela mesma? Claro. Andar até o alojamento fechado só para o caso de uma vaca errante ter encontrado uma morte prematura por lá?

Não.

Chirívia bufa e continua trotando. Damos a volta no canto do prédio de um só andar, branco sujo, esperando não ver nada além do cadáver de uma vaca.

Em vez disso, há uma bunda em forma de coração vestida com jeans empinada no ar enquanto sua dona se inclina e inspeciona algo no chão seco e rachado perto do animal morto.

Infelizmente para mim, assisti o suficiente do programa *Reformas do Dean* para reconhecer essa bunda.

A câmera adorava aproximar-se dela nesse ângulo sempre que ela se inclinava para fazer algum trabalho manual.

Com licença.

Este é um trabalho para a faz-tudo.

Tony não gostava de deixar eu esquecer. O homem sentia muito orgulho dela, a despeito das coisas estúpidas que ela fazia em seu programa e do fato de ela nunca ter tempo para vir visitá-lo.

Ou nem sequer a decência de aparecer no funeral dele.

Quando Chirívia e eu nos aproximamos o suficiente dela, duas coisas vêm à minha cabeça.

Primeiro, aquela vaca é definitivamente a velha Gingersnap, que amava fazer algo que Tony chamava de "fugir da cadeia". Kory me disse que não a via fazia um tempo depois que a cerca caiu, havia um mês, mais ou menos. Apenas imaginei que a velha senhora finalmente tivesse encontrado sua liberdade e estivesse vivendo da melhor forma possível, do jeito que ela sempre quis.

Pensei que em algum momento fôssemos receber uma ligação dizendo que ela tinha invadido a casa de alguém a cento e cinquenta quilômetros daqui, porque isso seria típico de Gingersnap.

Em vez disso, aparentemente, ela estava aqui.

O vento não trouxe seu cheiro, e tenho estado para lá e para cá nas últimas semanas, aproveitando os últimos dias de férias de verão, ajudando amigos na cidade com vários projetos e me preparando para começar o ano escolar.

A segunda coisa que vem à minha cachola? Maisey está segurando uma fita métrica.

Não apenas *segurando* uma fita métrica, mas usando-a para tirar medidas.

— Você planeja anunciá-la no eBay ou está tentando descobrir o quão fundo cavar o buraco? — pergunto enquanto paro Chirívia ao lado dela.

Ela se ergue e estreita os olhos para mim. Eu sei muito bem que o sol a está cegando nesse ângulo e também sei que ela, de fato, sabe usar uma pá.

Já a vi fazer isso muitas vezes no programa.

Mas nunca aqui nas terras secas do rancho. E nunca *bem*.

Estou sendo um babaca?

Estou.

Tenho motivos para isso?

Além do fato de que ela me fez cair do meu cavalo esta manhã, sim. Tenho alguns motivos.

Considerando que ela herdou um rancho que deveria ter sido deixado para a cidade, foi uma senhoria metida e pé no saco por e-mail durante o ano passado, perdeu o funeral de Tony e não demonstrou interesse algum em vir para cá até que me mandou um e-mail aleatório há duas semanas, com todos os pontos de exclamação, dizendo que tinha decidido se mudar para cá com a filha e abraçar a vida no rancho, é, tenho, sim.

Acho que tenho motivos para isso.

A última coisa de que precisamos é uma garota da cidade e sua filha se metendo em problemas neste inverno, ou antes, aparentemente, e esperando que todos os moradores da cidade as tirem dessa.

A última coisa de que *eu* preciso, isso, sim. Sei como isso funciona.

Flint vai cuidar disso. Ele está próximo. É confiável. Capaz. Ele vai garantir que elas não morram de estupidez em todos os elementos aos quais não estão acostumadas por aqui.

Mais ou menos como acabei de ser jogado do meu cavalo ao ajudá-las a espantar o urso menos assustador do mundo.

Maldito Earl.

— Sr. Jackson.

Ela sorri para mim como se estivesse genuinamente feliz em me ver, mas conheço esse sorriso; esteve na minha televisão toda semana desde que ela começou seu programinha até Tony nos deixar. Seu cabelo liso, meio castanho, meio loiro, olhos azuis brilhantes, bochechas brancas e sardentas, e a boca com aquele arco de cupido não deveriam me surpreender, mas surpreendem.

Provavelmente porque ela parece tão fresca agora no calor que nos rodeia quanto parece quando está toda maquiada para as câmeras no seu programa.

E isso é irritante.

Ela está aqui medindo para cavar um buraco sob o sol da manhã usando *maquiagem*?

Qual é o sentido disso?

— Obrigada outra vez por sua ajuda hoje cedo. Estou feliz em informar que tomei mais duas xícaras de café. Se aquele urso andasse até meu quintal agora, eu seria capaz de lidar com ele sozinha sem gritar. Muito. Provavelmente. Ufa. Está quente aqui fora? É a altitude, certo? Faz o sol parecer mais quente? Mais fácil perder o fôlego até se acostumar? Esqueci essa parte.

— Compreensível, com o tempo que você enrolou para vir até aqui.

Seu sorriso desaparece completamente, e a expressão mais próxima de uma carranca que já vi se forma no rosto de Maisey Spencer.

Por um momento, eu me sinto um calhorda.

Mas Tony adorava essa mulher, enquanto ela nunca arrumou tempo — *jamais*, nos seis anos em que estou de volta a Hell's Bells — para vir aqui vê-lo. E ligar para ele?

Não.

Às vezes eu perguntava, enquanto assistíamos àquele maldito programa, geralmente depois que ela tentava martelar alguma coisa com a parte errada do martelo ou deixava um balde de tinta aberto cair no chão de madeira original de uma casa dos anos 1900. *Falou com ela ultimamente?*

E era sempre a mesma resposta. *Não. Ela está ocupada demais para um tio maluco como eu.*

Fiquei chocado pra caramba quando Tony deixou a fazenda para ela. Sempre me perguntei se, caso ele soubesse que seu tempo era curto, teria mudado isso e deixado para a cidade e a escola, como sempre disse que faria.

Considerando a frequência com que ele recebia a cidade por aqui e o quanto deixava a escola usar a área, foi sinceramente chocante que ele não a tivesse deixado para nós.

Tarde demais para saber agora.

— Qual é o seu plano? — pergunto a ela, indicando Gingersnap.

Maisey se endireita e olha ao redor, enfiando sua fita métrica no bolso traseiro antes de estreitar os olhos para mim.

— Não tenho certeza ainda. Foi uma decisão tão impulsiva mudar para cá, que eu ainda não tive a chance de realmente pensar no que quero fazer com a fazenda. Tenho certeza de que vou descobrir a tempo. Ou o universo me dará um empurrãozinho na direção certa.

Eu faço um barulho, assustando Chirívia, e tenho que me lembrar de respirar enquanto acalmo o cavalo novamente. Jesus Cristo.

— O universo também vai dizer a você como se preparar para um inverno rigoroso de Wyoming?

Ela pisca.

E meu cérebro fica em branco.

Completa e totalmente em branco diante dessa piscada muito magoada, muito surpresa.

— Sei que é um pouco diferente da vida na cidade em Iowa, mas tenho fé que podemos descobrir — diz ela, não tão confiante quanto estava um minuto atrás.

Ótimo.

Subestimar a vida por aqui é uma boa receita para problemas. Mas esse vacilo em sua voz?

Está fazendo algo comigo que eu *não* gosto.

Eu cerro meus dentes. A última coisa de que preciso é a estrela de TV mais desconhecida e inepta do mundo mexendo comigo com seus olhos azuis magoados e um tremor na voz.

Chirívia relincha, e a seguro novamente.

— Eu quis dizer, qual é o seu plano com a vaca? — pergunto.

— Ah. — Ela limpa a testa e olha para baixo, em direção ao animal assando ao sol no meio da grama marrom espinhosa.

Precisa de chuva.

Provavelmente não vai acontecer.

Ela lança um olhar para mim como se estivesse julgando meu humor — *droga*, odeio ser o babaca — e depois volta sua atenção para o cadáver.

— Assim que Junie superou o urso, ela ficou chateada que não estávamos aqui a tempo de salvar a vaca de seu destino. Então faremos um funeral hoje à tarde.

— Um... funeral... para a vaca.

— Você já arruinou a vida de um adolescente, Flint?

A pergunta me divertiria se viesse de qualquer outra pessoa.

— Algumas dezenas de vezes a cada ano escolar.

Essa mulher *não* esconde seus sentimentos. Percebo assim que tudo se encaixa.

— Você *ainda* é um professor do ensino médio. Quando o tio Tony falava sobre você...

Eu a interrompo com um grunhido baixo. Se ela está prestes a me chamar de velho de novo, tenho um ou dois nomes que posso usar para ela também.

Além disso, quando foi que ela conversou com ele?

Sobre *mim*?

— Deixa pra lá — diz ela. — Certo. Então você está familiarizado com adolescentes. Está familiarizado com adolescentes cujas mães arruínam a vida deles ao movê-los sete universos para longe de tudo que amam e consideram importante, marcando-os permanentemente pelo resto da vida, já que sem dúvida não têm acesso a telefone, e-mail e quarenta e sete tipos de redes sociais para manter contato com os amigos até que todos realizem o sonho de se reunirem e compartilharem uma casa quando forem para a mesma universidade daqui a *dois anos horríveis, terríveis, medonhos, intermináveis*?

Não vacile, ordeno para os meus lábios. *Ela não é engraçada. Não é divertida. Ela vai arruinar o rancho com sua ignorância sobre as necessidades do lugar e causar muitos problemas para você no meio-tempo, e você deveria se regozijar sabendo que ela tem alguém na vida que a faça sofrer assim como ela está prestes a fazê-lo sofrer.*

Se fosse qualquer outra pessoa dizendo aquilo, eu me permitiria rir. Porque entendo, sim, um pouco sobre arruinar a vida de adolescentes.

Faço isso diariamente.

E volto a cada outono porque *entendo*. Lembro-me vividamente de ser adolescente. Eu me identifico com o que eles estão passando, não importa no que *alguns* adolescentes parecem acreditar. Posso me identificar em particular com o que June está passando. Vim morar com minha tia aqui em Hell's Bells no início do terceiro ano e nunca senti que encontrei meu lugar no ensino médio.

Ser um porto seguro para os adolescentes serem quem são e sentirem o que estão sentindo me dá um propósito na vida, e eu não desejaria nenhum outro emprego.

Ou outra casa, agora que me reestabeleci aqui.

E não amo o lugar apenas pela vista da colina ao nascer do sol e dos penhascos ao longo do riacho ao entardecer que tenho da casa de caseiro que aluguei de Tony desde que voltei a Hell's Bells. Ou por dar um mergulho no riacho em um dia quente de verão depois de tratar dos animais no lugar de Kory, ou por trabalhar no projeto de um telhado com um amigo, ou por ajudar com qualquer uma das dezenas de outras tarefas grandes e pequenas que faço pela cidade na maior parte dos dias no verão e na maior parte do meu tempo livre nos fins de semana durante o ano escolar.

Amo Hell's Bells porque agora é meu lar. E mais, amo a fazenda porque Tony sempre me permitiu trazer grupos de alunos aqui quando precisavam esfriar a cabeça, aprender a montar um cavalo ou pastorear gado, ou apenas para correr livremente e espairecer em um lugar com um prédio pronto para se esconder quando precisavam de um espaço para ficarem sozinhos.

A escola usou de forma não oficial o Wit's End, que fica a cerca de um quilômetro e meio fora dos limites da cidade, como um campo de ensino para a próxima geração aprender sobre serem zeladores da terra.

Pode inspirar uma nova geração de fazendeiros.

Ou pode inspirar alguém que possa descobrir como salvar o planeta.

E, enquanto estou preocupado com o futuro de Hell's Bells e as crianças, ela está passeando por aqui e anunciando que teremos um *funeral de vaca* porque é isso que sua adolescente precisa.

A *pior parte* de tudo isso, no entanto?

Com certeza, eu topo.

É o que a adolescente precisa.

— Você sabe onde está a pá? — pergunto.

Ela franze o nariz para mim.

— *Pá?* É ruim, hein? Isso é trabalho para o trator. O solo fica duro aqui quando está tão seco assim. Além disso, *trator*. Olá, diversão. Essa sempre foi minha parte favorita de visitar aqui.

— Você já dirigiu o trator de Tony? — Eu não sei se estou mais surpreso por ela o ter dirigido, já que não dirigia *nada* em seu programa de TV, nem mesmo uma picape comum, ou por ela estar confortável casualmente soltando um *ah, sim, eu visitava aqui e gostava disso*.

Às vezes, ao assistir ao programa dela, Tony falava sobre as visitas que ela lhe fazia quando era criança, mas sempre tive a impressão de que ele estava se lembrando disso melhor do que tinha sido.

Fico feliz em ver que ela cresceu feliz, mesmo que não passe mais tanto por aqui, ele dizia quando parava de contar a história pela metade, olhando para o vazio como se não quisesse pensar em quanto tempo havia se passado desde a última vez que ela esteve aqui.

E diabos se a expressão de Maisey não tem o mesmo tipo de saudade, enquanto ela protege os olhos do sol e franze os olhos para mim novamente.

— Não dirijo um desde que eu tinha a idade de Junie. Talvez um ano mais velha. Tony era aquele tio que todo mundo deveria ter e era tudo que eu precisava quando mais jovem. Depois que fui para a faculdade... bem. Mas enfim. Se eu soubesse que o tempo dele estava acabando, o que, claro, nenhum de nós sabia... mas então, o trator. Certo. Eu enfiei o trator inteiro para dentro do riacho na segunda vez que tentei, e, depois que ele terminou de rir, o tio Tony pegou de volta a carteira de motorista de trator que tinha feito para mim.

Resmungo do jeito que espero que soe como um *nossa, que interessante* normal.

Eu *ouvi falar* sobre ela e o trator.

Esqueci.

Mas se ela pode dirigir um trator, pode cuidar da vaca sozinha. E talvez seja disso que ela precisa.

Talvez precise experimentar essa vida, dirigir o trator para dentro do riacho novamente, perceber que aqui não é o lugar que ela quer que seja e, então, irá embora.

E, sim, sei muito bem que serei eu quem vai tirar o trator do riacho.

Mas, se isso a fizer ir embora, a fim de que não seja *outra coisa* para eu cuidar neste inverno, eu o tirarei do riacho feliz da vida.

Toda Hell's Bells sabe que isso é algo temporário para Maisey Spencer, até que ela supere seu divórcio. Na verdade, há uma aposta sobre se ela durará até o final do inverno.

Não é porque não gostamos de estranhos. Somos um grupo acolhedor, mas mais porque, até onde podemos dizer, ela não tem planos nem ideia, e todos nós vimos o programa dela.

Maisey Spencer parece ser até uma pessoa legal. Nunca disse uma palavra ruim sobre ninguém naquele programa. Admito isso.

Mas uma pessoa do inverno de Wyoming? Uma pessoa de rancho? Uma pessoa *competente*?

Não consigo nem começar a contar o número de vezes que ela não desligou a eletricidade ou a água em um projeto em que trabalhava que exigia desligar a eletricidade ou a água, e quantas vezes ela levou choque ou um jato d'água por causa disso.

Ela *não* se encaixa aqui, e não estou disposto a ser a pessoa que a salva toda vez que ela não consegue lidar com um urso, uma vaca ou a própria filha.

Então talvez seja bom ela estar aqui. Uma vez que perceba que deu um passo maior que a perna, venderá a fazenda para o município e tudo voltará ao normal.

— Parece que você tem essa vaca sob controle, então. — Eu tiro meu chapéu para ela. — Bem-vinda à vida rural, sra. Spencer.

— Espera. — Maisey balança a cabeça, e aquele sorriso do programa de TV escorrega de seus lábios enquanto eu viro Chirívia para sair. — Existem outras vacas com as quais devemos nos preocupar? Se estamos fazendo um funeral para uma...

Provavelmente não. Se Kory tivesse mais fugas, alguém já as teria encontrado a essa altura.

— Não faço ideia. Você teria que perguntar para Kory, o vizinho. Ele ficou com todas as vacas de Tony. Se alguém além de Gingersnap pode ter escapado, ele seria o único a saber.

— Gingersnap? Você conhece essa vaca? Pelo nome?

— Você conhece a vaca? — June não, *June*, ela disse, aparece na janela atrás de nós, tirando os fones dos ouvidos. — Essa vaca específica? Esse é realmente o nome dela? Você a conhecia?

Ela é praticamente um clone da mãe, exceto pelos olhos e pelos cabelos castanho-escuros. Mesmas bochechas redondas, brancas e sardentas, mesma boca, mesmo queixo pontudo.

— Conhecia, sim. Tony, seu tio-avô, me disse que ela nasceu aqui antes de eu conhecê-lo. Passei muito tempo com Gingersnap ao longo dos anos.

— Então você poderia fazer a elegia dela? — pergunta June.

Chirívia resfolega. Provavelmente porque dou um pulo na sela com o pedido.

Se Maisey tivesse pedido, eu resfolegaria junto com minha égua.

Mas uma adolescente completamente desambientada, sem amigos por perto, que acordou no primeiro dia em sua nova casa com isso?

Merda.

— Claro.

Capítulo 3

MAISEY

Não estou vestida para um funeral.

Mas, em contrapartida, não me lembro da última vez que fui a um funeral de um animal que não conhecia sob o sol escaldante do meio-dia com uma adolescente mal-humorada e um professor do ensino médio barra rancheiro que está alugando uma casa na entrada das terras do tio Tony.

— Você pode ao menos mostrar algum respeito e cobrir os ombros? — murmura Junie para mim enquanto ela, Flint e eu caminhamos para o local do enterro, que é um belo pedaço de terra que ficará na sombra quando o sol se puser atrás das árvores ao longo do riacho que faz fronteira com a borda oeste da propriedade da fazenda.

Estamos a cerca de um campo de futebol de distância do alojamento, que é o máximo que podemos ir das outras construções espalhadas pelos vinte hectares do tio Tony sem precisar cavar um solo tão sólido quanto concreto para enterrar Gingersnap a uma profundidade suficiente, que impeça investigações adicionais por parte da vida selvagem local.

— A vaca nem está usando roupa, então estou totalmente apropriada — sussurro para Junie. — Além disso, os ombros são algo natural. Quem anda lhe dizendo que é sua responsabilidade cobri-los? Eu preciso ter uma conversa com essa pessoa.

Flint suspira pesadamente.

Com o número de vezes que ouvi esse som desde que ele assumiu a escavação do buraco e o transporte da vaca, *se quisermos que tudo seja feito antes de todos queimarmos até virarmos cinzas, eu mesmo faço isso e depois você pode passar algum tempo reaprendendo a operar este trator,* estou renomeando-o.

Ele agora é o sr. Suspiroso, o que não compartilharei com Junie, pois ela parece ter adorado Flint.

Provavelmente porque ele teve a paciência de colocar uma lona sobre o que restou do corpo de Gingersnap para prestar algum respeito à morta antes de transportá-la para cá na caçamba do trator.

Além disso, por ele ser um total desconhecido que está indo para um funeral de vaca conosco.

E isso depois de ter voltado para casa e pegado algumas bugigangas que Junie insistiu que deveriam ser enterradas junto com a vaca, mas que ela precisava da opinião de Flint para escolher entre a coleção eclética de coisas do tio Tony que não foram vendidas no leilão da propriedade ou doadas para caridade por algumas das senhoras da cidade que separaram as roupas dele para mim.

As pessoas daqui são adoráveis. Eu já as adoro.

A maioria delas.

— Se eu morrer e você aparecer no meu funeral com os ombros descobertos, vou te assombrar para sempre — diz Junie. — Eu só acho que é respeitoso usar algo mais legal do que uma regata suada mostrando sua tatuagem *foda-se* de divorciada em um funeral.

Minha tatuagem *foda-se* de divorciada é um beija-flor. Não há nada de ofensivo nisso além do fato de que Dean sempre disse que tatuagens eram grosseiras e de ele me achar idiota por gostar de beija-flores.

Claramente, nós sabemos quem era o problema aqui.

Mas tenho uma oportunidade de provar algo sem discutir sobre minha tatuagem, então sorrio para ela com o que espero ser um sorriso suficientemente respeitoso.

— Se você morresse, sentiria sua falta. Pode me assombrar. Eu gostaria disso, na verdade.

O sr. Suspiroso suspira de novo.

Por favor, note que ele não suspirou *uma única vez* para absolutamente nada que Junie disse. Nem quando ela pediu para ele mostrar o que teria mais significado para a vaca, já que *eu nunca realmente conheci meu tio-avô ou a vaca, mas sinto essa conexão com ambos e quero honrá-los direito.* Nem quando ela pediu para ele usar a melhor toalha de mesa que ainda restava na casa como lona para a vaca. Nem quando ela pediu para ele fazer uma elegia para Gingersnap.

— Você ao menos passou protetor solar? — pergunta Junie.

— Claro que sim.

Não passei.

Esqueci completamente quando ficamos ocupados escolhendo um local de sepultamento e torcendo para que o inquilino do meu tio, *que é bem mais jovem do que eu achava que seria* e era seu melhor amigo, ajudasse-nos a colocar tudo em ordem.

E quando eu tentava não olhar para os bíceps do Flint. Ou para o caimento de suas calças. E quando eu tentava me lembrar de que tenho a forte impressão de que ele não está feliz por eu estar aqui.

Junte-se ao clube, parceiro. Ninguém nos queria em Cedar Rapids também.

Um arrepio percorre meu corpo quando percebo que há uma possibilidade de ele saber de *tudo*. Os tabloides nunca pegaram a outra metade da história do motivo para Junie e eu nos mudarmos, mas isso não significa que alguém determinado não poderia descobrir.

Junie me encara. Sem dúvida, ela sabe para onde minha mente foi.

Tudo isso.

Eu me seguro para não suspirar também.

Ainda consigo ver a menininha que costumava subir no meu colo e me pedir que eu a ajudasse com trabalhos manuais com glitter e que contasse histórias para dormir nesta adolescente mal-humorada que está furiosa comigo por arrancá-la de toda a sua vida.

E, apesar do que ela possa pensar, não estou fazendo isso para que ela sofra; faço isso porque ambas precisamos de um recomeço.

Não é apenas a situação estranha com minha mãe, como tantos dos meus amigos me abandonaram por causa do que ela fez ou como o resto deles tomou o partido de Dean.

E até acho que Junie poderia ter enfrentado o drama com os poucos bons amigos leais que haviam sobrado na sua antiga escola.

Provavelmente.

Talvez.

O ano passado foi *superdifícil* para ela, e o número desses amigos leais diminuiu muito em junho, o que eu deveria ter percebido bem mais cedo.

Mas, quando Dean me disse que não se importava se eu me mudasse com Junie para doze horas de distância de carro da nossa casa, foi a gota d'água para nosso divórcio e a confirmação final de que precisávamos sair de Cedar Rapids.

Eu não quero você e também não a quero.

Vi meu próprio pai ir embora quando eu tinha onze anos. E ele nunca mais voltou.

Ele ainda pagava pensão. Às vezes. Então sabíamos que nada de ruim havia lhe acontecido.

Ele simplesmente não nos queria mais.

Abandonar a mamãe, eu entendo. Ela tinha seus problemas.

Mas eu?

Eu precisava do meu pai, e ele simplesmente *foi embora*.

Não suportava a ideia de fazer Junie passar pela dor de também descobrir que o pai dela não a ama, além de tudo o mais. Muito melhor deixá-la pensar que estou passando por uma crise de meia-idade e prepará-la para o sucesso aqui com novos amigos, que espero que não se importem com o que sua avó fez ou se sintam obrigados a tomar partido, como os pais deles fizeram, do que a deixar pensar que sou tudo o que ela tem neste mundo. Especialmente quando eu não estive ao lado dela como deveria nos últimos anos.

Quero que ela saiba que é forte o suficiente para fazer coisas difíceis. Mas você tem que fazer as coisas difíceis antes de saber que é forte o suficiente.

É uma porcaria, não é?

Mas esse é um problema para as próximas semanas.

Agora, temos uma vaca para enterrar.

Nós três paramos na borda da toalha de mesa que cobre a vaca, bem ao lado do buraco gigante onde Flint e eu vamos despejar o cadáver assim que Junie voltar para casa.

— Será que a gente deveria cantar ou algo assim? — pergunta ela. — Eu não fui a muitos funerais. Ou, tipo, nenhum.

Flint faz um barulho.

Sei o que é. Julgamento.

Provavelmente por perder o funeral de Tony.

Eu tinha dito ao reverendo local que viria. Ao advogado que cuidava do patrimônio do tio Tony. Provavelmente para Flint também. Acho que eu sabia que ele era um inquilino da fazenda na época, e estávamos nos comunicando por e-mail.

Mas eu não tinha previsto o que estava para acontecer, e ainda tenho meus próprios arrependimentos por não ter estado aqui para o funeral.

Esses arrependimentos não são da conta de ninguém.

Então, ignoro a provocação e começo a cantar.

Eu não sei *por que* "Free Fallin" é a primeira música que me vem à mente, mas é. E, em todos os lugares onde Tom Petty teria dito *menina*, eu substituo por *vaca*.

E improviso o que a boa vaca ama, passando *por queijos e cevada, também*, antes de Junie tapar minha boca com a mão.

Ela adorava quando eu inventava letras.

Mas tinha seis anos.

— Você pode, por favor, ser respeitosa? — repete ela, dessa vez com tanta tristeza na voz que não é difícil morder o lábio para me impedir de dizer que ela nunca conheceu essa vaca para tentar tirar um pouco da sua dor e lembrá-la de que ela não tem que lamentar tudo.

Ela está certa.

É uma tragédia, e, se tivéssemos chegado mais cedo, tipo quando o tio Tony morreu, para que pudéssemos impedir tudo o que aconteceu em casa e nesta última temporada do programa de Dean, que foi *horrível*, talvez pudéssemos ter evitado isso. E parece que essa era a vaca favorita do tio Tony.

Ela *deve* ser lamentada.

Espremo os olhos sob o sol.

Evitar a morte da vaca? A favorita do tio Tony?

Tenho mais ou menos certeza de que todos esses pensamentos significam que estou desidratada.

Ou talvez precise de um psicólogo.

— Gingersnap foi uma boa vaca — diz Flint, olhando para mim de um jeito que diz que ele também me culpa por a vaca estar morta. Ou, pelo menos, que concorda que eu preciso ser mais respeitosa. — Ela foi a luz do pasto desde o minuto em que nasceu, brincando e trazendo alegria para todos que conheceu.

— Era mesmo? — sussurra Junie. — E nós a matamos?

— Vocês não a mataram. — Ele coça a barba castanho-acobreada, lança um olhar para mim por baixo da aba de seu boné de caminhoneiro, por favor, observe que ele não foi repreendido por não estar vestido adequadamente... e depois foca completamente Junie. — Ela tinha quase dezoito anos, o que é bastante em idade de vaca. Ela adorava correr. Não era tão fácil nos últimos anos, mas adorava correr. Se você pudesse perguntar a ela como gostaria de passar seu último dia no mundo, eu apostaria cada grama de terra nesta fazenda que ela teria dito que sairia correndo para o pôr do sol.

Junie pisca rapidamente e tenta fungar com discrição.

— Então ela teve uma boa vida?

— Uma vida boa e longa. Especialmente para uma vaca nestas bandas.

— Boa.

Eu passo um lenço para Junie.

— Uma vez, Gingersnap saiu de seu curral e passou uma noite inteira derrubando outras vacas.

— *O quê?*

Flint acena com a cabeça solenemente.

— Era uma verdadeira brincalhona.

Junie começa a rir.

— Ela *não* saiu para derrubar vacas.

— Você conhece essa coisa de derrubar vacas?

— Dã. Eu cresci em Iowa. Até nós, moradores da cidade, sabemos sobre derrubar vacas.

— Então você sabe que uma vaca está fora de controle quando ela derruba outras.

Todo o meu rosto fica quente, e não por causa do calor. O tio Tony fazia a mesma piada. Meu Deus. Ele me contou histórias sobre essa vaca? Eu acho que sim. Essa foi a vaca que foi pega fazendo compras na farmácia?

— O que mais Gingersnap fez? De verdade?

Flint sorri para ela.

Minha garganta seca.

Ele *não* é o velho enrugado que eu achei que fosse encontrar aqui.

É infinitamente pior.

— Ela saía do curral com bastante regularidade — conta ele a Junie. — Tony a encontrou com água até a altura do quadril no córrego, choramingando e mugindo porque estava com medo dos peixes nadando ao redor dela.

— Não.

— Essa é a mais pura verdade, por Deus. Ela olhava para aqueles lambaris nadando em torno dos seus joelhos como se eles fossem comê-la viva. Tony fez um vídeo quando aconteceu. Provavelmente posso encontrá-lo para você quando voltar para casa mais tarde, se quiser ver.

— Você conheceu meu tio-avô?

— Muito bem.

Minha filha franze o nariz.

Só posso imaginar o que ela está pensando. Provavelmente *eu nem sabia que tinha um tio-avô até mamãe me dizer que estávamos nos mudando para esta fazenda que ela herdou dele.*

Eu falei sobre ele para ela, não falei? Nós trocávamos e-mails. Ligávamos um para o outro de vez em quando. Ele era o velhinho mais engraçado, e eu nunca soube se estava me contando histórias verdadeiras ou falando besteiras para me fazer rir, mas sempre me sentia mais leve depois de conversarmos.

Junie deveria tê-lo conhecido.

Ela o teria amado. E ele a teria amado.

Mas, em vez disso, ele era o meu tio louco. O desajustado da família. Aquele com *ideias completamente absurdas sobre o mundo*. O que teve um acesso de loucura e comprou um rancho em Wyoming quando ganhou na loteria há trinta anos.

Literalmente.

— Estou tão feliz que Gingersnap viveu uma boa vida — digo. — Todas as vacas deveriam viver assim.

— Numa outra manhã, ela não parava de mugir. — Flint está sorrindo para Junie novamente. Preciso descobrir que matéria ele leciona na escola e decidir se quero que ela estude com ele ou não.

Se é que realmente temos uma escolha.

Disseram que a escola é bem pequena, quando eu liguei para perguntar como matriculá-la, no dia seguinte ao que decidi que iríamos nos mudar para cá.

Então me conforto com o fato de que ele não gostar de mim não significa automaticamente que seria um mau professor para ela.

As pessoas são mais complicadas que isso.

— Por que ela estava mugindo? — pergunta Junie.

— A única coisa que Tony conseguia entender era que ela não gostava de como Helen Heifer a olhava de um jeito esquisito. Ela parava de mugir assim que Helen Heifer desviava o olhar.

Junie começa a rir.

Eu não a ouço rir há *semanas*, e aqui está ela, rindo de um homem nos contando histórias sobre uma vaca.

— E então teve a confusão da bebedeira de aveia. — Flint balança a cabeça, os olhos brilhando por baixo da aba do boné de beisebol. — A maioria dessas vacas come grama, mas a aveia é boa para elas também. Até a aveia se molhar com a chuva e fermentar, e Gingersnap entrar na caminhonete de alimentação e começar a andar por aí como uma senhora bêbada que está trapaceando no jogo de cartas. Já ouviu uma vaca rir? — Junie balança a cabeça. — É algo incrível de ver. Se você ajudar a alimentá-las de manhã cedo e ficar para a ordenha, talvez também ouça.

Minha bochecha está tremendo com o esforço de manter meu sorriso moderado apropriado no lugar. Junie encontrar algo, *qualquer coisa*, para gostar daqui é *bom*. Conectar-se com alguém que estará na escola, possivelmente até mesmo como um de seus professores quando as aulas voltarem na próxima semana, é *bom*. Mas assistir a um adulto conquistá-la em dez minutos com histórias sobre uma vaca morta quando ela está tão brava comigo que mal me dirige a palavra em alguns dias é uma tortura absoluta.

— Você cuida das vacas todas as manhãs? — pergunta Junie para ele.

— Kory está com todas as antigas vacas do Tony no rancho dele, aqui ao lado, o rancho Almosta. Eu dou uma olhada nelas com bastante regularidade.

— Mas você não vai fazer isso agora que estamos aqui.

— Depende se as vacas precisarem de mim.

— Não sabemos *nada* sobre vacas, então elas *definitivamente* precisam de você.

O lábio de Flint se curva apenas o suficiente para eu saber que ele concorda e que não está feliz com isso. E me aprumo. Estive em contato com Kory. Ele me disse para não me preocupar com as vacas, que ele tinha espaço para elas e me avisaria se eu devesse algo para ele, como contas de veterinário ou alimentação. Mas, além disso, fiz minha pesquisa.

— Eu sei muito mais sobre...

— Mãe. Ler livros de criança não conta. E o episódio que você filmou naquela fazenda em Ohio também não conta.

— Eu sei que as vacas só saem para o pasto e pastam o dia todo, e o tio Tony gostava de vacas resgatadas e tendia a tratá-las mais como animais de estimação do que como gado de fazenda, e é mais difícil cuidar delas no inverno, mas Kory tem os recursos e tem estado de olho nelas.

Junie olha incisivamente para a toalha de mesa que cobre a vaca morta.

Eu a ignoro.

Não estávamos aqui. Não vou ficar brava com a pessoa que acolheu vacas órfãs.

— Faremos amizade, e você pode ir ajudar e aprender com ele até decidirmos se teremos capacidade para trazer as vacas de volta nós mesmas.

— Eu posso te levar lá — diz Flint a Junie. — Kory é um bom amigo. Você vai gostar dele.

Junie se anima.

— Ele tem filhos adolescentes?

— Ah, não.

— Ah.

— Ele tem alguns burros de guarda e galinhas.

— Burros de guarda?

— Eles são verdadeiros jumentos.

Junie começa a rir de novo.

Flint sorri para ela.

Minha vagina começa a dançar a macarena, porque sou legal assim, enquanto meu coração se retorce ao ver minha filha sorrir desse jeito para qualquer pessoa que não seja eu.

Ela sorria para mim assim.

Mas isso foi antes de eu empurrá-la para os avós e as babás enquanto ajudava Dean a perseguir seu sonho, achando que também fosse o meu, porque eu ia ser melhor que meus pais e apoiar meu cônjuge.

E pareceu divertido na época. Até por volta do quarto episódio.

Da primeira temporada.

Eu deveria ter parado ali. Eu realmente deveria ter parado ali.

— Conte mais sobre Gingersnap — digo a Flint.

Ele lança outro olhar sombrio para mim, como se estivesse tentando esquecer que eu estava aqui, levanta o boné e coça o cabelo acobreado escuro e espesso, depois volta sua atenção para Junie.

— A coisa que você realmente precisa saber sobre Gingersnap é que ela viveu uma vida incrível e longa, e não há uma pessoa nesta cidade que não tenha uma história sobre ela. Essa vaca fez o que todos nós, humanos, só podemos esperar fazer. Deixou uma impressão duradoura, e o mundo é um lugar melhor porque ela esteve aqui.

Ah, inferno.

NÃO FAZ MEU TIPO

 Minha vagina está pedindo para descer até o chão, meus olhos estão ardendo, meu coração está sangrando e meu orgulho foi atropelado por um homem que sabe o que fazer em qualquer situação — o que é muito irritante —, que claramente adorava meu tio, não gosta de mim e está encantando minha filha não encantável. Mas está tudo bem.
 Vai ficar tudo bem.
 Em breve.
 Com sorte.
 Talvez.
 Eu suspiro.
 Se não, pelo menos a vista é bonita.

FLINT

Estou sentindo os efeitos de ter caído de Chirívia esta manhã enquanto me dirijo até a cidade para uma refeição na taverna Iron Moose algumas horas depois de enterrar a vaca. Hoje é noite de hambúrguer e cerveja, depois é ir para casa para um banho quente, analgésicos e cama antes de o meu despertador tocar ao amanhecer.

Mas um e-mail de um dos meus ex-alunos me tira do mau humor.

O garoto se formou na faculdade há alguns meses e está trabalhando no emprego dos seus sonhos em Nova York. Estou muito animado por ele. Foi um dos primeiros jovens que levei para a fazenda de Tony quando passava por um momento difícil com a família e parecia que estava prestes a desistir da escola.

Vê-lo feliz e num bom lugar é uma vitória.

Estou sorrindo quando entro na Iron Moose, feliz por me sentir mais como eu mesmo depois de um dia péssimo, mas meu humor não dura muito.

Por quê?

Porque Maisey Spencer está socializando em minha mesa favorita dentro do prédio feito de madeira.

Se há algo que Hell's Bells adora mais do que sangue fresco é sangue fresco com uma história. E isso é tão raro de acontecer que é claramente um deleite para todos os reunidos aqui hoje.

Mas a pior parte?

Era de imaginar que a pior parte seria saber que todos os meus colegas cidadãos de Hell's Bells receberam essa mulher como se ela não tivesse perdido o funeral de Tony, apesar de ele ser um de nós.

Como se ela não fosse uma bomba prestes a explodir aqui. Como se eles quisessem tão desesperadamente um lampejo de fama, mesmo que fosse uma fama de baixo orçamento e meia-boca, que ficariam animados com uma estrela inapta de reformas de casa.

Se é que dá para chamá-la de *estrela*.

Não, a pior parte é que, nesses poucos milissegundos entre ouvir um riso rouco e sexy quando entrei aqui e perceber a quem esse riso pertence, cada célula do meu corpo se acendeu com uma atração pura e primitiva.

E não consigo fazer parar.

— Não, não, me conte mais — ela diz a Kory, proprietário do rancho Almosta ao lado de Wit's End e um dos meus melhores amigos aqui em Hell's Bells, enquanto eles estão juntos perto da janela, sob o lustre de chifres com a única lâmpada que está sempre apagada.

Jesus.

Primeiro, ela se muda para a fazenda de Tony. Depois, tem a ousadia de rir daquele jeito. E agora está na minha mesa.

Minha mesa.

Inclinando-se e flertando com meu melhor amigo.

— Se houver truques para se manter seguro perto da vida selvagem, Junie e eu somos toda ouvidos.

— Os alces são superlegais — responde Kory, gerando um riso animado do restante dos clientes de Hell's Bells que estão reunidos por perto. — É sério, tente acariciá-los.

Ele é um homem negro de um metro e noventa e quatro que assumiu o rancho Almosta alguns anos antes de eu voltar para Hell's Bells. Quando não está tratando vacas, que são praticamente autossuficientes metade do ano, ele está dirigindo por Wyoming em sua Ram modificada para apoiar seu namorado, que é uma das drag queens mais conhecidas do estado.

Então eu não deveria ficar incomodado de jeito nenhum pelo fato de ela flertar com ele.

— Acariciar... o... alce... — Maisey dita enquanto escreve algo em um caderno aberto. É um caderno pontilhado, vários dos meus alunos usam desses todo ano, e eu apostaria a fazenda de Tony que a capa tem o rosto dela.

Isso parece combinar com o que vi dela em seu show.

June pega o caderno e o fecha com força.

Hm. Eu estava errado.

É uma arte de criança.

— *Mãe*, não *acaricie* os alces. — June lança um olhar para ela. — Ele estava brincando.

Maisey sorri para todos.

— Eu sei — sussurra ela para a filha. — Mas ele é tão engraçado! Quero que fique e continue nos contando histórias. Agora. Kory. Diga para a gente a melhor coisa a fazer da próxima vez que virmos um urso.

— Você chama o Flint. A maioria dos ursos o adora. Ele os treinava no tempo livre. — E inclina o queixo para mim, com um sorriso largo.

Como se ele não tivesse sido alvo de todos os meus resmungos sobre como Maisey não se encaixa aqui e como eu vou salvar a pele dela de problemas com muita frequência, desde que recebemos o e-mail sobre ela estar vindo.

Faço uma carranca.

Ele cobre a boca, acariciando a barba, mas eu o conheço há tempo demais para acreditar que está fazendo qualquer coisa além de abafar um riso.

— Pena que as aulas começam semana que vem — continua Kory, sorrindo para elas enquanto aponta para a cadeira vazia na mesa de tábuas desgastadas. — Sempre diminui o tempo do seu circo de ursos.

Eu poderia sair.

Não tenho que estragar meu jantar com a sobrinha de Tony, sua risada sexy e sua atitude de *está tudo bem*.

Mas Iron Moose tem os melhores hambúrgueres de bisão deste lado das Montanhas Rochosas, e nem tente me dizer que há anéis de cebola melhores em qualquer lugar do mundo.

Nada melhor para ajudar um homem a se curar depois de ser jogado de um cavalo.

Além disso, Kory costuma ser uma companhia bastante agradável. Costuma.

Caminho pelo salão e ocupo o assento vago na minha mesa favorita, que me coloca entre Kory e June. Estou de frente para a janela que dá para os penhascos a oeste da cidade, enquanto o sol começa a descer no horizonte, mas minha vista do pôr do sol alaranjado e deslumbrante é interrompida por minha arqui-inimiga.

Por que *ela* não pegou o assento de onde poderia ver a vista? Este é literalmente o melhor assento da casa.

Quem *não* iria querer este lugar?

Tem algo errado com essa mulher. Qualquer pessoa que não queira este lugar com vista para o pôr do sol no Iron Moose está definhando.

— Já pediu? — pergunto a Kory.

— Sim. Você demorou demais. Mas, por sorte, a Maisey aqui diz que ela te deve um jantar.

— E mais. — Maisey volta aquele sorriso para mim.

Não funciona.

Comigo, não.

Nem com sua filha, cujos olhos estão arregalados enquanto ela levanta o lábio.

— *Mãe*. Por favor, nunca diga coisas assim na minha frente de novo.

— Ah, pelo amor de Deus — responde Maisey. — Eu estava me oferecendo para costurar umas cortinas ou dar uma olhada na caixa de energia.

— Não acho que tenha melhorado a situação — murmura Kory.

— Não seja inadequado na frente das crianças — murmuro de volta.

— Eu não sou uma bebê — sussurra June para Maisey. — Sei o que são insinuações. Papai as faz na minha frente o tempo todo, e ele tem me deixado assistir a filmes para maiores de dezoito desde que eu tinha sete anos.

O sorriso de Maisey está enfraquecendo.

— Ele também não deveria fazer isso. Vou falar com ele.

— Como se isso importasse. Você nunca vai me deixar vê-lo de novo.

— *Junie*. Eu nunca faria isso...

— Você está no terceiro ano? — interrompe Kory ao perguntar a June.

— Segundo.

— Já fez teatro?

— Eu jogo futebol.

Merda.

O olhar de Kory desliza para o meu mais uma vez.

O olhar de *todos* está pousado em mim.

Até mesmo as pessoas na taverna que estão longe demais para ouvir. Elas sabem que uma bomba acabou de explodir.

— Você é boa? — pergunta Kory a June.

Ela puxa o celular e, trinta segundos depois, está nos mostrando um vídeo.

— Essa sou eu. Número quarenta e três. Tenho um chute descomunal e já assustei goleiras em seis estados diferentes.

— Amanhã, assim que matricularmos Junie na escola, vamos procurar o técnico de futebol para perguntar sobre os testes — diz Maisey.

Kory olha para mim.

Eu não olho de volta.

June olha para minha camiseta.

Camiseta de time, para ser mais específico.

Eu também não olho para ela.

Ou para Maisey.

Merda de novo.

— Hambúrguer de bisão, Flint? — pergunta Regina Perez enquanto para na borda de nossa mesa. Sua família administra a Iron Moose desde antes de Hell's Bells ser grande o suficiente para ser um ponto no mapa. Namoramos por um tempo no meu último ano do ensino médio, mas não deu certo.

Ela é casada agora, com três filhos, e pega turnos aqui para sair de casa.

— Sim. Anéis de cebola também — digo a ela.

— Ah, você sempre pede a mesma coisa? — pergunta Maisey, alheia à tensão ou deliberadamente a ignorando. — Eu poderia ter pedido para você se soubesse. Adoro cidades pequenas. E clientes fiéis. E todo mundo se conhecendo.

— Não — responde Regina por mim. — É que ele fica com essa cara quando quer um hambúrguer de bisão.

— Eu não faço essa cara.

Ela ergue uma sobrancelha escura e bem esculpida sobre seu olho castanho.

Kory tosse.

Dou a eles dois um olhar para *calar a boca*, e esse simples movimento puxa a minha lombar, porque pelo visto eu não lido tão bem quanto antes com o fato de ser jogado de um cavalo.

Se os cinquenta anos são os novos trinta e eu estou nos meus trinta de verdade, não deveria me sentir como se tivesse vinte e um anos?

— O que são os Demons? — pergunta Junie.

— O mascote do ensino médio, mas, no caso da camisa de Flint, é o time de futebol — responde Regina. — Ele é o técnico. Os treinos começaram esta semana, não foi? Veio direto de lá?

Eu limpo a garganta.

— Vim.

— Perdemos os testes? — sussurra Junie.

Toda a cor desaparece do rosto de Maisey.

— Ai, meu Deus, perdemos os testes? — Seu olhar vacila para Junie, depois para mim, de volta para Junie e finalmente para mim. — Mas ainda não é tarde demais para se inscrever para jogar no time dos novos alunos, certo?

Eu odeio ser um babaca.

Odeio.

Principalmente quando estraga o dia de um adolescente.

— Não temos alunos se mudando para Hell's Bells com frequência. Haverá inscrições para os testes da primavera em março.

— Mas... — Maisey engasga. — Mas eu disse que ela poderia jogar futebol. Ela não pode... ela não pode fazer o teste mais tarde?

— O elenco está fechado, e regras são regras. Se eu adicionar um aluno, tenho que tirar alguém. Não seria justo com eles, não é?

— Tem espaço para uma líder de torcida no banco? — pergunta Kory para mim.

— *Líder de torcida*? — Junie arregala os olhos para ele, depois aponta para o telefone deitado na mesa entre nós. — Não fui feita para ser líder de torcida. Fui feita para o *futebol*.

— Junie... — começa Maisey.

— *Você me disse que eu poderia jogar* — interrompe ela. — E agora não posso jogar, não tenho amigos, estamos cercados de ursos e vacas mortas e o time de futebol provavelmente é uma porcaria, de qualquer forma.

— É time misto, então há alguns benefícios. — Regina pisca para ela.

Junie faz um barulho que parece mais selvagem do que o de Earl esta manhã e se levanta da mesa.

Maisey também pula da cadeira.

— Junie...

— Estou com meu telefone e quero ficar sozinha. Apenas... apenas me deixe sozinha, está bem?

— Eu vou com você.

— Quero ficar *sozinha*, mãe. Isso significa *sem você*.

A dor passa pelos olhos azuis de Maisey, e é difícil não sentir algo por ela.

Por ambas, honestamente.

— Tudo bem — diz ela, baixinho. — Não vá longe e, se perder sinal, volte imediatamente. Eu vou buscá-la antes de escurecer. Não faça nada que estimule os ursos a pensarem que você é o jantar deles. Tem dinheiro?

Junie revira os olhos e vai porta afora, sem responder.

— Ela seria realmente boa no teatro — diz Kory. — Estou muito envolvido com os Hell's Bells Players. Eu poderia conseguir uma audição para ela, mesmo que seja tarde.

Dou uma olhada para ele.

— Ela é uma boa garota — fala Maisey enquanto volta para a cadeira. — Realmente é. A mudança é apenas...

— Eu me mudei seis vezes quando era criança — comenta Kory. — Filho de militar. É péssimo. É pior quando você é adolescente. Eu entendo. Seria muito bom se todos entendessem.

E agora ele está *me* olhando.

— Ah não, eu não preciso que você burle as regras por nós. — Maisey alcança o copo de água, Sprite ou talvez vodca pura na frente dela e brinca com ele, interpretando erroneamente o olhar de Kory. Aquele que significava *diga a ela que você também entende, para que não pareça tão babaca*. — Não seria justo com quem fosse cortado. Eu entendo. Este é um problema com que eu tenho que lidar, e vamos nos certificar que ela esteja inscrita para os testes na primavera.

— Não pode burlar as regras de forma *alguma*, Flint? — pergunta Kory.

Minha bochecha está tremendo novamente.

Diria que deveria ter ficado em casa, mas isso só adiaria esta conversa para amanhã. Talvez para a próxima semana.

— O time está formado. A liga tem limites de elenco. E a coisa de que mais preciso são jogadores que saibam trabalhar em equipe.

— Junie sabe trabalhar em equipe.

Eu me esforço muito para evitar que meu rosto questione essa frase.

Provavelmente Junie é uma jogadora de equipe, apesar da insistência de Maisey de que é uma estrela. Eu não deveria julgar uma criança com base em um primeiro dia ruim em sua nova casa.

— Por que você se mudou para cá? — pergunto a Maisey.

Sei o que presumimos.

Mas não sei *da verdade*.

Kory tosse novamente enquanto alcança sua xícara de café. O cara bebe café como se fosse água.

— Nada como um bate-papo leve, não é?

— Não, não, está tudo bem. — O sorriso de Maisey fica mais fraco enquanto ela continua falando. — Como você disse, as pessoas não se mudam para cá com frequência. E sei que eu não vinha muito aqui quando meu tio estava... estava vivo, então é uma pergunta compreensível. Por quê? Por que agora? Por que não antes?

— Isso não é da nossa conta — diz Kory.

Claro que ele diz isso. Não o afeta muito além de pensar em quanto oferecerá a ela pela terra quando ela decidir vender.

Ela tenta sorrir para Kory, como se não houvesse tensão nenhuma na mesa, mas seu sorriso é mais frágil que o vidro.

— Se vamos ser amigos, então é claro que é da sua conta. Por que você investiria seu tempo e sua energia em mim se achasse que Junie e eu desistiríamos na primeira nevasca de dezembro?

— Outubro — corrijo.

Ela sorri ainda mais para mim, e *merda*. Não importa o quão forçado ou falso seja, não posso negar que ela tem o mesmíssimo sorriso de Tony. Os genes devem ser fortes naquela família. E sinto falta daquele velho desgraçado.

— Outubro! Isso é emocionante. Eu amo neve.

Eu resmungo.

Kory ri.

— Você é verdadeiramente adorável. A gente volta a conversar em novembro.

Juro por Deus, a cara dela vai quebrar se sorrir ainda mais do que já está sorrindo para Kory. E começo a achar que ela está fingindo na esperança de realmente se sentir assim.

Há algo desesperado nela.

Que *diabos* ela tem para estar desesperada?

Os tabloides dizem que conseguiu um bom acordo de pensão alimentícia. Ela tem o rancho. Sua filha está chateada com ela, mas isso vai passar se for uma mãe decente.

Se não for, Junie está em um bom lugar.

Ela tem *isso* a seu favor, mesmo que ainda não saiba.

Mas meu maior problema com a desesperança dela...

Isso me atrai como um ímã.

Eu sou um belo de um trouxa quando se trata de ser herói para os desesperados. Normalmente, ajudar crianças em dificuldades supre essa necessidade.

Mas Maisey Spencer está me irritando com essas emoções passando por seu rosto, e não gosto disso.

— Eu adoraria conversar *muito* antes disso — ela está dizendo a Kory. — Junie quer ajudar com os animais. Ela quer mesmo. Está apenas tendo uma noite ruim. E adoraria vê-la encontrar novos interesses. Honestamente, seria ótimo se Junie se envolvesse também com o teatro, então poderíamos vê-lo o tempo todo. Mas eu não posso escolher por Junie o que ela vai amar.

— Ela vai encontrar onde se encaixa — diz Kory.

Maisey suspira sobre sua bebida.

— Nós deveríamos ter vindo para cá duas semanas atrás. Não, deveríamos ter vindo aqui dois *meses* atrás. E estaríamos aqui, mas... bem. Que tal eu guardar a história triste da nossa aventura de mudança até que sejamos amigos o suficiente para vocês não se importarem com minhas ocasionais reclamações amargas?

— Você é amarga? — pergunta Kory.

Ela franze o cenho.

— Acho que não.

— Você não sabe?

— Vocês já foram casados? — ela pergunta para nós dois.

Kory se engasga com o café.

— Não — respondo por nós.

— Ele quer dizer que não, *nem a pau* — oferece Kory, sua voz rouca. — Estou em um relacionamento sério com uma rainha do drama que provavelmente nunca concordará em se casar comigo, não importa o quanto eu me dobre para trás, para a frente e para os lados por ele. Quanto a esse cara, se você quer ter o coração partido, saia com ele. Olá, problemas de compromisso.

Eu recuo.

— O que isso tem a ver com qualquer coisa?

Ele sorri de lado.

Faço uma careta.

Conheço esse sorriso.

Esse sorriso diz: *Você está sendo um babaca com uma mulher porque é seu mecanismo de defesa favorito.*

Com qualquer outra mulher, isso poderia ser verdade.

Esta aqui?

Esta mulher é uma bomba prestes a explodir em um rancho no qual ela não deveria morar, muito menos do qual deveria ser *dona*.

Ela nem conseguiu lidar com um urso que não tinha nenhum interesse nela esta manhã.

— Nós somos amigos? — pergunto a ele. — Pensei que éramos amigos.

— Você já contou para ela que leva crianças lá para o rancho para resolverem suas frustrações?

— Espera, o quê? — Maisey fica branca como papel.

— É verdade. Tony deixava Flint levar crianças do ensino médio para o rancho o tempo todo para resolverem suas coisas, montarem cavalos, pastorearem gado, usarem ferramentas elétricas...

— Mas você não faz mais isso, certo? — pergunta Maisey.

Eu olho feio para Kory.

— Claro que ele faz — responde Kory. — É o que Tony sempre quis.

— Não — diz ela.

Kory levanta os olhos.

Fixo meu olhar nela.

Isso.

Isso é *exatamente* o que eu estava esperando evitar.

— É o que Tony queria — reitero.

Embora eu nunca quisesse Wit's End para mim, não de verdade, considerando que eu sei o quanto de manutenção é necessário para o lugar, ainda assim passei a maior parte do último ano com raiva pelo fato de Tony tê-lo deixado para ela. O rancho deveria ter ficado para a cidade ou para a escola. Era o que ele sempre dizia que planejava.

Tony era um cara legal. Engraçado. Não convencional. Nunca julgava e sempre abria sua casa e suas terras para qualquer pessoa ou coisa que precisasse. Ele organizava churrascos anuais. Deixava-me levar crianças, como Kory disse. Ele deixava grupos de jovens acamparem sob as estrelas.

E, agora que ela está aqui há aproximadamente vinte e quatro horas e já precisou ser salva do Earl e de ajuda para enterrar Gingersnap, está confirmando meu medo de que vai fechar o local e não permitirá que a comunidade use as terras, como Tony sempre fez.

Eu odeio mudanças.

Odeio ainda mais quando são ruins.

E tirar Wit's End da comunidade de Hell's Bells?

Isso é ruim.

— Você *não* pode. — Ela avança para sua bebida como se fosse vodca que pudesse lavar essa conversa. — Eu não tenho seguro para deixar as crianças trabalharem no rancho. Meu seguro mal cobre *ter um locatário* na propriedade. E se alguém se machucar? E se eles me processarem? E se o que aconteceu com a vaca acontecer com uma das crianças? Ai, meu Deus. Não. *Não.*

E aqui vamos nós.

— Calma lá... — Eu começo, mas me engasgo antes de terminar a última letra da palavra.

Maisey Spencer, a Rainha Vingativa de Gelo, levita em sua cadeira e me lança um olhar que poderia fazer até o idiota mais experiente cagar nas calças.

— Não. Me. Diga. Para. Ficar. Calma.

— Provavelmente é melhor não dizer a *nenhuma* mulher para ficar calma — diz Kory de lado. — Até eu sei disso.

— Ninguém vai se machucar... — Começo.

Maisey não está aceitando.

— Você não tem como ter certeza disso.

— E, se isso acontecer, vamos cuidar da pessoa e tudo ficará bem.

— *Você não tem como ter certeza disso.*

— Tenho certeza de que sei fazer primeiros socorros.

— E quantas outras terras você tem onde pode levar suas crianças? Quilômetros e mais quilômetros. Eu não quero essa responsabilidade no Wit's End. Isso precisa parar. *Agora.*

Eu me inclino para trás e cruzo os braços.

NÃO FAZ MEU TIPO

— Isso é o que Tony *queria*. Que a comunidade usasse seu rancho. Inferno, ele sempre nos disse que deixaria para o município. Se ele soubesse quanto tempo tinha de vida, *você* não estaria aqui.

Seu peito está ofegante. Seus olhos estão em chamas.

— Mas nós estamos, não estamos?

Todos na taverna inteira ficaram em silêncio e estão nos encarando, e ela parece finalmente perceber isso.

Ela se levanta abruptamente.

— Sinto muito, cavalheiros. Vocês foram adoráveis ao receber Junie e eu, mas ela claramente está tendo uma noite difícil, e eu de repente estou com dor de cabeça. Deixe-me pagar seu jantar. Espero que possamos fazer isso de novo em breve. Estamos animadas para conhecer os vizinhos e fazer novos amigos. Hoje foi apenas um dia longo.

Kory está em silêncio enquanto ela reúne suas coisas, incluindo seu diário, que... *diabo*.

Eu conheço esse diário.

É o tipo de diário que pais de escola primária encomendam para amigos e família, apresentando as obras de arte de seus filhos.

Essa é a arte de June. Com seu nome escrito com letra de jardim de infância.

Não o próprio rosto de Maisey ou qualquer coisa narcisista.

Merda.

Merda.

Eu fui um babaca.

Mas não estou errado. Aqui não é o lugar dela.

Ela deixa duas notas de cem dólares na mesa, sorri dolorosamente outra vez e corre para a porta.

Kory e eu trocamos olhares.

— Isso foi constrangedor — diz ele, finalmente. Eu esfrego os olhos. — E ainda dizem que você não sabe ser sutil.

— Espantou mais uma, Flint? — pergunta Regina ao parar em nossa mesa com uma bandeja carregada com três jantares completos. Não incluindo meu hambúrguer. *Droga*. Maisey e June saíram sem jantar.

— Culpa minha — diz Kory para ela, que assente.

— Falou alguma bobagem?

— Está delicioso. Você já notou com que frequência Tony saía do rancho para visitar a sobrinha?

Regina resmunga.

— Tony, sair do rancho? Nunca.

Um calor desconhecido e indesejado sobe para o meu estômago.

Eu sei aonde ele quer chegar.

Relacionamentos são uma via de mão dupla.

Por que estou botando toda a responsabilidade por fazer um esforço apenas em uma das partes? E não é como se ele fosse pai dela.

Ele era seu tio. Seu tio excêntrico e divertido que provavelmente tinha mais a oferecer a um adolescente do que a uma mulher adulta com sua própria família e uma carreira que, embora ela fosse bastante inepta nisso, ainda pagava suas contas e sobrava.

Não sei por que Tony nunca mudou seu testamento. Nunca saberei. E posso continuar lutando pelo que eu gostaria que ele tivesse feito ou posso aceitar como é.

— Vou manter os jantares delas quente — diz Regina para Kory. — Você quer ir entregá-los depois de comer?

— Eu faço isso.

Eles me olham, claramente questionando minha oferta. Eu suspiro.

— A tinta mal secou nos papéis de divórcio dela, e o ex-marido acabou de anunciar um novo programa com a amante — diz Regina.

— O que diabos isso tem a ver?

Trezentos e sessenta e dois dias do ano, eu sou o filho da mãe mais tranquilo que já se viu. Posso lidar com a atitude adolescente. Posso lidar com administradores irritantes de escola. Posso lidar com pais aborrecidos. Mas hoje, aparentemente, é um dos três dias do ano em que sou mais grosseiro do que o Earl.

— Você sente falta de Tony — diz Kory. — A sobrinha dele está aqui, triste e solteira. Além disso, ela tem algo que você quer.

— Eu *não* quero...

— Você não precisa querer o rancho para si mesmo para desejar o que ela tem com um propósito diferente. E não precisa gostar dela para reconhecer que é bonita. Isso tem o *Especial de Relacionamentos Fodidos de Flint Jackson* escrito por todo lado.

Reviro os olhos.

— Eu *não estou* interessado em Maisey Spencer. E ela *não está* interessada em mim. E não namoro mães de alunos.

— É por isso que estamos te avisando — diz Kory.

Regina acena com a cabeça.

— Você sempre vai atrás das inacessíveis que claramente não vão funcionar para que pareça menos babaca quando fugir depois de três pernoites. E Kory está certo, sua cabeça está num lugar ruim. Decidir odiar a mulher que ficou com o rancho de Tony e descobrir que você tem que se mudar ou morar descendo a rua da entrada da casa dela? — Ela faz um som de reprovação com a boca. — Você está encrencado, meu amigo. Quer que eu embale seu hambúrguer para viagem também ou você vai sentar e comer aqui, deixando o jantar delas esfriar?

— Você acabou de dizer que ia manter quente.

— Não tem muita coisa que uma pobre garçonete possa fazer antes que a crosta perfeita da torta de bisão comece a secar.

Uma delas pediu a torta de bisão? *Droga*. Ela está certa.

Isso não deveria ser desperdiçado, mesmo que Maisey Spencer não tenha ideia do quanto deveria apreciá-la. June também, mas ela é adolescente, tem um desconto.

— Tudo bem — murmuro, ciente de que mais uma vez estou fazendo um favor a Maisey Spencer que ela não vai apreciar nem deveria ser meu favor para fazer. — O meu também para viagem.

Kory aponta para a mesa ao lado. A que *não* tem uma vista espetacular.

— Eu vou me mudar para lá.

A pior parte de tudo isso?

Eles estão certos.

Mulheres inacessíveis são o meu tipo favorito, e uma que conhecia e amava Tony?

Droga.

Tony se foi.

Não posso trazê-lo de volta.

Mas a sobrinha-neta dele é bem o tipo de adolescente que, via de regra, eu me esforço para ajudar. Ela com certeza estará em uma das minhas aulas. Muito provavelmente no meu time de futebol na primavera.

O que significa que é possível que eu precise fazer as pazes com Maisey.

Capítulo 5

MAISEY

Eu sabia, quando decidi me mudar para cá, que enfrentaria algumas situações desconfortáveis.

Não esperava que viessem todas de uma só vez, como um sanduíche de campo minado emocional com acompanhamento de salada de adolescente irritada.

— Será que essa foi uma ideia terrível? — pergunto para minha mãe baixinho ao telefone enquanto oscilo em um balanço num parquinho vazio, a algumas quadras da taverna.

Como se eu tivesse alguma escolha.

Não estaríamos aqui de forma alguma se tivéssemos um único amigo ou parente em Cedar Rapids em quem eu pudesse confiar, mas, com o divórcio, a prisão da mamãe e a família dela implodindo como resultado, foi o fim do jogo para Junie e para mim lá.

Precisávamos ir a algum lugar sem todo aquele peso sobre nossa cabeça, e, quando recebi um e-mail de Flint há um mês com uma nota sobre um problema com o celeiro que ele disse que exigiria algo além de sua experiência, tudo ficou claro como cristal.

A fazenda do tio Tony não era uma *responsabilidade*. Não era aquela coisa ao fundo, tomando tempo precioso de que eu não dispunha para me dedicar no meio de todo o resto.

Era um refúgio seguro quando tudo o mais desmoronava ao nosso redor.

Minha filha está parada na sombra de um prédio no final da avenida principal em Hell's Bells. Ela está agachada ao lado de uma parede de blocos de concreto que foi pintada com uma manada de alces na frente das falésias do rio. Está de costas para mim, e seus fones de ouvido com certeza estão ligados, então estou razoavelmente certa de que ela não percebeu que estou de olho nela.

O crepúsculo cai rapidamente, mas ela se encontra em uma área bem iluminada, enquanto eu não, embora haja ruídos e luz suficientes no ambiente para que eu não acredite que estejamos sob risco de um ataque animal, então não acho que ela perceberia mesmo que olhasse para cá.

Tenho certeza de que não gostaria de saber que a mamãe está cuidando dela no caso de algum animal selvagem querer ousar enfrentar os ruídos e as luzes da cidade para pegar uma adolescente saborosa como petisco. Ou no caso de meninos ou meninas adolescentes daqui sentirem o cheiro de carne fresca.

Ela não demonstrou interesse em namorar ainda nem em dirigir. Quando ou se ela algum dia demonstrar, estou pronta para quem quer que ela traga para me conhecer. E, se ela nunca o fizer, tudo bem.

Contanto que não seja porque teve exemplos tão horríveis do que são relacionamentos que acha que não valem a pena.

Então eu terei culpa materna para sempre.

Correção: *mais* culpa materna.

— Deslocar uma adolescente da cidade e deixá-la no meio do nada para terminar o ensino médio pode não ter sido a sua jogada mais inteligente — diz mamãe. Ela está chegando aos setenta e recentemente enfrentou uma aposentadoria compulsória do mundo imobiliário após ser pega administrando duvidosas associações de proprietários inexistentes por toda Cedar Rapids. Tem um telefonema por semana conosco da prisão de colarinho branco, onde residirá pelos próximos dois anos, e quase perdi a ligação desta semana.

— Obrigada.

Apoio minha cabeça contra a corrente do balanço, sentindo-me ainda pior do que quando percebi que precisava tirar tanto Junie quanto a mim mesma de Cedar Rapids não apenas para o bem de nosso relacionamento, mas também de nossa saúde mental. Se não eram amigos apoiando Dean no divórcio, eram amigos que me largaram depois de serem enganados em milhares de dólares pela empresa de gestão de associações de proprietários da minha mãe. Mais de um punhado veio atrás de mim, exigindo que eu pagasse pelos pecados dela, já que *você é uma estrela de reality shows rica. Precisa consertar isso. Você nos deve.*

Enquanto eu estava tão perplexa quanto eles com o que ela havia feito, ainda perdi amigos. Eu não podia consertar as coisas. Não tinha o suficiente para consertar as coisas.

— Bem o que eu precisava ouvir.

— Maisey, querida, não existe uma resposta fácil quando se trata de decisões importantes na vida. Algo te disse que você tinha que ir. Talvez esse algo precise que você saiba que teria sido infeliz aí também para que possa parar de se perguntar e então voltar para casa.

Eu me mudarei para qualquer outro lugar do país sem uma história nos arrastando para baixo antes de voltar para casa. O que não é algo que direi à minha mãe. Sei que ela fez coisas ruins, que machucou pessoas, mas ainda é minha mãe, e não quero machucá-la.

— Depois do divórcio, Cedar Rapids não é mais o meu lar.

— Então *talvez* esse algo que você está sentindo seja uma necessidade de se expandir de formas que ainda não explorou, para que possa descobrir onde você e Junie realmente se encaixam. O que definitivamente não é em algum buraco em Montana.

— Wyoming.

— Mesma coisa.

— Não é um buraco. Na verdade, é bem bonito aqui. Você se lembra da foto do pôr do sol que mandou ampliar para mim depois da última vez que fui visitar o tio Tony? É assim todos os dias. E se sentir calor no sol, pode simplesmente ir para a sombra e *puf*! Melhora. Quando dá para encontrar sombra, quero dizer. Eu provavelmente deveria carregar um guarda-chuva. E você deveria fazer uma visita quando sair.

E se mudar para a casinha original atrás da casa principal mais nova, onde eu posso ficar de olho nela.

Esse rancho tem mais construções do que eu me lembro: casa do caseiro, cabana, alojamento, celeiro... mas eu não me importava com eles quando era adolescente.

Agora eles são mais coisas para administrar, o que é realmente uma tarefa emocionante de assumir.

Ela resmunga.

— Viver no rancho pelo qual aquele homem nos abandonou?

— Ele não a abandonou.

— Abandonou, sim.

Eventualmente, foi.

A parte irônica?

O tio Tony era o membro da família sobre o qual os parentes da minha mãe cochichavam e nunca convidavam para nada, e só piorava a cada ano que passava. Mas ele é o único que proporcionou a Junie e a mim um refúgio seguro, enquanto minha mãe é quem está na prisão.

— Eu nunca entendi por que você parou de falar com ele — digo a ela.

— *Ele* parou de falar *comigo*.

— Por quê?

— Não posso relatar essa informação nas conversas telefônicas gravadas da prisão.

Suspiro e empurro meu pé mais forte no chão. O balanço vai e vem com um rangido, levando-me de volta à infância, quando eu escapava das brigas dentro de minha casa indo para o parque da rua.

Pelo menos até meus pais se divorciarem e meu pai se mudar para Jersey, onde ele também se meteu em problemas com a justiça.

Graças a Deus que o show de Dean era pequeno o suficiente para que o desejo por fofocas a nosso respeito fosse totalmente saciado por detalhes inventados sobre o nosso divórcio.

Agora que saí de cena e há uma especulação constante se ele e sua nova colega de elenco *estão ou não transando*, todos me esqueceram.

— Eu te odiava quando era adolescente? — pergunto a mamãe, precisando encontrar um assunto seguro onde ela possa ser útil. E ela *era* uma boa mãe. Tem sido fascinante perceber que ela pode ser uma boa mãe e uma criminosa. — Não me lembro de a odiar quando estava na adolescência.

— Não, você guardou isso tudo para seu pai. Mas vai ser diferente com Junie. Para começar, ela é metade de Dean. Isso coloca você em clara desvantagem.

— *Mãe*.

— É verdade. Seu pai já era uma peça rara, mas Dean? Ele é um nível totalmente diferente de problema. Você sabia que ele esteve ontem na escola de ensino médio de Cedar Rapids para uma jogada publicitária ligada à suposta atualização das luzes no teatro durante o verão? Enquanto você e Junie estavam finalmente seguindo aquele caminhão de mudança pelo país, ele agia como um herói local, dizendo às pessoas que você levou a filha dele e que ele sabe que ela voltará e trabalhará para a empresa da família quando fizer dezoito anos e não precisar mais seguir o acordo de custódia.

Três dias atrás, mesmo com toda a turbulência, eu teria dito que minha filha *nunca* escolheria o pai em vez de mim.

Hoje?

Hoje, meu estômago dói.

— Ele pode dizer o que quiser — digo a ela, como se Junie me abandonar aos dezoito anos não fosse um dos meus maiores e mais terríveis medos. — Não preciso mais justificar minhas escolhas para ele.

— E ele é um idiota manipulador — diz ela alegremente. — Mas, querida, seu pai nos largou por aquela puta do cassino em Jersey.

— *Mãe*. Você pode parar com isso? — Embora minha primeira madrasta não fosse minha pessoa favorita, ela era esperta o suficiente para se divorciar assim que percebeu que ele só queria colocar as mãos no dinheiro da família dela.

Mamãe resmunga.

— Sim, sim, fomos ambas vítimas do charme dele e deveríamos ser irmãs de alma. Você e seus óculos cor-de-rosa. Mas a maior questão aqui é: você fez Junie deixar o pai dela para trás. Você precisa dizer a ela que ele não a queria.

— Não preciso, não.

— Maisey...

— Sei o quanto isso machuca, mãe. Eu *não* farei isso com a minha filha. E... — Não.

Eu me interrompo antes de poder dizer *Ela também culpa você*. Não vai ajudar.

Mamãe fez merda. Ela fez uma merda *gigantesca*. Mas dirigir um esquema ilegal de associação de moradores não fez dela uma mãe ruim.

Sim, isso a tornou um mau exemplo em algumas áreas. Com certeza, mas ela *foi* a mãe que me levava a consultas médicas, odontológicas e ortodônticas. Era a mãe a quem minhas amigas recorriam quando não podiam perguntar a seus próprios pais sobre puberdade, menstruação e, às vezes, até mesmo sobre sexo. Era a mãe que deixava meus amigos ficarem na nossa casa o fim de semana todo, comprando pizza e porcarias, e nos levando ao shopping para passear sempre que pedíamos.

Ela fez algo errado, sim, e está na prisão por isso.

Mas isso não significa que seja ruim em todas as áreas de sua vida.

— A vida machuca às vezes — diz ela baixinho, ainda a voz da razão, mesmo estando em um macacão laranja a centenas de quilômetros de distância. — Você pode contar a verdade para ela e apoiá-la ao longo do processo ou pode ser a idiota que a faz descobrir tudo sozinha aos trinta e seis anos, divorciada e com um filho.

Eu deixo isso passar e mudo de assunto.

— Como está a comida esta semana?

— Mais ou menos como você esperaria que a comida da prisão fosse.

— Você não está perdendo peso de novo, está?

— Nós tivemos *pudim* de sobremesa no domingo. Comi tudo. Engordei mais de cinquenta gramas.

E é por isso que não chegamos aqui a tempo para Junie fazer os testes de futebol.

Mamãe parecia doente da última vez que fui visitá-la, e, como me sinto um pouco como se a estivesse abandonando também, nessa jornada de *fugir e me encontrar*, eu tive que ficar tempo suficiente para ter certeza de que ela estava bem.

— Bom. Coma mais. E se você começar a se sentir febril...

— Pare de se preocupar comigo e...

Ouço um clique e a linha fica morta abruptamente, o que significa que mamãe ouviu o aviso de dois minutos e não me disse, provavelmente esperando que o sistema falhasse e pudéssemos continuar conversando.

Ela é uma otimista eterna quando se trata de quebrar as regras.

Guardo meu telefone quando uma sombra recai sobre mim e giro no balanço, pronta para dar um golpe de caratê em qualquer animal que esteja se aproximando na escuridão que se estabelece.

Mas não é um animal.

É Flint Jackson.

O que pode ser pior.

Me incomodo quando as pessoas não gostam de mim, embora, depois do meu divórcio, eu esteja melhorando em dizer a mim mesma que isso é problema delas.

Não há dúvida de que ele tenha me visto no meu pior hoje. E provavelmente não lidei da melhor forma com a bomba sobre como ele vem usando o rancho do tio Tony.

Mas meu maior problema?

Quando ele me assustou, minha cabeça bateu na corrente do balanço de um jeito estranho, e agora não consigo me mover, porque meu cabelo está preso.

— *Ai!* — grito ao perceber que qualquer movimento mais forte arrancaria tudo pelas raízes.

E eu acabei de retocar minhas raízes.

— O que... — começa ele. Então solta um daqueles suspiros pelo nariz que fazem suas narinas se dilatarem. Não importa que o sol esteja baixo e a luz esteja fraca. Tenho certeza de que veria essa narina se dilatar dentro de uma caverna escura. — Você está presa?

— O quê? Não. De jeito nenhum. — Tento mover a cabeça para longe da corrente, e meu cabelo ameaça se arrancar outra vez.

Merda. Estou completamente presa. — Que surpresa vê-lo por aqui. Pois não?

Ele levanta duas marmitas de isopor.

— Você deixou seu jantar.

Faço uma careta em meio à tentativa de desembaraçar meu cabelo antes que eu possa me conter.

— Obrigada. Isso é muito gentil.

— Tony gostaria que alguém cuidasse de você.

Certo.

Não tem a ver comigo.

Tem a ver com um homem que não deseja que nada mude em sua vida. Ele não faz ideia de quanto eu não posso pagar a carência do seguro que seria necessário para ele continuar trazendo crianças para o rancho.

Também não faz ideia de quanto eu *não* preciso da publicidade e do escrutínio que um acidente com uma criança no rancho traria.

Junie e eu precisamos ficar limpas. Levantar zero suspeitas. Não causar problemas.

Quero que ela tenha uma verdadeira oportunidade para um recomeço, não mais drama despejado em nossa porta.

E eu só conheço uma maneira de conseguir o que quero.

Preciso encantar *todo mundo* aqui.

Não porque quero enganá-los.

Mas porque quero amigos de verdade. Quero me encaixar. Quero encontrar uma maneira de fazer as coisas funcionarem para que sejamos uma parte positiva da comunidade, e *claramente* comecei com o pé esquerdo por aqui.

Então, eu lanço para Flint o sorriso ainda mais radiante de *Maisey Spencer, estrela de programa de reformas de pequeno porte*, o que não sinto e do qual também não gosto.

— Isso é muito gentil da sua parte.

Os olhos dele estreitam.

— Você sabe que eu aguento bobagem de adolescente todos os dias.

— Acho que sou sortuda por não ser uma adolescente.

— Não é muito diferente de uma. — Ele coloca as marmitas no banco na beira do parquinho e se aproxima de mim, um volume imponente na luz fraca. — O que você fez com seu cabelo?

— É a moda corrente. Última tendência.

Ele suspira. *De novo.*

Faço o meu melhor para não ser grossa por causa disso.

Mas então ele faz a pior coisa que poderia fazer. Coloca uma mão no bolso, tira algo plano e do tamanho da palma da mão, e então ouço o som distinto de um canivete se abrindo.

— *Meu Deus, não!* — grito, recuando no balanço, alguns dos meus cabelos ficando presos, e mexo no nó ao redor da corrente mais rápido. — *Você não vai cortar meu cabelo!*

— Mãe? — chama Junie.

A luz está desaparecendo rápido, e eu não faço ideia se há postes de luz, luzes de parque ou qualquer coisa aqui, e então tomo consciência repentina do fato de que alguém me disse certa vez que pumas são mais propensos a dar o bote no cair da noite.

Eu deveria ter me oferecido para comprar um sorvete para Junie, colocado-a no carro e dirigido de volta para o rancho. Teria funcionado alguns anos atrás. Mas isso foi antes de eu estragar tudo tentando salvar meu casamento fazendo meu marido mais feliz do que minha filha.

— Não vou *cortar* seu cabelo — diz Flint. — Vou soltar seis fios para que você possa seguir em frente.

— Isso é *muito* mais do que seis fios.

— Vai crescer de novo.

— Corte minhas unhas. Estrague minha manicure. Rasgue minhas roupas. Roube minha maquiagem. Jogue um smoothie de frutas vermelhas no meu melhor vestido. Arranhe minhas botas. Eu não me importo. Mas *não toque* no meu cabelo. — É a *única* coisa com a qual sou vaidosa. A única coisa em que gasto algum tempo pela manhã e uma quantia significativa em produtos de beleza.

Vaidade e eu não somos muito chegadas, não de verdade, mas meu cabelo? Amo meu cabelo.

— Já está preso na corrente e arruinado — ele diz.

Uma mecha se solta, mas há outro aglomerado ainda preso.

— É assim que você lida com seus alunos? *Deixe-me tomar a opção extrema porque você está sendo emotivo e não quero lidar com isso agora?*

— Eu lido muito bem com emoções.

— Ah, tenho certeza, *sr. Fique Calmo. Sr. Não Pôde me Dizer que Estava me Colocando em Risco de Tomar um Processo desde que o Tio Tony Morreu. Sr. Eu Não Gosto de Você, Mas Não Vou Dizer o Porquê na sua Cara*. Eu não preciso desse jeito de lidar com emoções. Obrigada por trazer meu jantar. Agora, por favor, com licença. *De novo*. Preciso me desvencilhar e levar minha filha para casa.

Se o último ano me ensinou alguma coisa, foi quantas facetas existem no diamante da vida. Tenho amigos, *bons* amigos, que escolheram Dean no divórcio porque achavam que fosse eu a errada em meu casamento.

E sabe de uma coisa?

Eu fui parte dele. São necessários dois indivíduos, certo?

Mas não foi tudo culpa minha, e o fato de acharem que ele era totalmente inocente foi um golpe.

Especialmente quando ele já está por aí promovendo seu próximo programa com sua amante, que para mim será para sempre sua amante, não importa para onde vá seu relacionamento. De acordo com o detetive particular que meu advogado de divórcio recomendou, Dean já estava profundamente envolvido com ela antes de entregar os papéis para me tornar sua ex.

— Eu estava pensando em falar com você sobre as crianças e o rancho — diz Flint, baixinho.

Como se estivesse sendo o *razoável*.

Eu odiava pra caralho, sim, *pra um caralho* quando Dean tentava me convencer com *lógica* depois de fazer algo estúpido com que eu tinha todo direito de ficar chateada, e *maldita* seja eu se deixar outro homem, nem mesmo um homem mais gostoso do que a região de Deep South em agosto, fazer eu me sentir *inferior* por causa das minhas emoções novamente.

Maldição.

NÃO FAZ MEU TIPO

— Tenho certeza de que estava — respondo enquanto desfaço o nó no meu cabelo. — E tenho certeza de que pensa que sou uma estraga-prazeres total por dizer não. Mas, se minha escolha é entre te decepcionar ou colocar a mim mesma e, portanto, minha filha em risco, então está bem claro o que eu deveria escolher, não é?

Se não é outro suspiro que sai da boca dele, ele realmente precisa ir a um médico dar uma olhada nessa respiração ruidosa.

— Posso, por favor, te ajudar a sair daí antes que Earl sinta o cheiro do seu jantar e venha verificar?

Meu coração salta na garganta. Sim, eu sabia que estava escurecendo, mas por que não pensei no cheiro da comida?

Que *ele* trouxe aqui e está claramente *feliz* em me culpar por isso.

— Estou me saindo muito bem.

— Você está piorando a situação.

— Por favor, *não* me explique como desembaraçar o cabelo, por favor.

— E quanto de experiência você tem com cabelo em correntes?

— Você ficaria surpreso.

— Merda. Certo. Você fazia isso o tempo todo no seu programa.

— Você assistia ao meu programa?

— *Tony* assistia ao seu programa. Ele falava sobre você o tempo todo. Sempre que eu aparecia, ele me fazia assistir também.

Uma onda de tristeza por um homem com quem conversei muito pouco na minha vida adulta me apunhala no peito.

Ele finalmente teve um rompimento definitivo com a maior parte da família da minha mãe há alguns anos, e conversei com ele cada vez menos depois disso.

Sabendo o que sei agora, gostaria de ter me esforçado mais para manter contato além de um e-mail ou uma ligação ocasional. Ele sempre teve uma maneira de fazer eu me sentir tão feliz sempre que nos comunicávamos.

Enquanto conversávamos, Flint se aproximou de mim como se eu fosse um puma ferido. Levanto uma mão na minha frente.

— *Não corte* meu cabelo.

— Segure a lanterna — ele responde abruptamente, entregando-me seu celular, o canivete fora de vista. — Você não consegue enxergar para desembaraçar desse ângulo.

Eu pego seu celular. Nossos dedos se tocam, e sinto cheiro de sal e limão. O homem cheira a uma margarita sem a queimação da tequila. Ironicamente, considerando que tudo o que ele faz é me queimar.

— Ilumine seu cabelo — ordena ele.

— Eu *estou* iluminando!

Pelo menos, o melhor que posso. Quando ele puxa suavemente para desembaraçar os fios, sinto isso no meu couro cabeludo, e meu couro cabeludo é um traidor de merda.

Eu adorava quando Dean brincava com meu cabelo, mas isso foi há eras.

— Fique parada — diz Flint.

Cerro meus dentes e tento ficar parada. Poderia resolver isso sozinha, mas, daquela vez que meu cabelo ficou preso na corrente no programa de Dean, quando foi ao ar, a edição fez parecer que passei o programa inteiro tentando desembaraçar.

Assim como boa parte do resto do programa, não foi uma representação precisa do que fiz naquele trabalho; filmamos e trabalhamos naquela casa por uma semana inteira, e *não* fiquei presa naquela cadeira de balanço por muito tempo, mas, ainda assim, foram necessários três de nós e uns bons quinze minutos para concluir a tarefa.

Ajuda é sempre bem-vinda.

Sei disso.

Mas ainda me distraio enquanto ele trabalha no nó, que está se soltando, olhando fixamente para o celular dele.

E aí volto a ficar irritada, porque, enquanto estou torcendo o celular para tentar manter a luz apontada corretamente, vejo a foto na tela inicial.

É o time de futebol do Demons para o qual ele não deixa Junie fazer o teste.

— Mãe? — repete Junie. Ela está próxima agora. Sei pela sua voz.

— Emaranhei meu cabelo — digo a ela. — Estou bem. Vou ficar bem.

NÃO FAZ MEU TIPO

E agora minha filha está suspirando exatamente como o homem cujos dedos continuam tocando os meus, fazendo faíscas subirem pelo meu braço e minha vagina se contorcer por dentro.

Você não vai chegar perto desse homem, eu lembro à minha vagina.

A respiração dele no meu ouvido faz com que ela se contorça de novo.

Claramente, eu tenho um tipo.

Gosto dos caras que não gostam de mim.

— Como você fez isso ficar tão emaranhado? — indaga Flint.

— Perguntei a mim mesma: *Qual é a maneira mais ridícula que podemos amarrar nosso cabelo nesta corrente e criar uma situação superdesconfortável para todos hoje à noite?* E então fiz isso, mas pior.

Sim, estou *totalmente* no meu melhor hoje.

— Afaste-se — diz Junie para Flint. — *Você* está piorando as coisas. Mãe, fica parada. Eu resolvo isso.

— Junie...

— Você se lembra do último desfile de Quatro de Julho? E das lâmpadas no seu carro alegórico?

Agito o celular de Flint, gesticulando para que ele o pegue de volta.

— Ela está certa. Está tudo sob controle. Muito obrigada por pensar em nós e trazer nosso jantar. Isso foi muito gentil.

— Estou quase terminando — diz ele.

— Quase não é tudo...

Um uivo a interrompe no meio da frase.

Um uivo não suave. Um uivo não distante.

É respondido por mais três uivos.

Arrepios correm pelo meu corpo. Os pelos da minha nuca se arrepiam. Meu estômago se revira, e meus ombros se encolhem para dentro.

Esse é um uivo de *estou caçando e consigo sentir o seu cheiro*.

— E terminamos — diz Flint.

Mal registrei o clique da lâmina de seu canivete abrindo antes de eu estar livre.

— Onde está seu carro? — pergunta ele.

— *Ai meu Deus, meu cabelo* — soluço.

— *Mãe!* — Junie agarra minha mão. — A caminhonete. *Onde está a caminhonete?*

Flint me agarra pelos ombros, vira-me para a rua principal, onde os postes de luz estão piscando um pouco mais adiante, e empurra.

— Liguem a lanterna dos celulares e imponham-se o máximo que puderem.

— Os lobos vão nos comer? — pergunta Junie.

— Provavelmente não. *Imponha-se*, Maisey.

Meu cabelo.

Meu cabelo.

E também...

— Eu me ofereço primeiro, querida — digo a Junie enquanto tropeço na escuridão, uma mão agarrando a dela, a outra testando o cabelo espetado ao lado da minha cabeça enquanto me convenço da mentira de que, se os lobos me comerem hoje, Junie saberá que deve colocar uma peruca boa em mim para o velório.

Não saberá? Droga. Preciso avisar a ela. Mas provavelmente não antes de consertar mais um pouco nosso relacionamento.

Isso são lobos?

Ou coiotes?

E faz diferença?

— Quando eles me atacarem, você corre e saiba que eu te amo.

Flint resmunga.

Junie suspira.

E então estamos de volta à civilização, que não estava tão longe, com risadas escandalosas vazando da Iron Moose, logo no fim da rua.

— Ali está minha caminhonete — grito.

Tenho que entrar na caminhonete e tirar Junie de perto dos lobos. E então eu a levo para casa, onde posso estacionar na garagem e fechar a porta antes de sairmos e ver como está meu cabelo.

E lidar com a bagunça que espalhei pela casa enquanto tirava os últimos pertences do tio Tony da sala em que os funcionários da casa de leilão os deixaram, antes que nosso caminhão de mudança chegue amanhã.

Eu sou tão ridícula.

E isso foi uma péssima ideia.

Tudo.

O jantar. O parque.

Mudar Junie para algum lugar com predadores que gostam de comer mulheres *que fizeram suas pesquisas* e podem teoricamente, mas não na realidade, lidar com a vida selvagem.

— Obrigada pelo nosso jantar — diz Junie com frieza para Flint.

Ele resmunga um "de nada", e estou apressando minha filha para entrar em um local seguro.

Colocamos o cinto de segurança, ela segura nosso jantar no colo, e, quando tenho certeza de que as janelas estão fechadas, viro para olhar para ela.

— Desculpe por ter sido tarde demais para que você pudesse fazer o teste para o time de futebol. Vou te compensar. — Ela funga. — Eu estou falando sério, Junie. Vou arrumar um treinador particular para você ou encontrar outra liga em algum lugar do estado para você jogar, não importa o quão longe tenhamos que dirigir, e...

— Mãe. Tá tudo bem.

Meia tonelada sai dos meus ombros, mesmo que eu não acredite inteiramente na minha filha.

— Eu não acho que esteja. — Aperto a mão dela. — Sei que isso é difícil e continuo a decepcionando.

— Não quero jogar futebol se ele for o técnico.

— Junie...

— Para, mãe. Eu entendo. Você tem que viver esta aventura da vida e descobrir quem é agora que não é mais a copiloto do meu pai, e todo mundo te odeia pelo que a vovó fez. Estou no meio disso, a meio criança, meio adulta que precisa terminar o ensino médio porque é o que a sociedade diz que devo fazer, mesmo que eu pudesse cuidar de mim mesma *muito bem* se falsificasse uma identidade e um diploma, e arrumasse um emprego e um apartamento.

Ignoro o quanto ela claramente pensou nisso antes. As conversas de Junie só mostram a ponta do iceberg quando se trata do que ela pesquisou.

Adolescentes são inteligentes e têm informações *demais* ao alcance dos dedos.

— Você esqueceu a parte em que tem que aprender a dirigir — digo.

— Eu também vou arranjar um *sugar daddy* que vem com um motorista.

Dê-me um saco de papel. Preciso hiperventilar. Mas empurro tudo para dentro e olho para ela na escuridão crescente.

— Você não está mais brava?

Ela dá uma risada de novo, mas essa é decididamente menos engraçada.

— Agora. Neste exato momento, eu só estou feliz por ainda estar viva.

Neste exato momento.

Vou aceitar isso.

Capítulo 6

MAISEY

Conhecer uma nova cabeleireira não deveria ser o primeiro item na minha lista de tarefas hoje de manhã; nossas coisas serão entregues em algumas horas, e ainda preciso terminar de tirar os últimos pertences do tio Tony do quarto que Junie escolheu como seu próprio espaço, além de matriculá-la formalmente na escola, mas aqui estamos nós, com meu cabelo tomando prioridade sobre transformar a casa herdada em nosso novo lar.

— Ah, você fez uma bagunça nisso, não fez? — diz Opal, do Cortes e Cachos da Opal, enquanto estuda o aglomerado de cabelo maluco espetado acima da minha orelha.

Não teve lavagem, penteado, modelagem ou disfarçada com a parte mais comprida do meu cabelo que fizesse abaixar.

Minhas opções eram passar o próximo ano com uma bandana ou dar prioridade a um corte de cabelo hoje.

Quando liguei para Opal esta manhã e contei que era nova na cidade e que tinha uma emergência, ela soube exatamente quem eu era e me disse para ir até lá.

Estou me arrependendo.

Não me entenda mal, o salão é encantador, e eu adorei. As paredes brancas são cobertas com silhuetas artísticas de mulheres chiques tendo um dia de cabelos perfeitos. Há duas janelas enormes de cada lado da porta de vidro, deixando entrar muita luz natural. Luminárias de globos translúcidos pendem em vários comprimentos pelo espaço, complementadas com iluminação embutida. As cadeiras da sala de espera são vibrantes e divertidas, em amarelo, rosa e roxo, e as mesas de centro têm pilhas de revistas recentes de fofocas de celebridades e revistas femininas.

Por favor, não pergunte como eu sei que elas são recentes.

Tudo o que estou dizendo é que, nos seis anos em que desempenhei a coadjuvante cômica e inepta no programa *Reformas do Dean*, meu papel nunca ficou popular o suficiente para justificar fotos nossas na capa de revistas de celebridades. Tínhamos um programa de nível D que a rede continuava renovando porque não éramos controversos e Dean tinha lábia. Nem mesmo os tabloides cobriram o julgamento da minha mãe.

Mas meu arrependimento em estar aqui nem tem a ver com ser confrontada com meu ex-marido e sua nova namorada na capa de uma revista de fofocas de segunda classe, já que ele aparentemente é, pelo menos, de nível B, agora que me largou e seguiu em frente com um novo programa em um horário mais nobre.

Minhas dúvidas são todas cortesia do quanto este lugar está lotado.

Juro que metade de Hell's Bells está enfiada neste prédio. O salão tem oito cadeiras, sete delas atualmente em uso, e quase todas as cadeiras na sala de espera estão ocupadas.

É uma quarta-feira.

As pessoas não trabalham das nove às cinco?

Ou as horas de trabalho são flexíveis assim por aqui?

Quero fazer amizades. Quero, sim.

Mas estou ligeiramente intimidada e nervosa de que cometa os mesmos erros com todos os outros que, de alguma forma, cometi com Flint ontem.

— Eu não fiz isso — digo a Opal rapidamente, tentando manter meu tom leve e divertido. — Alguém com um canivete e vontade de morrer fez isso.

— Ele estava tentando nos salvar de sermos comidos por lobos, então acho que ganha, tipo, dois pontos por isso. Mas poderia ter cortado mais perto da corrente em vez de tentar arrancar sua orelha. — Junie está sentada em uma cadeira oval cor-de-rosa vivo ao longo da parede em frente à minha cadeira de salão, seus olhos colados no telefone, que ela ocasionalmente levanta mais alto como se tentando conseguir um sinal melhor.

— Ah, você é a razão de ter um tufo de cabelo humano no parque hoje cedo? — pergunta Opal. Ela é uma mulher branca nos seus cinquenta e cinco, sessenta anos, com o cabelo raspado de um lado e a parte mais longa jogada sobre a cabeça e tingida de azul brilhante. O avental dela proclama em voz alta *Nem vem de garfo*, e ela o usa sobre calças jeans justas, com tênis Converse de cano alto e uma blusa branca impecável. — Teve todo um *bafafá* no Facebook sobre isso.

Junie funga baixinho.

Tento encontrar os olhos dela no espelho para dar-lhe o olhar de *não zombe das pessoas*, mas acabo pegando o olhar de Opal.

E aquele olhar está dançando alegremente, como se ela estivesse esperando para ver se uma de nós vai discutir com ela sobre o *bafafá* ou o *Facebook*.

— Tive um pequeno contratempo no balanço ontem à noite — digo a Opal. — Meu cabelo teve um contratempo maior.

— Eu notei. Quem é esse *ele* que te salvou?

— Um perrequeiro aí — resmunga Junie.

— Ah, uma história — diz Opal antes que eu possa perguntar a Junie o que é um *perrequeiro*. — Conta, conta.

— Um professor local do ensino médio nos encontrou do lado de fora do parque ao anoitecer e nos assustou — digo a ela.

— Qual professor? — pergunta uma das outras senhoras.

— O sr. Você Não Pode Entrar para o Time de Futebol Porque Já Fizemos os Testes — responde Junie antes que eu possa falar.

Há um suspiro coletivo, e então todos se viram para me encarar.

Não, *eu* não.

Opal.

Elas estão encarando Opal.

Seus lábios se curvam.

— O sr. Jackson? — ela pergunta a Junie no espelho.

Junie revira os olhos.

— Seja lá qual for o nome dele. Ele nos ajudou a enterrar uma vaca e me fez pensar que era um ser humano decente, e então destruiu todos os meus sonhos de uma transição fácil para uma nova escola de ensino médio.

— Ele é sobrinho da Opal — sussurra alguém.

Eu quase saio da cadeira, mas ela coloca as mãos nos meus ombros e me mantém no lugar.

— Sou uma cabeleireira muito melhor do que ele — diz ela, sarcástica.

Olho para sua cabeça azul meio raspada. Tenho essa coragem? Tenho?

Será que eu poderia ir tão longe?

Não, você é uma covarde, respondo para mim mesma. *Nem participou do dia da tatuagem no ensino médio quando todos os seus amigos fizeram dezoito anos. Além disso, June ficará mortificada e deixará de falar com você para sempre se pensar que está tentando ser jovem e moderna.*

— Não é a primeira vez que ela conserta as tentativas dele de corte de cabelo — diz alguém com um riso.

— Ele é tão rígido com as regras — acrescenta outra pessoa, ao que, para deixar registrado, eu não dou risada.

— E um destruidor de corações — murmura a mulher no assento ao meu lado.

Metade das mulheres na sala se contorce.

Juro que sim.

Opal ignora os murmúrios.

— Estou pensando em fazer um corte pixie em você.

Junie dá um suspiro.

— Ah, não, eu não posso ter cabelo curto. — Eu me encolho por dentro, *quem é a estraga-prazeres?*, mas continuo insistindo mesmo assim. — Tenho que poder prendê-lo em um rabo de cavalo para que não atrapalhe quando estou trabalhando.

— Tem uns negócios chamados faixa para a cabeça e grampos de cabelo — retruca Opal. Ela passa os dedos pelo meu cabelo, balançando-o para um lado e para o outro. — Você se acostuma. E não tem muitas opções com esse tufo curto aqui.

— Meu cabelo...

NÃO FAZ MEU TIPO

— Vida nova, cabelo novo — interrompe Opal. — Você não pode sair de uma rotina se não fizer mudanças, e o seu cabelo é uma boa mudança. Rabo de cavalo diz *sou uma mãe que não consegue manter minha vida completamente sob controle e se contenta em deixar outra pessoa levar o crédito pelo meu trabalho*. Corte pixie diz *cuidado, mundo, Maisey Spencer é descolada, ligeira e fabulosa para qualquer coisa que vier pela frente*.

— Ei. — A mulher de pele escura na cadeira ao meu lado diz. Ela aponta para o próprio cabelo longo. — Mancada.

Opal revira os olhos, mas também parece se divertir.

— Em Maisey, não em todo mundo — ela corrige. — Você faz esse rabo de cavalo parecer incrível, Charlotte.

— Obrigada — diz Charlotte.

Opal mexe no meu cabelo de novo.

— Com certeza um corte pixie. E, se você realmente odiar, ele crescerá de volta em mais três ou quatro anos. O que são três ou quatro anos para aprender a amar seu cabelo novamente no grande esquema das coisas?

— Você não perde tempo, hein?

— Não quando se trata de ajudar mulheres a se tornarem a próxima versão fabulosa de si mesmas.

— Você pode conversar com o treinador Jackson e convencê-lo de que a minha versão fabulosa de mim mesma envolve estar no time de futebol? — pergunta Junie.

Opal sorri para ela.

— Se você quer entrar para o time, vá conversar com ele.

Junie encontra meus olhos no espelho, depois volta para o telefone.

— Quem perde é ele.

— Eu adoro adolescentes — murmura Opal. — Eles são muito inteligentes e também muito hostis. Um pouco como mães recém-divorciadas que pensam que se mudar para o outro lado do país e para um rancho aleatório que herdaram de um velhinho de espírito livre resolverá todos os seus problemas.

Isso poderia dar muito, muito errado.

— Você conhecia o meu tio Tony?

Ela arqueia uma sobrancelha.

— Certo. Cidade pequena. E Flint aluga a casa de caseiro dele. É claro que conhecia.

— Não tem uma pessoa na cidade que não tenha uma história sobre Tony.

— Ou Gingersnap? — pergunta Junie.

— Ah, aquela vaca! — Opal ri. Metade das outras pessoas no lugar também. — Ela invadiu minha porta dos fundos e se meteu na minha tintura de cabelo uma noite há alguns anos.

— Invadiu meu escritório de advocacia enquanto eu estava *em reunião com o governador* e fez a peruca dele de lanche — acrescenta Charlotte.

Alguma coisa deu um clique em minha cabeça, e me viro para encarar aquela mulher.

— Meu Deus! Você é Charlotte. Você fez o testamento do tio Tony.

Ela concorda e tem sua cabeça segura por sua cabeleireira, muito parecido com Opal pegando minha cabeça e me virando para olhar para a frente de novo.

— Ele o atualizou há cerca de dez anos.

Meu coração de repente dói. Junie tinha seis anos, e o tio Tony nos convidou para que ela pudesse montar cavalos.

Dean não quis ir.

Ele insistiu que a levássemos para a Disneylândia em vez disso.

Foi divertido, apesar de avassalador, mas gostaria que tivéssemos vindo aqui.

Junie não conheceu o tio Tony. Não pessoalmente.

— Um monte de gente achou interessante que ele deixasse a fazenda para alguém desconhecido pela maioria de nós — diz Opal.

Eu não sinto julgamento.

Na maior parte, curiosidade.

— Ele era o desajustado da família da minha mãe — digo.

Junie faz um barulho que não precisa de interpretação. *Quão pior que a vovó ele podia ser, se ela está na cadeia, e o desajustado era ele?*

Lanço um olhar para ela, que já está completamente escondida atrás de uma revista agora.

Uma com uma foto de Dean e sua namorada na capa.

Boa sorte para ela.

Refiro-me à namorada.

— Agora, como é que Tony Coleman era o desajustado de *qualquer* família? — Quis saber Charlotte. — Ele era um pouco... excêntrico... mas sempre foi adorável.

— Ele aparentemente era bem selvagem na juventude. — Sorrio de algumas das histórias que ouvi, principalmente coisas bobas, como maconha, corridas em estacionamento e um incidente envolvendo bombinhas em um esgoto que me fizeram jurar sob pena de morte para nunca, jamais, repetir. — Quando eu era *bem* pequena, me disseram que ele tinha a marca do diabo nele e que era uma alma perdida e imoral condenada ao inferno. Mas então mudamos de igreja, ele ganhou na loteria e comprou este lugar, meus pais se divorciaram e de repente ele era bom o bastante para cuidar de mim aqui uma ou duas semanas todo verão.

— *Mãe* — diz Junie. — Você nunca me contou nada disso.

— Eu sei. Desculpe-me, ne.... Junie. Vou te contar mais histórias agora. Prometo.

— Ele era selvagem por aqui? — pergunta Junie para Opal, que está sacudindo uma capa e me preparando para cortar o cabelo.

— Ele nunca encontrou uma alma necessitada que não estivesse disposto a ajudar — explica Opal para minha filha. — Animais. Humanos. Uma vez, adotou um cacto que caiu do carro de alguém enquanto eles estavam saindo da cidade.

Isso soa como o tio Tony. Pisco para afastar a pequena sensação de ardência que quase sempre ameaça meus olhos desde que chegamos aqui.

— Nós deveríamos ter feito mais visitas.

— Você falava muito com ele? — pergunta Opal.

— Ele ligava de vez em quando. E-mails eram mais frequentes. Mas ele e minha mãe tiveram uma briga feia há alguns anos...

— Hum. Sei.

Estudo Opal no espelho.

— Nunca consegui uma resposta direta sobre o motivo — digo, devagar.

— Algo sobre um novo empreendimento em que ela queria que ele investisse. — Charlotte se intromete. — Sua mãe não rouba bebês para vender no mercado paralelo, rouba?

— Ai, meu Deus, *não*.

Junie se encolhe na cadeira, a revista tão perto de seu rosto que não é possível que ela consiga ler.

— Por que... por que você pergunta? — indago Charlotte.

— Nunca vi Tony tão zangado — responde ela. — Tudo o que ele dizia era *família estúpida, ideias estúpidas... eu não sou assim*.

— Isso é... tudo o que ele disse?

— Para todos nós — diz Opal.

— Hum.

No canto do meu olho, vejo Charlotte abafando um sorriso.

— Pensei que era um daqueles esquemas de marketing multinível. A única outra vez que o vi tão irritado foi quando ele acolheu um cara de passagem que ficou preso aqui com problemas no carro por alguns dias. Os dois estavam na Iron Moose, comendo sanduíches e o assado de bisão, e, no minuto seguinte, Tony tinha virado a mesa de cabeça para baixo e estava gritando com o cara para cair fora com seu discurso nojento de vendas de óleo de cobra.

— Provavelmente, o homem não deveria ter começado com as vitaminas para problemas de impotência — murmura Opal para mim.

Se Junie ouviu isso, ela não reage.

Mas eu, sim.

E a história me proporciona a primeira risada sincera que tive desde que cheguei aqui.

— Pensei que ele supertoparia os suplementos à base de ervas — diz Charlotte. — Ele se encaixava no perfil em quase todos os outros aspectos. Mas é por isso que não estereotipamos, não é?

Dou outro olhar rápido para ela enquanto Opal pega a tesoura.

Charlotte está fazendo uma referência sutil às coisas que as pessoas daqui pensavam sobre mim?

— Eu não quis dizer você — explica ela, rapidamente. — Tony nunca disse nada de ruim sobre você. Na verdade, quando ele veio refazer seu testamento há dez anos, me contou que você estava em um relacionamento ruim, que não sabia disso e que, um dia, precisaria de um lugar para onde ir. Falou que queria garantir que você tivesse isso, estivesse ele ainda aqui ou não. — Calafrios descem pela minha espinha, seguidos de um calor que parece um abraço. — Você ouvirá as pessoas dizerem que ele planejava deixar o lugar para o município, e, honestamente, ele falava sobre isso de vez em quando — continua Charlotte, tendo a cabeça apontada para a frente enquanto fala. — Mas, toda vez que eu perguntava se ele queria atualizar seu testamento, dizia: *Só quando eu souber que minha sobrinha não precisa mais de um plano B.*

Eu não vou chorar. Não vou chorar. Não vou…

— Estamos aqui para você, querida — murmura Opal. — *Todos* nós, mesmo que *alguns* de nós tenham agido como babacas ontem.

Droga.

Meus olhos estão ficando muito quentes para aguentar.

Pois é.

Eu vou chorar.

Opal aperta meu ombro.

— Seu cabelo divide naturalmente aqui? Ou você quer repartir do outro lado quando estiver curto?

Assinto rapidamente e tento limpar meus olhos com discrição enquanto finjo que estou afastando um fio de cabelo deles.

E não engano absolutamente ninguém.

— Nós sabemos o que Tony queria, Maisey — diz Charlotte. — Não sabemos por que você está finalmente aqui ou o que planeja fazer com o rancho, mas Opal tem razão. Estamos do seu lado. Especialmente se você entrar na APM, a Associação de Pais e Mestres.

Todos riem.

Até eu.

— Você vai fazer um reality show sobre o rancho? — pergunta alguém.

Estremeço e me ponho a pensar no futuro.

— Eu *nunca mais* quero ver outra câmera na minha vida. Mas *vou* consertar o que precisar ao redor do rancho. E acordei hoje de manhã pensando em algumas amigas que conheço online que estão passando por divórcios. Elas não têm um tio Tony com uma casa à espera quando precisam. Quantas pessoas têm? E eu estava apenas pensando, não seria adorável adicionar algumas casas simples à propriedade? *Não* a urbanizar. Não a urbanizar. Apenas alguns lugares a mais para acolher almas perdidas.

— Como Tony fazia — murmura Opal.

Concordo.

— Enquanto isso, provavelmente vou reformar a casa de convidados... o lugar não seria ótimo para um retiro de artistas? E derrubar o celeiro...

A cabeleireira na cadeira do meu outro lado deixa cair suas tesouras. Três mulheres e o único homem no salão hoje de manhã engasgam.

Junie ergue o olhar da revista e a sobrancelha para mim como quem pergunta: *O que houve?*

— Flint sabe? — pergunta o único homem.

— Ele vai ficar maluco.

Eu hesito.

Certo.

O sr. Seguidor de Regras para Futebol tem usado a fazenda do tio Tony para adolescentes problemáticos enquanto eu não tinha o seguro para cobrir acidentes.

— Preciso dar uma olhada mais atenta, mas, do lado de fora, parece não estar estruturalmente firme, e não quero ser responsabilizada caso desmorone enquanto alguém estiver lá dentro.

— Razoável — fala Opal.

— Não estou dizendo que não vou reconstruir o celeiro, mas comecei uma lista de prioridades para a fazenda, e...

— E a segurança em primeiro lugar — completa Charlotte.

— *Isso*.

Ela me lança um olhar que diz que suspeita que haja muito mais na minha história.

Mas não é o mesmo olhar de suspeita que Flint me lançou ontem.

Isso me parece mais uma curiosidade genuína vinda de alguém que gostava do meu tio o bastante para me dar uma chance.

— Quando foi a última vez que você esteve aqui? — pergunta ela. E não acho que seja julgamento; acho que é curiosidade.

Olho para Junie e faço cálculos rápidos.

— Talvez dezoito anos atrás. Não voltei depois que fui para a faculdade.

— Então você e Flint não estariam aqui ao mesmo tempo — reflete ela.

Olá, história que eu não acho que quero ouvir.

— Tenho pouquíssima lembrança de alguém daqui daquela época, além do tio Tony.

— Suponho que você deva saber que Flint usou a fazenda por anos para ajudar adolescentes com dificuldades que precisavam de um escape.

Suspiro.

Eu entendo. Entendo mesmo.

Sou a forasteira com a terra que foi usada para o bem antes de eu estar aqui, e agora as coisas estão mudando, o que é difícil.

— Não estou dizendo que isso está fora de questão — digo lentamente. — Mas preciso contratar um seguro de acidentes primeiro, e isso vai envolver a fazenda ser inspecionada, o que vai levar tempo.

Opal suga uma de suas bochechas para dentro da boca. E não sei se isso é um bom sinal ou não. Ela está achando graça?

Ou pensa que sou uma pessoa da cidade grande que adora processos?

— Sei que as coisas são diferentes em cidades pequenas — digo baixinho. — Acredite em mim, estive em muitas nos últimos seis ou sete anos. Mas esta é a casa que preciso para Junie agora, e não posso fazer *nada* para arriscar sua estabilidade.

— Todos nós faríamos qualquer coisa por nossos filhos — responde Opal, igualmente baixo.

— Você tem filhos?

— Só Flint. Ele se mudou comigo pouco antes do último ano do ensino médio.

Junie espreita por cima da revista.

Abro a boca para perguntar o que aconteceu, mas Opal me interrompe.

— Vamos consertar essa bagunça ou não? — pergunta ela.

— Meu cabelo ou a bagunça que seu sobrinho acha que estou fazendo no rancho? — indago, irônica.

Ela bagunça meu cabelo.

— Continue falando. Vou começar a cortar.

— Na verdade, não quis dizer que concordo com esse plano de cortar, então...

— Corte o cabelo pixie, mamãe — diz Junie. — Você vai ficar tão adorável que vou ter que filtrar todos os seus pretendentes, o que será tão nojento que ficarei feliz em ir para a escola. E depois, se o sr. Jackson ficar chato demais morando lá na casa do caseiro e não me deixar entrar no time de futebol, podemos nos mudar para a casa de um dos seus *sugar daddies*. É muito melhor *você* ter um *sugar daddy* que me contrate um motorista. Todo mundo sai ganhando, certo?

Aperto os olhos.

— Ok. Ok. Vou fazer o corte pixie.

— E nada de balanços — diz Junie.

— Ou de ficar perto de homens com canivetes.

— A menos que sejam bonitos — fala Opal.

Olho de soslaio.

— Não é engraçado.

— Você não quer namorar? — pergunta ela.

— Vim aqui para me reconectar com Junie...

— Porque não há literalmente *mais nada* a fazer, então ela está me forçando a passar tempo com ela — interrompe Junie.

— É claro — concordo secamente. — Quase ser devorada por um urso, enterrar uma vaca, quase incendiar o forno fazendo o café da manhã hoje cedo, já que eu não sabia que estava quebrado, sair para comprar botas de caubói, jantar ontem e fazer novos amigos adultos, e depois me soltar do balanço ontem foi tão *chato*.

Ela revira os olhos.

Eu reviro os meus ainda mais, só para provar que posso.

Opal abafa visivelmente um riso.

— E vir para cá é sobre me encontrar novamente, e não quero dizer *me encontrar com um novo homem*.

— *Girl power* — diz Charlotte. — Bem-vinda ao incrível clube de divorciadas de Hell's Bells. Nós nos encontramos algumas vezes por semana para o clube do livro. E por *clube do livro* quero dizer clube de vinho e lágrimas.

— Estou *superdentro*.

Ela levanta uma taça imaginária. Eu bato minha taça imaginária, e olha só.

Acho que tenho uma nova amiga.

Opal agarra minha cabeça e me vira para encarar meu reflexo enquanto ela corta um pedaço gigantesco do meu cabelo.

É um esforço hercúleo não choramingar, mas consigo. Vir para cá tem a ver com abraçar a mudança. Posso fazer isso com o cabelo também.

— Então sua filha joga futebol — diz ela baixinho enquanto corta mais do meu cabelo.

— É a vida dela.

— E ela perdeu as seletivas.

— Houve um problema com a minha, digo, com algumas questões familiares e depois outro problema com o pessoal da mudança e... é. É, eu me atrasei, acabei não ligando antes na escola para fazer as perguntas que deveria ter feito e...

— A colheita de cerejas está atrasada este ano — reflete ela. — Você sabia que a torta de cereja é uma das coisas mais maravilhosas de Wyoming?

— Eu não sabia. O que mais...

— A coisa mais maravilhosa — interrompe ela. Firmemente. Com ênfase.

Alguém atrás de nós solta um riso abafado.

Outra pessoa tosse.

Charlotte faz um barulho sufocado.

E percebo exatamente o que está acontecendo.

Opal está me dizendo como apertar os botões de Flint para colocar June no time de futebol.

Isso ou está me sabotando completamente.

— Você está falando sério que subornos funcionam por aqui? — sussurro.

— Suborno? Você não é do tipo de mulher que *suborna*. É do tipo de mulher que se dedicaria muito além do dever para conhecer os professores de sua filha, já que está fazendo isso sozinha pela primeira vez na vida e sabe o quanto é importante estar envolvida.

Ela está.

Ela está, *com certeza*, dizendo-me como subornar Flint para colocar June no time.

Então tá.

Não é como se eu tivesse muito a perder nesse ponto, pelo menos.

Sorrio para Opal.

— Conhecê-la está me deixando muito feliz por eu ter tido um acidente com meu cabelo.

Ela sorri de volta para mim.

— Vamos torcer para que ainda sinta isso depois do seu corte de cabelo e da torta de cereja.

Capítulo 7

FLINT

O primeiro dia de volta ao prédio da escola para me preparar para um novo ano após o verão é sempre um dos meus dias favoritos.

Os corredores estão vazios, exceto pelos meus colegas professores e pela pequena equipe administrativa. Tudo cheira a tinta fresca. Ninguém fumou nada nos banheiros ainda, e há um ar de possibilidade permeando minha sala de aula.

Meus novos pôsteres estão pendurados. Meu pote de prêmios escrito *faça uma pergunta* está cheio. Estou relaxando na cadeira, pés para cima na mesa, navegando pelos meus registros no notebook, quando alguém passa pela porta.

Olho rapidamente, esperando ver um dos meus colegas professores, mas, em vez disso, é uma mulher que nunca vi antes. Ela está com um vestido de verão azul-claro com cabelos curtos banhados pelo sol, pescoço longo, postura reta, um traseiro arredondado e sandálias de salto alto.

Eu me aprumo na cadeira.

Será que é alguém novo do distrito?

Por que ela não estava na reunião da equipe desta manhã?

Viro o pescoço, torcendo-o para olhar mais atentamente, mas ela se foi, deslizando pelo corredor e virando em outro.

Melhor assim mesmo. Não sou contra me divertir e gosto de me *divertir*, mesmo que não queira relacionamentos sérios, mas meu trabalho é um lugar onde faço um esforço para não encontrar diversão.

Aprendi essa lição da maneira mais difícil.

Deixei meu último distrito escolar e voltei para cá por causa disso.

Resmungo para mim mesmo e torno a olhar a lista de presença. Parece que tenho Juniper Spencer no meu segundo período. Trigonometria. Então ela é avançada. *Se* elas ficarem, eu a terei na aula de cálculo no próximo ano.

Resmungo outra vez. É uma turma pequena todos os anos, talvez cinco alunos, o que significa que nós nos tornamos próximos.

Merda.

Isso não é um erro, é?

É para o próprio bem de June, digo a mim mesmo.

Hell's Bells High foi onde eu terminei o ensino médio também, e queria que alguém tivesse dito ao sr. Simmerton para pegar leve comigo em literatura inglesa até eu me encontrar, o que nunca aconteceu. Estou zelando por uma novata na escola da maneira que alguns de meus colegas professores talvez não considerem fazer.

Especialmente os professores que moraram em Hell's Bells a maior parte da vida.

Que basicamente é a maioria deles. E o mesmo para os alunos.

Não há muita rotatividade em Hell's Bells, e o ensino médio é pequeno; pouco mais de cem alunos no total na maioria dos anos. Algum magnata do petróleo doou o prédio para o município há décadas. Se não tivesse feito isso, nossos filhos teriam que pegar um ônibus para uma escola do condado a cerca de trinta quilômetros de distância todos os dias. A gente dá um jeito, fazendo o possível para equilibrar nossas limitações com a necessidade de cada aluno.

E parece que June estará em cursos regulares de nível inicial pelo restante de sua grade curricular.

O que significa que agora estou me perguntando se Maisey a segurou em um mesmo nível para facilitar a transição e June deveria ser nível avançado em todas as matérias. Ou se a matemática avançada está errada. Ou por que estou me envolvendo nisso tudo quando June Spencer *não* será uma das crianças que virá a mim pedir ajuda se tiver problemas com alguma coisa.

Não, se eu não a deixar entrar para o time de futebol.

Estou esfregando meu rosto para esconder um suspiro de frustração quando vejo outro movimento na entrada da porta.

Ela voltou.

A mulher do vestido azul está de volta e, desta vez, não se afasta; para bem na minha porta, sorrindo brilhantemente para mim.

— Aqui está você! Eu ouvi errado a sra. Vincent no escritório e pensei que ela tivesse dito para procurar à *esquerda* no final do corredor, não à *direita*. Esta é sua sala de aula? *Adoro* aquele pôster do Einstein. Não que isso deva dissuadi-lo de deixá-lo lá. Tenho certeza de que os adolescentes também vão adorar. Quem não ama um gênio colocando a língua para fora?

Estou de boca aberta e não consigo fazer com que meus músculos a fechem.

Esta não é Maisey Spencer.

Não é.

Não *pode* ser.

Para começar, ela está de vestido.

Mostrando um pouco do decote.

E pernas bem torneadas.

Jesus.

Quem diria que ela estava escondendo panturrilhas de tirar o fôlego e joelhos adoráveis debaixo daqueles jeans?

E o cabelo dela.

O cabelo dela.

Pelo amor de tudo o que é sagrado, alguém me diga que ela não sofreu uma transformação completa que a deixou um espetáculo.

Tem pequenos brincos de diamante nas orelhas, batom rosa decorando seus lábios e fez alguma coisa com os olhos para realçá-los.

Suspeito?

Não.

Estou acima disso.

E o pior?

Eu nunca, em toda a minha vida, fui do tipo de cara que deixa escapar um *fiu-fiu*, mas é exatamente isso que meu pau está dizendo agora.

Maisey Spencer é uma *baita gostosa*, e eu não sou imune a perceber isso, não importa o quanto me irrite.

Ela levanta sobrancelhas delicadas, recém-modeladas para mim.
— Flint? Tudo bem?
— Você é uma garota.
Puta que o pariu, puta merda, eu não disse isso.
Eu tiro os pés da mesa, esforçando-me para encobrir o fato de que essas palavras realmente saíram da minha boca, e, no processo, deixo meu notebook cair no chão.
— Você está bem?
Ela entra em minha sala de aula elegantemente, os saltos clicando como uma bomba-relógio vindo para explodir meu desejo, enquanto me abaixo para pegar o aparelho, que é melhor que não esteja quebrado, o que me coloca exatamente no lugar certo, digo, *errado*, para perceber seu vestido balançando logo acima dos joelhos.
Seus adoráveis joelhos.
O que *diabos*?
Quem acha *joelhos* adoráveis?
E por que estou congelado, olhando fixamente para o leve vislumbre da parte de baixo dos seus músculos da coxa, o que eu *não* deveria estar reparando nesta mulher e *definitivamente* não deveria querer ver mais?
Quem quer ver os *músculos da coxa* de uma mulher quando há aquele pequeno decote, aquele pescoço esbelto e aqueles lábios carnudos pintados de rosa?
Não.
Não, não estou nada bem.
Eu me levanto às pressas e coloco o notebook em segurança na mesa.
— Nada de comida na sala de aula — resmungo.
Eu sou um troglodita.
Seus lábios se franzem, mas os olhos dela, os *olhos* dela.
Eles estão dançando, risonhos.
— Minhas desculpas — diz ela, com uma insolência totalmente excessiva. — Eu estava dando uma volta, me apresentando e entregando tortas de cereja para todos os funcionários, mas, se você não quiser a sua, tenho certeza de que...

Rosno.
É selvagem.
E eu deveria estar envergonhado, mas *torta de cereja*.
Ah, droga.
O cabelo. A torta de cereja.
— Você conheceu minha tia.
— Opal?
Ela desliza a forma de alumínio para cima da minha mesa de madeira e depois a segue deslizando sua bunda para cima da mesa também, fazendo o vestido subir o suficiente para eu ver ainda mais daquelas coxas firmes e grossas. E então balança as pernas.

Vou ter um problema bem visível muito, muito em breve.

— Ela é *tão* talentosa. — Maisey balança o cabelo. — Eu te devo um agradecimento por cortar meu cabelo naquele balanço. Nunca em um milhão de anos pensei que cortaria meu cabelo tão curto, mas, *meu Deus*, eu *adorei*. Sinto-me outra mulher. Então, obrigada.

Anotação mental: tornar-me um eremita enquanto moro na entrada do rancho dela, pela qual ela provavelmente passará umas dezoito vezes por dia.

Inferno, eu a vi passar pelo menos seis vezes todos os dias desde que o caminhão de mudança apareceu alguns dias atrás e agora só estou em casa cerca de quatro horas por dia.

Merda.

— Foi um prazer. — Consigo desentalar.

Fiz isso.

Fiz isso comigo mesmo e agora vou pagar.

Caro.

— Vi que você vai dar aulas de trigonometria para Junie. Se ainda estivéssemos em Cedar Rapids, eu pediria para você não pegar leve. Ela tem esse hábito de dizer que não consegue fazer as coisas para poder se livrar. Tenho quase certeza de que tem medo de falhar, então prefere nem tentar. Mas com todas as mudanças pelas quais teve que passar...

— Eu dou conta muito bem de adolescentes.

É irritante pra caramba quando ela sorri para mim desse jeito.

E o mais irritante?

Hoje não parece falso. Não parece forçado. Não parece manipulador.

Ela apenas parece que está no melhor dia da sua vida.

— É o que tenho ouvido — diz ela. — Todo mundo fala que você é o melhor com as crianças.

— Está tentando me agradar? — Faço um gesto na direção geral de sua pessoa inteira, percebo que estou muito perto dela e dou um grande passo para trás. — É isso que está acontecendo? Você se emperiquitou toda e colocou um vestido e batom nos lábios, e assou minha sobremesa favorita só para colocar sua filha no meu time de futebol?

Ela recua.

— Você está falando sério?

Faço outro gesto na direção dela.

— Isso... isso é... você está me *seduzindo*.

Aquela boca farta se fecha em uma linha rígida, e *caralho* se isso não é ainda mais sexy do que ela rindo.

E quando ela desliza da borda da minha mesa, alinha os ombros e me encara?

É.

Sério mesmo.

Ela está me *encarando feio*.

E eu *gostei*.

— Sr. Jackson, já lhe ocorreu que quando uma mulher se veste, ela está fazendo isso para se sentir bem *consigo mesma* e sua opinião vale menos que zero? Acabei de me divorciar de um homem que não tinha respeito por mim nem por nossa filha. O que diabos te faz pensar que eu tentaria *te* seduzir? O que te faz digno? Isso? — Ela faz um gesto na minha direção exatamente como eu estava fazendo para ela um momento atrás.

E me encolho.

Eu *encolho*.

Ela não percebe ou, se percebe, claramente não acha o bastante.

— Isso? Você? Você vem em um belo embrulho. Ah, *músculos*. E cabelos bagunçados de quem acaba de sair da cama. E barba, tatuagens e um olhar fulminante. Irresistível. Deixe-me ser franca, sr. Jackson. Embora tenha sido bem gentil da sua parte nos ajudar com o urso, a vaca e meu cabelo, você *claramente* não gosta de mim. Estou me esforçando muito para ter respeito suficiente por mim mesma para manter na minha vida apenas pessoas que estão dispostas a gostar de mim. Estou aqui para conhecer os professores e entregar as tortas de cereja por *Junie*. E *só*.

Se você me dissesse, junto daquela vaca morta na semana passada, que Maisey Spencer me reduziria ao tamanho de uma pulga, eu o enxotaria de Wyoming às gargalhadas.

Mas é exatamente isso o que está acontecendo agora.

E o pior?

Assistir a ela se defender está ativando um instinto primitivo dentro de mim que quer jogá-la sobre o meu ombro, marchar com ela pelo estado e dizer-lhe que repita o que disse para que minha mãe possa ouvir como soa uma mulher que se respeita, apesar do fato de eu não falar com minha mãe há anos.

E isso me faz desejá-la.

Maisey.

E não a mulher que me criou até eu não aguentar mais viver naquela casa com ela e meu pai por nem mais um minuto.

Balanço a cabeça, e minha raiva se inflama.

Eu *não* desejo Maisey Spencer.

Correção: não quero desejar Maisey Spencer.

Meu corpo é bem claro sobre o fato de que não se importa muito com o que meu cérebro pensa sobre esse assunto.

— Você não vai embora até eu dizer que Junie pode entrar no time de futebol, vai?

Se eu achei que ela estivesse irritada antes, estava completamente enganado.

— Você já perguntou aos alunos do seu time como eles se sentiriam em revezar com uma jogadora extra de vez em quando, já que ela chegou tarde para os testes? Eu não tenho sido a melhor mãe nos últimos anos; assumo isso. Mas se há uma coisa que estou aprendendo, e aprendendo depressa, é que os adolescentes têm um senso inato do que é certo, errado e justo. Mas se você não quer nem mesmo perguntar, *tudo bem*. Obrigada pela franqueza, sr. Jackson. Vou me certificar de que, da próxima vez que passar pela escola para ver se há algo de que qualquer um de vocês precise, não vou me incomodar em entrar aqui.

Ela se vira, dando-me uma visão daquela bunda e do tecido azul deslizando sobre os músculos, e sai da minha sala de aula sem nem mesmo cambalear em seus saltos.

Maisey Spencer, a mulher que uma vez passou um episódio inteiro de seu programa de TV no hospital depois de tropeçar nas próprias botas, sai da minha sala como se tivesse nascido em uma passarela.

E, se isso não bastasse, quando chega à porta, ela se vira e encontra meu olhar com intensos olhos azuis, inabaláveis, mas brilhantes.

— E espero que você pense em mim quando comer essa torta de cereja. É a *última* coisa minha que você vai comer.

Cada gota de sangue drena da minha cabeça para meu pau ante as imagens que inundam minha visão.

Estou alucinando sobre comer Maisey Spencer.

E não acho que isso vai parar.

MAISEY

Está escurecendo, então preciso voltar para a casa principal e esquentar o jantar para minha reclusa, digo, minha filha, mas há algo catártico demais em dar porradas com uma marreta nas paredes na altura do peito que separam as baias do estábulo.

— Que tal? — pergunto ao desenho horrível do rosto de Dean feito com giz depois de enfiar a marreta nele.

Ele não responde.

Obviamente.

Então passo para o próximo desenho de giz, este de um vaqueiro de cabelos acobreados, que ensina matemática, treina futebol e parece mais um caracol usando um donut na cabeça.

Deixo a marreta cair, sentindo a queimação em meus braços, meus ombros e minha lombar ao levantar a pesada ferramenta mais uma vez. Quando ela aterrissa com uma pancada satisfatória bem no meio dos olhos do vaqueiro caracol, sinto outro jorro de satisfação, rapidamente seguido por arrependimento.

— Eu realmente quero te odiar — sussurro para a parede esfacelada. — Você quebra as regras e usa a fazenda sem garantir que ela tenha seguro contra acidentes, mas não quer quebrar as regras para a minha filha e deixar que ela entre no time de futebol. Onde isso é justo?

— Um cara que eu conheci gostava de dizer que nada é justo — diz uma voz grossa atrás de mim.

Meus ombros se encolhem, meu rosto todo se contrai e minha maldita vagina traidora desmaia.

Eu poderia fingir surpresa, virar-me e *acidentalmente* o acertar com a marreta, mas não preciso *desse* processo também.

Então coloco a marreta no chão e viro para encarar Flint. Estou quase terminando de retirar as baias do instável celeiro que não vai desmoronar hoje, mas definitivamente *não deve* ser usado com frequência. As paredes de suporte e as vigas de sustentação parecem estar mais ou menos razoáveis. Com certeza precisam ser substituídas ou o celeiro inteiro precisa ser reconstruído. Há madeira espatifada por todo o chão e uma teia de aranha na entrada iluminada pelo poente. Se não fosse o sujeito bloqueando a vista, tenho certeza de que eu estaria ofegando admirada pelas cores iluminando o céu sobre o despenhadeiro ao longe, além das árvores.

É tão *bonito* aqui. E sinto que tenho coisas demais a fazer para parar, respirar e apenas aproveitar.

— Pois não? — pergunto a ele.

Se algum homem nasceu com uma expressão teimosa mais natural, eu também não quero conhecê-lo.

Pois eu adoraria!, grita minha vagina.

E agora meu rosto está se contraindo de novo.

Flint levanta uma sacola de matelassê.

— Oferta de paz — resmunga ele.

— Cianeto e frutinhas venenosas locais?

— Bife à milanesa, batatas gratinadas e vagem, tudo feito em casa.

Ele cozinha!

Desisto de discutir com minha vagina sobre como *não vai rolar* e também *ele provavelmente pediu comida para viagem e depois colocou na sacola para parecer que cozinhou*, e deixo fazer seja lá o que ela vai fazer.

— *Isso* está envenenado? — pergunto.

— Tony era... bem mais leniente do que você sobre certas... *regras* para receber crianças em sua propriedade.

Se ele fizer meu rosto se contorcer mais uma vez, posso me transformar na pessoa que faz todas aquelas velhas lendas se tornarem realidade quando tudo ficar paralisado. Aquela última contração doeu. Quem diria que um músculo da bochecha poderia ter uma câimbra assim?

Viro-me e pego a marreta de novo. Estou cansada de pessoas que gostam de regras apenas quando elas são convenientes.

— Obrigada pelo jantar. Junie vai gostar.
— É para você também.
— Obrigada. Não estou com fome.
— Maisey...
— Entendo. Você não pode deixar Junie entrar no time de futebol. Não posso deixá-lo trazer crianças aqui até eu conseguir o seguro contra acidentes. Nós não gostamos um do outro. Você está tentando ser legal porque ainda aluga a casa do meu tio Tony e vai ser um dos professores da minha filha, e vamos ter que nos ver regularmente. Pode confiar, eu consigo ser muito agradável. Tenho *muita* experiência em ser agradável com pessoas de quem não gosto. Você não vai nem ficar sabendo se eu pintar de novo o seu rosto numa parede que vou derrubar com uma marreta, ok?

— Podemos encontrar um meio-termo aqui.

— Podemos, é? Você é capaz disso? Porque até agora a única mensagem que recebi de você é que eu sou um grande incômodo arruinando sua vida, e sabe de uma coisa? Já tenho bastante disso vindo da minha filha adolescente. Não preciso que venha de um homem adulto também.

Toda a minha frustração alimenta minha próxima pancada na parede do estábulo.

— Ok, ok, vou conversar com as crianças do time de futebol sobre Junie e o revezamento — diz Flint.

— Eu não estou, *ufa*, te ameaçando, *ai*, nem te subornando, *ufff*, para colocar minha filha, *aaaaaaff*, na porcaria do time, *arf*, de futebol.

Deixo o martelo cair e me curvo, recuperando o fôlego enquanto dou uma rápida olhada pelo celeiro decadente, pensando como isso deve parecer para Flint.

As sete primeiras baias não foram tão difíceis de derrubar.

Mas balançar uma marreta por uma hora esgota a pessoa. Especialmente depois de tirar todas as outras porcarias aleatórias que precisavam ser jogadas fora.

Pode estar na hora de uma pausa de verdade.

— Você tem água aqui? — pergunta Flint.

O tom irritado sumiu da voz dele, substituído por algo que eu chamaria de preocupação se ele fosse qualquer outra pessoa na cidade.

Aceno para minha garrafa de água vazia.

— Estou bem.

Pontinhos pretos escolhem aquele momento para dançar na minha visão.

Merda.

Eu *não* estou bem.

Os pontinhos somem depois de mais uma respiração profunda, mas Flint Jackson está novamente franzindo a testa para mim. Ele pega um banquinho de três pernas de uma pilha de tábuas quebradas e sucata do celeiro que eu ainda não joguei fora, vira para poder se sentar nele e mergulha em sua sacola de matelassê.

Matelassê.

Que solteirão tem uma bolsa acolchoada? E não são cores sóbrias e masculinas. Esses quadrados acolchoados são rosa-claro, azul e amarelo, com estampa de flores.

Pelo menos, acho que são.

A luz aqui dentro não é das melhores, mesmo antes dos pontinhos na minha visão.

Ele se levanta e atravessa metade do celeiro para ficar ao meu lado, uma lata de água com gás na mão.

— Beba.

— Obrigada.

Estou tão cansada de estar brava comigo mesma.

Beba mais, Maisey. Entre a altitude e a falta de umidade aqui fora, sabe que precisa. Você estudou como lidar com a vida selvagem, então coloque isso em prática e pare de surtar toda vez que vê até um esquilo se mover. Não saia vagando ao ar livre ao entardecer. Veja avisos anteriores sobre vida selvagem.

É o que repito para mim mesma todos os dias.

No entanto, aqui estou eu, no meio da propriedade, ao entardecer, desidratada e ao lado de um animal selvagem com o qual eu deveria saber como lidar, mas que não está agindo nada como eu esperava.

E se ele pudesse, *por favor*, parar de esfregar as mãos nas coxas e destacar o quanto elas são firmes, eu agradeceria muito.

A última coisa que quero é ter que perguntar a ele se tem outra lata de água porque seu corpo faz minha boca ficar mais seca que o verão de Wyoming.

— Sempre pensei que você não vinha por achar que era boa demais para Tony — murmura ele.

É uma coisa realmente boa eu não estar segurando aquela marreta *agora*.

— Que coisa adorável de pensar sobre alguém que você nem conhece.

Ele balança a cabeça.

— Sinto falta dele. Ele era... se eu pudesse escolher meu próprio pai, teria escolhido Tony. E você aparecendo agora está trazendo lembranças antigas que são boas, mas que machucam também, porque elas me lembram de que ele não está mais aqui.

Eu o observo, sem saber o que dizer. Isso quase soa como um pedido de desculpas, e *desculpe por ter pensado que você era velho* não é uma resposta apropriada.

— Quando voltei para Hell's Bells, há seis anos, Tony me acolheu como um de seus outros desgarrados. Eu estava em uma situação difícil, uma separação ruim. Perdi meu emprego por causa disso. Mas Tony me colocou na casa do caseiro e me convidava para a casa dele para uma cerveja depois da escola; jogávamos conversa fora e assistíamos ao pôr do sol. Era... bom ter um amigo sem expectativas.

— Tenho certeza de que ele gostava disso.

Eu não quero parecer triste.

Mas ele está certo.

O tio Tony era uma boa pessoa, e nem de perto eu o visitei o suficiente em seus últimos anos. Pensei que fosse tê-lo para sempre.

E também sinto saudade dele.

— Ele estava realmente orgulhoso de você e daquele programa idiota — diz Flint.

Escondo a reação do meu rosto tomando outro gole de água. Não acho que tenha realmente ficado de luto por ele; andava ocupada demais. Ou talvez sinta que não tenho o direito.

Não do jeito que todo mundo aqui tem.

Ele fazia parte desta comunidade.

E sou apenas a sortuda que passou algumas semanas aqui durante alguns verões vinte anos atrás, herdou a fazenda dele, deixou-a descansar por um ano e agora está mudando tudo.

— Ele nunca te disse? — pergunta Flint.

Eu o fito lentamente de canto de olho.

— Você está me tratando como um dos seus alunos?

— Estou tentando tratá-la como um ser humano que está fazendo o melhor que pode, assim como o resto de nós.

— Por quê?

— Porque, como você disse, alugo sua casa de caseiro. Sou um dos professores de June. Vamos nos ver regularmente. Sou a pessoa mais próxima que você tem quando acertar a parede errada e derrubar o celeiro, e...

É isso.

Eu me endireito e olho para ele.

— Vamos deixar uma coisa *bem* clara. Você não sabe *nada* sobre quem eu sou e do que sou capaz, se estiver me julgando pelo que viu naquele programa de televisão. Entendeu?

Ele pisca rápido e dá um meio passo para trás.

— Eu...

— Você acha que eu sou uma cabeça oca que não sabe a diferença entre uma chave de impacto e uma telha.

Ele engole em seco visivelmente, depois lança um olhar discreto para minha marreta.

— Sim, também *sei* o nome técnico disso — informo a ele —, mas eu a chamo de mão da justiça e sei usá-la bem pra caralho.

Se ele der mais um passo para trás, vai cair na calha de feno, e quer saber de uma coisa?

Eu quero mais é que aconteça mesmo.

NÃO FAZ MEU TIPO

— Você... — Ele para e limpa a garganta. — Você acabou de dizer *caralho*?

— Ela conhece palavras. Aleluia. Ela *também* sabe como parafusar sua porta da frente, refazer a fiação do motor da sua caminhonete e onde exatamente abrir buracos em seu telhado para fazer você querer se mudar.

Ele lambe os lábios, dá mais meio passo para trás e se segura antes de cair.

Droga.

E sabe o que mais?

Acho que as pupilas dele estão dilatando. E... ai, cacete. Há *definitivamente* movimento sob o zíper de sua calça jeans.

Viva! Minha vagina comemora. *Ele gosta de nós briguentas!*

Ela *com certeza* vai ficar de castigo.

Odeio estar ranzinza assim. Mas ele só faz piorar... não.

Espere.

Sabe de uma coisa?

Ele me forçou a isso.

Esqueça toda essa coisa de *eu preciso ser legal*.

Fui *legal* com Dean, e aonde isso me levou?

Aqui.

Trouxe-me até aqui. Então, Flint que *se vire*.

— Talvez se recomeçarmos — diz ele. — Posso ter feito algumas suposições que não deveria. Seria muito mais fácil se pudéssemos deixar para lá e nos darmos bem.

— Porque *você* quer me seduzir para deixar que use a fazenda como um refúgio para adolescentes perdidos.

Ele suspira e esfrega a mão na barba.

É.

Na mosca.

Odeio ser cínica quase tanto quanto odeio vetar o uso da fazenda, *por enquanto*, para crianças que precisam de um escape.

Mas...

— Por que você não pode usar a fazenda de Kory?

— Pelos riscos de acidente — murmura ele.

Levanto as sobrancelhas para ele.

Ele suspira outra vez.

Dou outro gole.

— Posso conseguir que assinem termos de responsabilidade — diz ele.

— Vou arriscar e dizer que as crianças que você traria aqui não são aquelas que se sentiriam à vontade para pedir a seus pais que assinassem termos de responsabilidade.

— Você é muito cínica quanto a esse assunto.

— Estou quase certa de que Junie vem falsificando minha assinatura nos formulários de excursão pelos últimos três anos. O que é culpa minha. *Totalmente* minha. Estou melhorando agora.

Sinto seu olhar pesado em mim e, apesar da minha irritação com ele, não tenho coragem de encará-lo.

Sinto-me julgada perto de professores?

Sim.

Eu mereço?

Sim também.

— Ensinar dá propósito à sua vida, suponho — digo em voz baixa.

Passa-se um longo momento antes de ele responder.

— Dá.

— Eu não *tenho* um propósito. Estou bem ciente de que fui a boba da corte no programa de Dean e aceitei isso por anos, porque *é tudo para o show, meu bem. Ambos sabemos que você é quem faz o trabalho.* — Flint faz um barulho que já ouvi na minha própria cabeça em resposta a essa declaração mais vezes do que gostaria de admitir. — Não vou tolerar esse tipo de merda de mais ninguém — digo a ele. — Deixei que ele ferisse minha autoestima e assumisse o lugar de destaque, só que era eu quem organizava tudo em cada empreitada quando as câmeras não estavam gravando. Eu disse para mim mesma que tudo bem não receber crédito, porque ainda recebia o salário, o que, vale ressaltar, *não* era tudo aquilo que as pessoas pensam que era, mas, enquanto isso, estava deixando minha mãe, os pais de Dean e às vezes estranhos criarem minha filha, e também dando o exemplo para ela de que era seu dever ser coadjuvante dos homens em sua vida, independentemente de serem dignos ou não.

Ele faz um barulho.

Ignoro.

— Eu *não* sou aquela mulher forte e independente que o mundo diz que devo ser. Estou ferida e cansada. Preciso encontrar onde me encaixo na minha própria vida. Meu propósito. E talvez esteja totalmente equivocada em pensar que ele está aqui, em consertar esta fazenda para transformá-la em algo bonito e bom no qual eu me encaixe antes de usá-la de qualquer forma que se assemelhe a como o tio Tony a usava, mas tenho que tentar. Pela primeira vez na vida, estou buscando algo que parece *bom*. E *correto*. Sem me rebaixar e sem precisar contar com alguém que não acredita em mim. E *não posso colocar isso em perigo*. Não quando estou tentando compensar tudo para Junie e ser a mãe que não fui nos últimos seis anos.

Eu não olho para ele.

Não posso.

Mas ainda sinto o calor pesado de seu olhar.

Deus, eu odeio ser vulnerável.

Mas prefiro colocar todas as minhas cartas na mesa, na esperança de que ele esteja disposto a ajudar Junie, a escondê-las para não ferir meu próprio orgulho.

Ele fica quieto por um longo tempo.

Não ofereço mais nada.

Expus o suficiente de mim para satisfazer até mesmo o maior dos odiadores de Maisey.

— Está bem — diz ele, finalmente. Olho para Flint por cima de outro gole de água com gás. Ele levanta as mãos. — Está bem — repete. — Se pudermos fazer com que o seguro contra acidentes da escola cubra as coisas aqui, você reconsideraria?

— Sim.

Ele me estuda por mais um minuto. Então seu olhar desce para meus lábios. Meu pescoço. E sobe de novo.

— Obrigado.

— Pelo quê? — pergunta Junie da porta. Ela olha entre nós dois, e não é preciso ser um especialista em adolescentes para saber o que está passando pela sua cabeça.

Por que o inimigo está aqui com minha mãe?

Ela não o chama explicitamente de inimigo, mas sei que está irritada conosco por causa do futebol. E ela me disse, várias vezes, que entendeu, mas pode entender e ainda estar fula.

— Por sugerir que eu pergunte ao time se eles estariam dispostos a incluí-la nos dias em que alguém estiver impossibilitado de jogar por algum motivo — responde Flint. — Não temos limite para o número de roupeiros que podemos ter, e você poderia treinar conosco. Uma boa solução para o que claramente é um problema.

Pode ser que eu tenha perdido grande parte dos últimos seis anos da vida da minha filha, mas a desconfiança que escurece seus olhos castanhos *não* me passa desapercebida.

— O que está acontecendo de verdade?

— Eu estava fazendo barulho com a marreta, e o sr. Jackson veio investigar... — Começo, ao mesmo tempo que Flint também fala.

Ele levanta a sacola de matelassê.

— Entregando o jantar para vocês duas. Mudança é um saco, e, da última vez que estive na casa, o fogão estava dando problemas. Achei que vocês gostariam de uma refeição caseira. *E isso* deu a chance de negociarmos a situação do futebol.

A total incredulidade que ela expressa é brutal.

— Minha mãe *não* está interessada em namorar agora.

— *Junie.*

— Você acabou de se divorciar. Está vulnerável. E não gosto de como ele está olhando para você.

— *Juniper Louisa Spencer.*

Ela não se intimida. Em vez disso, revira os olhos, lança um último olhar de desdém para Flint e depois me encara.

— Está escurecendo. Fiquei preocupada e não queria que você voltasse para casa sozinha no escuro.

Bosta.

Meus olhos ardem novamente.

— Obrigada, doci… Junie. Já vou. Terminarei isso amanhã. Ou semana que vem. Deixe-me fechar a porta do celeiro, tá?

— Vou acompanhá-las até em casa — diz Flint.

Corto Junie com um olhar antes que ela possa debochar dele outra vez.

— Obrigada.

— Earl fica com fome a esta hora da noite.

Ele está brincando.

Acho que está brincando.

Provavelmente.

Talvez.

Mas ela tem razão. Devemos voltar para casa. Testo minhas pernas ao me afastar da parede, esperando um momento para ver se os pontos pretos voltarão a aparecer na minha visão.

— Como os fazendeiros mantêm as vacas vivas com todos os animais que querem comê-las por aqui?

— Burros de guarda.

Juro que ele está dando um sorriso cínico, então faço uma nota mental para pesquisar no Google assim que estiver de volta em casa para descobrir quantos animais de fazenda e de rancho morrem de ataques de animais selvagens todos os anos em Wyoming.

Se fosse *tão* perigoso, e não uma ansiedade exagerada e induzida da minha parte, será que as pessoas realmente viveriam aqui o tempo todo?

Duvido.

Além disso, estamos no lado leste de Wyoming. Tenho quase certeza de que há menos predadores aqui.

Quase certeza.

Mais ou menos.

Ele entrega a Junie a sacola de comida.

— Não está envenenada. Prometo. Seria mais problema do que vale a pena.

— Minha mãe *não vai namorar* — repete ela.

— Eu não namoro mães dos alunos.

Ela o estuda na escuridão que se aproxima. Eu os enxoto dali e, quando vou fechar as portas do celeiro, Flint ajuda.

Menos mal.

Meus braços estão começando a parecer tiras de borracha.

E juro que ele percebe quando o batente da porta se move. Pelo menos, isso é o que suponho que seu suspiro signifique. *Ela está certa. Há risco de acidentes.*

Se ele não percebe isso, porém, preciso *seriamente* que não traga crianças para cá.

— Vamos — diz ele.

Nós o seguimos.

Eu deixo uns bons cinco metros entre nós.

E olho para a bunda dele o caminho inteiro.

Eu tenho problemas.

Tantos, tantos problemas.

Capítulo 9

FLINT

As primeiras semanas de aula passam muito rapidamente, com tudo se estabelecendo em uma rotina normal.

Os dias, pelo menos.

Há aulas com meus alunos testando seus limites. Treino de futebol com June Spencer como nossa roupeira, encontrando lentamente onde se encaixa e fazendo amigos. O fato de convencer Kory a me deixar levar alguns adolescentes para ajudar no parto das vacas, a fim de distraí-los em dias particularmente difíceis, enquanto continuo trabalhando com o meu diretor para obter aprovação de um seguro contra acidentes para que eu possa levar crianças de volta a Wit's End, onde sei que existem mais cercas caídas e onde posso levar Chirívia a qualquer momento. Correção de provas. Reuniões de pais e mestres.

Tudo o que preciso para me manter feliz e ocupado no trabalho.

E então, há as chamadas de outros amigos na cidade para ajudar a substituir um micro-ondas ou passar para dar uma olhada em seus cães enquanto eles estão viajando, preenchendo o que resta do meu tempo livre.

Mas minhas noites...

Toda vez que eu me deito na cama e fecho os olhos, vejo Maisey Spencer balançando uma marreta. Desfilando na minha sala de aula naquele vestido azul. Empinando o queixo e falando sobre encontrar um propósito. Seus olhos se iluminando quando sorri para um novo amigo ao deixar June na escola. Como dá uma corridinha quando dispara pelo estacionamento para entregar a garrafa de água que

June esqueceu em casa e então corre de volta para seu carro antes que qualquer um dos outros alunos a note.

Como ela vem a todos os jogos para apoiar June em seu papel de roupeira. A maneira de controlar seus movimentos em todos os jogos, como se tivesse medo de que, se fizer qualquer barulho, fosse envergonhar sua filha.

Nós apenas nos cumprimentamos ou dizemos oi de passagem, o que acontece mais do que eu gostaria, mas alugo a casa logo na entrada da sua propriedade, e ela é agora o braço direito da presidente da APM na escola. Não dá para evitar.

Não houve mais menção ao que ela está fazendo com a fazenda.

Pelo menos da parte dela.

Tia Opal adora a ideia de colocar algumas casinhas lá para almas perdidas assim que Maisey atualizar e reformar o restante da fazenda.

Assim como metade dos meus colegas de trabalho na escola.

Brad, da loja de ferragens.

Johnny, o pintor local.

Annabelle, a eletricista local.

Kory, que está animado com a ideia de fornecer mais carne bovina para a fazenda transformada em terra praticamente não utilizada ao lado.

Todo mundo.

Todo mundo.

Ainda estou esperando para ver o que o inverno trará antes de ficar animado com a possibilidade de *mais* recém-chegados.

Aparentemente, eu sou um pouco rabugento.

Nunca pensei que fosse até conhecer Maisey Spencer.

Se pudesse tirá-la da minha cabeça, talvez também ficasse feliz com o que ela está planejando.

Mas não consigo.

E esta noite parece que não posso evitar de encontrá-la pessoalmente.

— Sua mãe não está atendendo? — pergunto a June pela sétima vez.

Estamos juntos no campo de futebol após um jogo em casa numa noite de quarta-feira. June é a única aluna que resta. Sua mãe, que nunca perdeu um jogo antes, não está em lugar algum.

— Eu preciso de um carro — resmunga ela.

— Você tem carteira de motorista?

Ela me lança um olhar que pode significar *minha mãe não me deixa tirar uma ou tenho medo de dirigir e não quero te contar, então vou deixar você pensar que este olhar significa que minha mãe não me deixa tirar uma.*

Vejo a segunda opção acontecer mais vezes do que alguém pode pensar. Cerca de dez por cento de qualquer turma hoje em dia, nos primeiros ou últimos anos, não tira a carteira de motorista voluntariamente.

Ela levanta o telefone ao ouvido de novo e, desta vez, eu balanço a cabeça.

— Estou indo para o mesmo lugar que você. Vamos. Vou te dar uma carona.

Ela franze a testa para mim, os lábios se espremendo exatamente como os da mãe dela.

— Não deveria entrar em um carro com um homem adulto sozinha. Eu não deveria nem estar aqui sozinha com você agora.

Eu a encaro.

Ela me encara de volta.

E é assim que acabo levando June para casa com minha tia no banco do carona.

— Como está a escola, Junie? — pergunta Opal. Ela mudou o cabelo de novo, e agora está roxo. Às vezes, penso que meus alunos pegam leve comigo porque acham que tenho uma tia tão legal.

— Bem. E é *June*. Por favor.

— June. Entendi. Nossa família é sempre a pior em manter apelidos por muito tempo, não é? Eu ainda...

— Não, nada disso — interrompo.

— ... chamo Flint de bunda de trapo.

Ela sorri para mim.

June ri.

Eu balanço a cabeça, mas não estou irritado.

Embora Opal realmente tenha me chamado de bunda de trapo uma vez depois que me mudei para morar com ela, quando estava no ensino médio, ela só traz isso à tona quando está com crianças que precisam saber que não sou assustador e que podem contar comigo.

— Minha mãe me deu o nome de *Juniper* — diz June. — Eu disse a ela que, se continuar me chamando de Junie, vou dizer aos meus amigos para me chamarem de *Nip*. É muito melhor do que *Per*, sabe?

— Seria uma boa — concorda Opal. — Mas não algo original. Flint, em que ano foi que você teve aquela garota chamada Virginia em sua classe? Aquela que queria que todos a chamassem de *Vag*?

Os olhos de June se arregalam.

— Dois anos atrás — respondo calmamente.

— E o garoto que queria que todos o chamassem de *Peenie*?

Agora ela está inventando coisas.

— Não posso falar sobre isso.

Opal se volta para observar June.

— Desculpe, querida. A escola impôs um limite rígido para apelidos depois disso. Mas ouvi dizer que os jovens de hoje estão mudando seu nome para o que quiserem, desde que não seja uma palavra que talvez deixe alguém desconfortável. Que nome você daria a si mesma se não fosse uma Juniper?

A boca de June se abre, depois se fecha. Ela faz uma careta antes de se virar para olhar pela janela a paisagem irregular ao redor de nós.

O lado bom de levar June para casa?

Chegaremos lá por volta do pôr do sol sobre os penhascos, e há nuvens no horizonte esta noite.

Deve ser lindo.

E, embora eu tenha uma vista decente da casa do caseiro, a vista da antiga casa de Tony é imbatível.

— Você está fazendo amigos, June? — pergunta Opal.

Ela encolhe os ombros.

A criança finalmente teve sua chance de jogar esta noite depois de semanas como roupeira e sem muitas esperanças de que esse dia chegaria, e fez o gol da vitória. Foi sufocada no meio de um abraço da equipe por isso, mas sei que não significa que ela se sinta integrada.

Eu a vejo toda vez que ela entrega uma garrafa de água a alguém se repreendendo no intervalo por um chute perdido ou uma bola perdida. Ela não apenas entrega a garrafa de água; agacha-se ao lado deles, diz algo, estou começando a entender o quê, e depois dá um tapinha no ombro, aperta o braço ou cumprimenta-os com um soquinho antes de ir para o próximo jogador.

Mas eu não sei se ela está fazendo isso porque faz com que se sinta parte do time ou porque está dando o seu melhor, apesar de saber que deveria estar no campo em vez de na linha lateral.

Pesquisei sua antiga escola e seu antigo time, e isso, por um minuto, deu-me a sensação de impostor.

Olha, o Hell's Bells não está indo para o estadual. Não jogamos contra equipes de primeiro nível, muito menos as *vencemos* regularmente. Não é que eu entenda de futebol; era apenas o cara que estava lá quando precisaram de um treinador, e todos sabem que, se você quer que algo seja feito, é só me pedir.

Quando me mudei de volta para cá, percebi que cabia a mim encontrar uma maneira de me encaixar. Nunca consegui isso totalmente no ensino médio.

É difícil quando todos sabem que você é *aquele fugitivo*. Os jovens que queriam sair comigo *porque* eu fugi de casa não eram os jovens com quem eu queria sair. E os jovens com quem eu queria sair achavam que eu era uma má influência.

Então, talvez eu compense isso agora.

Pergunto-me se June está fazendo o mesmo pelo fato de não reclamar de ser a nossa roupeira. E pelo quanto está se esforçando para levantar cada jovem no time, independentemente de sua habilidade, seu gênero ou sua orientação.

Ela os olha como se fossem seus concorrentes para entrar no time na primavera e está preocupada que eles a odeiem se ela não for legal com eles agora?

Ou é uma daquelas pessoas naturalmente talentosas em levantar todos ao seu redor, não importa o custo que isso possa ter para elas mesmas?

Ela joga porque ama ou porque quer ser a próxima Mia Hamm ou Megan Rapinoe? Não sei se ela se sente parte do time ou se sente que todos os outros estão com pena da novata.

Mas sei que se eu, um adulto, às vezes sinto que não posso fazer o suficiente para me encaixar, é um milhão de vezes pior para as crianças.

Os anos da adolescência são complicados, e, se eu fosse ela, estaria me perguntando.

E se ela é como metade das crianças nas minhas aulas e se preocupa mais com o que sua mãe pensa do que deixa transparecer, então provavelmente não está bem.

Sua mãe perdeu o jogo, e June não está conseguindo entrar em contato com ela.

De tudo o que me disseram e de tudo o que vi com meus próprios olhos neste último mês, Maisey deveria ter estado lá.

Merda.

Eu deveria ter ligado para Kory e pedido que ele fosse dar uma olhada nela.

— Você está animada com os planos de sua mãe para a fazenda? — pergunta Opal a June.

Outro encolher de ombros. E ela ainda está olhando pela janela.

— Ah. Então você ainda é uma prisioneira em sua própria vida?

Dou uma olhada para minha tia.

— Não pode resolver as coisas se não as enfrentar, bunda de trapo.

— Podemos chegar à fazenda e ter certeza de que Maisey não caiu e atravessou o piso do barracão ou algo assim antes de pedirmos a June que enumere todos os motivos pelos quais ela odeia sua mãe agora? — murmuro.

Mas não baixo o suficiente.

June endireita-se em seu assento.

— Você acha que minha mãe se machucou?

— Ah, querida, não — diz Opal enquanto cruzo a longa entrada para a casa. Passo por minha casinha confortável e acelero mais um

NÃO FAZ MEU TIPO

pouco a caminhonete. — Tenho certeza de que ela ficou presa em algo completamente seguro e perdeu a noção do tempo.

— Mas o urso... — June se cala com um soluço quando Earl corre pelo caminho na nossa frente.

E eu quero dizer *corre*.

Não o vejo se mover tão depressa desde que um caminhão de frutas virou um pouco adiante na estrada e ele ouviu dizer que uma equipe estava a caminho para limpar.

Não que eu ache que Earl pode entender o que dizemos, mas estou falando, foi assim que aconteceu.

Pressiono meu pé mais forte no acelerador e atravesso os solavancos na estrada de terra como se ainda viesse por ela todos os dias, e em instantes a casa da fazenda com fachada de pedra, altas empenas, varandas cobertas e canteiros de flores rejuvenescidos entra em vista.

Ela plantou flores silvestres.

Tony ficava irritado por ter a mão podre para jardinagem, mas Maisey tem um jardim de flores silvestres próspero.

— Ai, meu Deus, *mãe* — ofega Junie.

Piso no freio, mal conseguindo parar a caminhonete antes que ela se jogue para fora da parte traseira da cabine estendida.

E então quase esqueço de puxar o freio de mão antes de pular eu mesmo.

Uma figura coberta de lama, com a forma de Maisey, sai mancando de um emaranhado de arbustos do jardim.

— Mãe? *Mãe!*

Junie desembesta como se não tivesse corrido uma partida inteira de futebol. Eu não fico para trás.

— Ai, meu Deus, *aquele urso* — diz Maisey enquanto Junie a envolve em um grande abraço, com lama e tudo. — Aonde ele foi? Ele está bem?

— Se o *urso* está bem? — ofega Junie.

— É um *urso* — concordo. Por que meu coração está na minha garganta? E por que quero agarrá-la e abraçá-la também, e ter certeza de que ela está bem?

Porque somos amigos, respondo a mim mesmo.

Meu pau ri, achando graça com a mentira descarada.

— O que diabos aconteceu com *você?* — pergunto a ela.

— E com o seu cabelo — murmura Opal quando nos alcança. — Isso vai precisar de um xampu daqueles. Ah, querida. Venha amanhã. Eu vou te encaixar de novo.

Maisey volta a abraçar Junie.

— Estou bem. Estou bem. Tudo bem. Eu... — Ela para, olha para mim, depois para minha tia, depois para o oeste. E então abraça a filha de novo.

— Ah, Junie. Ah, neném, eu perdi o seu jogo. Sinto muito. Eu deveria ter... você está cheirando a suor. *Ai, meu Deus!* Você jogou. Você jogou, não foi? E eu perdi.

Quero ficar bravo, mas claramente há uma história aqui.

Além disso...

Agora que sei que ela está segura, Maisey Spencer coberta de lama está me dando ideias terríveis, horríveis e sujas.

Corte de cabelo maldito.

Vestido maldito.

Competência maldita. Quem diria que eu tinha uma queda por mulheres que sabiam usar uma marreta e vencer uma batalha com uma poça de lama?

E não é só a marreta.

Sei que ela tem ajudado toda a cidade a consertar telhados, lidar com alguns trabalhos de encanamento aqui e ali, pintar cômodos e consertar aquela maldita luminária sobre a minha mesa favorita na Iron Moose.

Ela está certa.

Ela se fazia de boba naquele show e sabe o que está fazendo.

O mais importante no momento, porém... de onde diabos veio essa lama?

Não chove aqui há, pelo menos, dez dias, e essa última chuva mal conta como chuva.

— Você está coberta de merda, literalmente? — June a solta, mas ainda fica por perto, como se tivesse medo de que algo pior que um urso normalmente preguiçoso e pacífico e algum tipo de sujeira esteja prestes a acontecer com a sua mãe. Seu nariz treme, e ela levanta o próprio braço para cheirar a lama. — O urso *cagou em você?*

— Não, não, querida. Estou bem. Está tudo bem. Como foi o seu jogo? Conte-me tudo sobre o seu jogo. Você jogou?

— Sim, mas não é como se você soubesse que eu iria jogar — murmura June.

— Coloquei um alarme para não perder. Coloquei, sim. Eu… ah, droga. — Maisey está dando tapinhas nos seus quadris perto de onde deveriam estar os seus bolsos. — Meu telefone. Perdi o meu telefone.

— Por que você está coberta de merda? — pergunta June.

— É lama! É lama, querida. É só uma lama muito fedorenta. Eu acho. Espero. Eu não estava nem um pouco perto da fossa, mas… — Ela se interrompe, acenando com a mão. — Vamos entrar. Eu vou me limpar e você me conta sobre o jogo, e vou fazer o jantar. Talvez possamos usar o seu telefone para encontrar o meu.

— Pensei que você tinha *morrido* — sussurra June.

Maisey pisca para a filha.

— Ah, neném, não. *Shh*. Não, meu amor, eu não daria ao seu pai a satisfação.

Não percebo que o meu coração ainda está na minha garganta até esse exato momento, quando noto que Maisey Spencer está cem por cento bem e cem por cento no meu caderninho agora.

Não sei se devo gritar com ela por fazer tudo isso sozinha ou se devo abraçá-la, dizer que estou feliz por ela estar bem e perguntar se precisa de ajuda para se limpar.

As ideias que uma Maisey Spencer suja, imunda está me dando…

Eu me contento em olhar feio para ela.

É a opção mais segura.

— Pensei que você tivesse *morrido* — repete June, desta vez soluçando.

— Ah, neném… — Maisey se aproxima dela.

June recua.

— Você me trouxe para cá, e odeio isso, e depois você perdeu o *único* jogo que eu tive a chance de jogar e não atendeu às minhas ligações. Pensei que um urso tinha te comido e eu ia ficar sozinha, porque sei que o papai não me quer. E agora você está toda *ah, não, imagina, vai ficar tudo bem,* e não *está tudo bem,* e *pare de me olhar.* Apenas pare de me olhar.

Ela se vira, encara Opal e eu, horrorizada, como se tivesse esquecido que estávamos aqui, e então sai correndo, desta vez direto para a casa.

Maisey dá três passos antes de Opal interceptá-la.

— Querida — diz Opal, estendendo a mão como se quisesse dar um tapinha no ombro de Maisey, mas também sem querer se sujar —, por que você não vai procurar uma mangueira de jardim? Tenho um pouco de experiência com adolescentes que te odeiam porque você os fez morar aqui. Eu cuido dela.

Não chamo a atenção de Opal para essa mentira.

Eu amava morar aqui com ela, mesmo que nunca tenha encontrado minha turma na escola e evitasse voltar por medo de que ela tivesse me abrigado por obrigação.

Mas a garantia de minha tia fez o corpo inteiro de Maisey relaxar.

Ela é agora um saco vazio antes conhecida como humana, coberta pela lama e pelo peso do mundo.

— Obrigada.

A única coisa pior do que sua voz monótona é o brilho que começa a se formar em seus olhos.

Droga.

Lágrimas não.

E a profunda derrota.

E a consciência de que minha tia vai me deixar aqui para dar um banho de mangueira em uma mulher com a qual estou no momento tendo fantasias indesejadas que envolvem lutar nu na lama.

Ela está recém-divorciada com uma adolescente que precisa de toda sua atenção. É mãe de uma de minhas alunas. Está totalmente ocupada com esta fazenda… mesmo que ela *possa* dar conta de mais do que inicialmente achei que fosse conseguir... e eu não tenha tempo nem paciência para mais drama em minha vida.

Já passo meus dias com adolescentes e, apesar de amar isso, tenho meus limites.

Ela *não tem* potencial para ser meu próximo casinho.

Não importa o que meu pau diga.

— Vamos. — Balanço a cabeça na direção da casa, sabendo que minha voz soa ríspida e torcendo para que seja ríspida o suficiente para passar a mensagem de *fique longe* em vez de *estou ansiosíssimo por isso*. — Vou te dar um banho de mangueira, daí podemos conversar sobre as pessoas da cidade que você pode contratar para trabalhar aqui com você, para que não faça nada estúpido, tipo derrubar um tronco em cima de si mesma e se tornar comida de lobo, o que às vezes pode acontecer com *qualquer* pessoa, não importa o quão experientes elas sejam.

Aqueles olhos azul-bebê me estudam por tempo o suficiente para fazer meu estômago revirar.

Será que ela consegue ver através da minha fachada?

Ela sabe que eu adoraria ter minhas mãos por todo o seu corpo agora?

— Você vai se divertir muito com isso, não vai? — murmura ela.

— Tem uma boa chance.

— Quer que a água esteja fria?

— Feito gelo.

Estou mentindo.

Não quero esguichar água fria feito gelo nela usando a mangueira.

Quero tirar suas roupas, levá-la para um banho quente e beijá-la pelo simples fato de ela estar bem.

E o pior...

Eu acho que ela sabe.

Em algum ponto entre eu cavalgar até aqui para ver o que estava acontecendo na casa de Tony naquela manhã em que ela assustou Chirívia com sons de puma, fazendo com que ela me derrubasse, e agora, neste exato momento, em minha cabeça, nós nos tornamos algo parecido com amigos.

Mesmo que eu a esteja evitando como praga.

Mas ninguém na cidade me interessou nos últimos anos como ela.

Será que é só por ser nova aqui?

Será que é porque ela conhecia e amava Tony?

Será que é por que eu sei muito bem como é se mudar para Hell's Bells para escapar de um mau relacionamento?

Duas vezes?

Isso não é somente complicado.

Vai muito além disso.

Ela me encara por um longo momento antes de suspirar e passar por mim.

— Então vamos terminar logo com isso para que você possa ir para casa e eu possa consertar tudo o que estraguei mais uma vez com minha filha adolescente.

Por falar em água gelada.

Lá está ela, ensopando todas as minhas fantasias.

Eu não me envolvo com as mães das minhas crianças. Nem as mães dos meus alunos, nem as dos meus jogadores.

De jeito nenhum vou deixar falarem que estou favorecendo alguém só porque estou de gracinha com a mãe dessa pessoa.

De novo.

Não importa o quanto seja sério ou não.

Darei um banho de mangueira nela.

E manterei meu pau dentro das calças.

Então vou para casa e esquentarei uma torta congelada para mim, assistirei a um documentário sobre crimes reais, baterei uma punheta no banho e vou dormir, e farei tudo de novo amanhã.

Pelo menos, era isso que eu *deveria* fazer.

Vamos descobrir se será isso que *realmente* farei.

MAISEY

Você sabe que um dia foi ruim quando encarar água gelada vinda de uma mangueira de jardim não é a pior coisa que aconteceu nele.

Mas ter Flint Jackson como o homem prestes a me dar um banho de mangueira é bem próximo disso.

Por mais que eu queira não gostar dele, não consigo. E não desgostar de Flint me faz gostar dele de maneiras que eu não deveria. Preciso encontrar a *mim mesma*, e não o primeiro homem disponível que não me odeie.

Mais.

— Como foi o jogo de futebol? — pergunto a Flint enquanto ele rosqueia a mangueira na torneira que fica ao lado da minha casa.

Estamos entre um canteiro de flores vazio e um buxo morto. Honestamente, não sabia que era possível matar essas coisas, mas suponho que o tio Tony precisasse ter *alguns* pontos fracos. Estou coberta de lama que está secando. Eu arruinei mais uma vez a vida da minha filha adolescente, mas, pelo menos, sei que ela não quer que eu morra, e nada me faria mais feliz do que fingir que Flint é aquele velho que eu sempre achei que fosse nas ocasiões em que o tio Tony o mencionava.

Flint me lança um olhar que gosto de chamar de *que diabos tem de errado com você?*. Dean regularmente me perguntava o que diabos tinha de errado comigo. Quando percebi que a maior coisa errada comigo era eu estar casada com um homem que pensava que tinha algo de errado comigo, foi fácil demais descobrir o que eu precisava fazer para resolver meu problema, ainda que executar aquele plano tenha sido uma das coisas mais difíceis que fiz na vida.

Então, se eu colocar Flint Jackson na categoria de homens que nunca ficarão satisfeitos com quem eu sou, é muito mais fácil tolerar essa atração indesejada.

Uma das minhas amigas, que é psicóloga, diz ser autodefesa.

Eu digo que na verdade não quero me aprofundar mais do que isso até saber quem sou e estiver seguramente no caminho para trabalhar pelo que quero.

— Vencemos — diz Flint abruptamente. — O que aconteceu com você?

— Não é importante. Junie fez gol?

Lá está aquele olhar de *você tem algo de errado* de novo.

— Fez o gol da vitória.

— *Droga.* — Ele suspira. — Não disse *droga* por ela ter ido bem. Estou feliz que ela tenha se saído bem. Estou desapontada por não ter estado lá para ela. Especialmente nesse jogo. Isso é tudo o que quis dizer.

— Eu sei.

— Você sabe? — Tradução: *você me notou e pensa que existem partes de mim que valem a pena? Aaaah!*.

Claro que sim. Nós somos atraentes, minha vagina me lembra.

Ele termina de conectar a mangueira e aperta a alavanca.

— Você não perdeu nenhum outro jogo, certo?

Deixe de ser um amontoado de hormônios, eu me ordeno quando na verdade quero gritar em minha cabeça que ele percebeu que eu estava lá, como se eu não tivesse feito um esforço para pelo menos dizer oi e elogiá-lo pelo seu treinamento em cada jogo. *Concentre-se em Junie.*

— Estou preocupada com ela. Sei que mudar durante o ensino médio é difícil. E perdi muitos jogos nos últimos três anos, então... *aaaaaaahhh!*

A onda de água fria dispara da ponta da mangueira e me acerta diretamente no mamilo.

Ele puxa a mangueira para longe do meu corpo.

— Não era para ter saído tão rápido — murmura ele.

— Parece ser um tema recorrente por aqui — digo, ofegante.

Recebo outro olhar.
Este claramente diz *continue falando*.
Certo.
Pessoas que chegam à sua casa quando você está coberta de lama e que viram o urso fugindo terão algumas perguntas.

— É realmente uma história interessante — digo a ele.

— Earl não corre.

— Você chama todos os ursos daqui de Earl ou há algo nele que você reconhece? Ele tem alguma marca especial que eu deveria prestar atenção?

— Só tem um urso por aqui. O que aconteceu?

— Mas como você *sabe* que ele é o único urso por aqui?

— Porque eu sei. E o especialista em vida selvagem local também sabe. Earl é um caso isolado. Era o menor da ninhada. Não deveria ter sobrevivido. Sobreviveu e vagou para cá. Não costumamos ter muitos ursos por aqui. Há ambientes melhores para eles um pouco mais a oeste. *O que aconteceu?*

— Você vai espirrar água em mim de novo se eu não responder? Ele rosnou.

E então, sim, ele aponta a mangueira novamente para mim. Mas, desta vez, segura-me pelo ombro, mira nas minhas costas e aperta a mangueira o suficiente para minimizar o jato de pressão.

Eu abafo um grito.

É frio, mas, sinceramente, não é a coisa mais fria que enfrentei hoje.

— O urso, Maisey. O que aconteceu com ele, e ele está ferido?

Finjo que a água saindo da mangueira e escorrendo pelas minhas costas é uma fonte natural quente, ignoro o calor vindo da mão de Flint enquanto ele retira os acúmulos de lama do meu braço e me concentro em Earl.

— Nós estávamos tendo um confronto. Eu estava me impondo, você sabe, assim...

Levanto os braços abertos e fico na ponta dos pés, e recebo um jato de água na axila.

— *Ei!*

— Se você *parasse de se mexer*....

Viro para encará-lo, com raiva. Ele está me ajudando, sim. Sim, minha mãe me diria para ser legal com o homem bonito que trouxe minha filha para casa, sim.

Mas está me provocando. Logo, toda vez que olho para ele, uma parte primitiva de mim desmaia, como se eu não soubesse que não devo, e então fico irritada de novo.

Só que Flint Jackson está todo molhado.

Sua camisa do time Hell's Bells Soccer Demons está colada no peito largo com mamilos arrepiados, destacando sua clavícula larga e os músculos retesados dos braços também.

As tatuagens nos bíceps estão aparecendo sob as mangas, e tenho certeza de que uma é de um lobo e a outra é de algum tipo de desenho geométrico.

E suas calças jeans?

Também encharcadas.

Coladas em seus quadris estreitos.

Em suas coxas sólidas.

Na protuberância atrás do zíper.

Não.

Não, nada disso.

Eu não vi isso. Isso não significa que ele está duro ou meio duro, ou só tem volume lá embaixo. Ele provavelmente está usando um protetor.

Isso.

Um protetor.

Para se proteger de bolas de futebol perdidas indo em direção ao meio de suas pernas enquanto está lá na lateral fazendo sua coisa de treinamento.

Homens usam proteção com jeans o tempo todo.

O tempo todo.

Eu sou *péssima* em mentir para mim mesma.

— Você quer ajuda ou não? — dispara ele.

Ele está irritado comigo?

Ou está irritado por eu ter notado que talvez nem esteja irritado?

Engulo em seco.

Então, aponto para o meu outro braço.

— Está começando a secar aqui.

Ele me segura pelo cotovelo, dispara um jato de água da mangueira pelo meu bíceps e sinto que seu toque acaba de me marcar para a vida toda.

Engulo em seco novamente e tento voltar ao normal.

— Então, eu estava tentando ser grande e intimidadora, e o urso, Earl, estava de pé nas patas traseiras e me encarando. Eu sabia que precisava encontrar algo para me deixar ainda maior, mas não queria interromper o contato visual, e então o universo interveio, ou talvez tenha sido o tio Tony, não sei, mas, num minuto, eu estava pensando que ia morrer e, no instante seguinte, um gêiser subiu do chão bem debaixo dele e o assustou pra caramba.

— *Gêiser?*

— Há uma quantidade ridícula de pressão saindo do poço aqui, o que *não deveria acontecer*, porque, né? Física. E pensei que tinha resolvido, mas aparentemente havia algo que ignorei e fez muita pressão em um ponto fraco em algum cano. Não se preocupe. Eu fechei aquela válvula. Não vamos desperdiçar o suprimento de água subterrânea do condado inteiro com uma inundação aqui. — Ele resmunga algo que eu sinceramente espero que nunca resmungue na sala de aula. — Eu sei. *Substituir toda a tubulação da casa, da cabana e do barracão* não estava nos meus planos, mas poucas coisas estiveram. Vou dar um jeito nisso. Meio que sou obrigada. Ei, como está a água na casa do caseiro? Preciso consertar lá também? Na verdade, eu não perguntei se você precisa que algo seja consertado por lá. Eu deveria ter perguntado. Tudo funcionando sem problemas?

Ele suspira de novo enquanto me vira para atacar minhas costas.

Reprimo um grito quando a água atinge minha coluna. E então reprimo outro grito quando ele desce a outra mão pelas minhas costas.

Simplesmente faz muito tempo desde que fui tocada por um homem, e esse é mais gostoso que um sorvete num dia de sol. Ele é como uma bola de gás em chamas que simplesmente não acaba, mas substitua *gás* por *testosterona*, e esse é Flint Jackson. Ele é um sol de testosterona.

E claramente preciso de uma garrafa de água grande seguida de uma margarita e uns três dias de sono, se é assim que estou pensando nele.

— Como você ficou tão suja? — pergunta ele, enquanto sua mão se aproxima da zona de perigo, também conhecida como minha bunda, quatro vezes seguidas.

Engulo em seco novamente.

— Percebi uma poça de água perto do poço no alojamento, então fiquei um pouco molhada e enlameada quando descobri o que estava errado e consertei, mas, uma vez que o vazamento foi resolvido, os chuveiros explodiram com a pressão e a válvula de desligamento quebrou, portanto precisei fechá-la no poço, mas a parte que consertei havia estourado, então, a essa altura, estava nadando em uma poça de lama para desligar tudo.

— Eu disse a Tony que ele precisava de uma inspeção — Flint murmura enquanto segura meu cotovelo e me faz virar, para que possa me molhar na frente.

— Tenho quase certeza de que a frase favorita do tio Tony era *está tudo bem*.

O aperto de Flint se intensifica.

Assim como seus olhos.

Mas, pela primeira vez, não acho que seja amargura comigo por não estar aqui com mais frequência quando o tio Tony estava vivo.

Acho que é tristeza.

— Obrigada por ser um bom amigo para ele — sussurro. — Ele era um bom homem. Fico feliz que tivesse amigos aqui. Especialmente depois que o restante da família cortou relações.

Seus olhos se erguem e encontram os meus antes de se fixarem de volta em sua tarefa, que agora envolve limpar meus seios.

— Nós nos dávamos bem.

— Todo mundo precisa de um amigo assim.

Ele resmunga, limpa a água lamacenta do meu peito e finge que não percebe que minha respiração está ficando acelerada e meus mamilos poderiam cortar vidro.

— Eu estava no telefone com uma empresa de poços em Laramie quando Earl apareceu — explico. Qualquer coisa para voltar à normalidade. — Sei quando estou em uma enrascada e tenho quase certeza de que teremos que cavar um novo poço aqui, e isso com certeza está fora da minha alçada.

Ele resmunga e aponta a mangueira mais para baixo, e *ai, meu Deus*, não tive um homem me molhando *lá* desde que era recém-casada.

Também estou de calça jeans.

Eu não deveria ter uma reação a um jato de água fria mirando meu osso púbico sobre o jeans grosso, mas definitivamente estou, e uma parte de mim quer muito abrir as pernas e pedir para ele ficar entre minhas coxas.

— Coloquei um alarme no meu celular para não perder o jogo de Junie — admito, para disfarçar meu desconforto, que talvez nem seja desconforto. — Não sei por que não o escutei. Mas ele deve estar em algum lugar lá na lama. Eu estava no telefone quando Earl apareceu, então não deve ter caído no poço. E devo ter configurado o alarme errado. Não percebi o quanto já estava ficando tarde. Isso acontece quando estou mergulhada em um projeto, por isso coloquei o alarme. A menos que eu tenha me esquecido de configurá-lo. Ou talvez eu tenha configurado para de manhã em vez de para tarde, e vou acordar bruscamente às três e meia amanhã. E...

— Maisey.

— Sim? — Ai, Deus, ele está chegando nas minhas coxas. Está jogando água e acariciando minhas coxas. Meus quadris. Meus músculos posteriores da coxa. Dentro das minhas coxas, acima dos joelhos. Aquela área que faz coceguinhas na parte externa das coxas.

Respire, respire, respire, Maisey. Respire.

Enfiei as mãos no cabelo dele e estou lutando pela minha vida e puxando o rosto dele em direção à minha virilha.

— Você não é a primeira mulher que já molhei. Acalme-se. Você está bem.

Solto meus dedos e dou um passo para longe dele.

— Deveria ir ver como Junie está.

— Você está pingando de molhada, e sua bunda ainda está coberta de lama.

— Vou tirar a roupa na lavanderia.

Nossos olhos se encontram, e ai. Minha. Santa. Encarada.

Flint Jackson me *deseja*.

Porque ele é um tarado que deseja qualquer coisa com seios e uma bunda?

Ou por que quer a *mim*?

Ele pigarreia e se levanta.

— Aqui. Quase pronto. Termine você mesma. Estou atrasado. Para... uma coisa.

Ele me empurra a mangueira e me deixa ali de pé ao lado da casa, olhando para a nova poça de lama que fizemos enquanto tentávamos me limpar.

Estou batendo os dentes de frio.

Arrepios percorrem minha pele encharcada.

A caminhonete de Flint ganha vida com um rugido, e, um momento depois, ouço pneus girando nas britas.

Como se ele não pudesse fugir de mim rápido o suficiente.

Há um grito e o som de pneus escorregando sobre as pedras britadas no exato momento em que lembro que sua tia está dentro de casa com minha filha.

— Opal! — Sua voz ecoa pela fazenda. — Hora de ir! Estou atrasado.

Fecho os olhos, suspiro e vou para a porta dos fundos e a lavanderia.

Eu sabia que vir aqui seria difícil. Sabia que haveria problemas nas obras e tropeços inesperados, mas, mesmo nas minhas previsões mais sombrias, nunca passou pela minha cabeça que eu sofreria por ter sido rejeitada pelo professor de matemática rabugento de Junie.

Capítulo 11

FLINT

Ela está fazendo de novo.

Maisey Spencer está fazendo da minha vida um inferno.

Depois de uma longa semana de jogos de futebol, de retirar os vegetais mortos de minha pequena horta na casa do caseiro de Wit's End, de ignorar as sugestões de Opal de que sinto atração por uma mulher e que eu deveria ver no que isso dá, e de ajudar Kory com alguns bezerros, estou de volta à escola segunda-feira de manhã, esperando o de sempre.

E é o que recebo, em parte.

Um dos meus alunos do primeiro período me alcança antes de entrar no prédio da escola e pede uma extensão no prazo de entrega da lição de casa que deveria me entregar esta manhã.

Um dos meus alunos do quinto período me para na entrada do antigo prédio de tijolos e pede uma carta de recomendação para a faculdade.

Um dos meus alunos do terceiro período me alcança antes que eu chegue à metade do corredor para perguntar quando poderia voltar a cavalgar no rancho.

June Spencer está andando com dois dos meus jogadores de futebol, e os três se calam ao passar por mim em direção à cafeteria, que é onde a maioria das crianças fica antes das aulas.

Tudo normal.

Até *Maisey*.

Ela tomou conta da sala dos professores, sentando-se casualmente no balcão ao lado da pia, e está conquistando todos os meus colegas.

— Eu estava tão ocupada trabalhando nos últimos anos que nem percebi o quanto Junie amava fazer bolos e doces. — Ela está contando para Libby Twigg, a professora de estudos sociais, enquanto acena uma das mãos para a outra metade do balcão, que está cheia de pratos e bandejas de quitutes.

Reconheço os pratos e bandejas.

Estavam guardados na casa de Tony havia anos. Ele os usava sempre que fingia que assava os cookies que comprava na padaria para levar a churrascos e eventos sociais, e estavam entre as coisas que ninguém quis durante a venda de bens da propriedade que Maisey contratou antes de chegar aqui.

— Passamos a tarde toda ontem com ela me mostrando o quanto aprendeu sobre o assunto ao longo dos anos — continua Maisey. — Você já experimentou o cookie de aveia, cranberry e nozes? Ele só está adoçado com mel, então é um alimento saudável para o café da manhã. Mergulhe-o no leite e você cobre todos os grupos alimentares.

Meu cérebro *precisa* ir a um lugar onde eu me viro, saio da sala dos professores e vou para a minha sala de aula me preparar para o dia.

Em vez disso, ele continua o ataque implacável que tem feito desde que me encontrei lavando a lama do corpo de Maisey na noite de quarta-feira e evoca imagens dela encharcada, saindo do banho, mal envolta em um roupão de seda preta, alimentando-me com cookies de aveia, cranberry e nozes recém-regados com mel.

Eu não ficava com tesão assim nem no ensino médio.

Ou talvez ficasse, e fosse menos sofisticado a respeito.

— Meu Deus, Flint, prove esse muffin — diz Libby, virando-se para mim e empurrando um doce em meu rosto. — Nunca entendi por que você amava muffins de banana e nozes antes, mas este aqui... este é o paraíso.

Eu pego o muffin apenas para tirar a mão dela do meu rosto, então dou mais um passo cauteloso para trás.

Como se isso fosse o bastante para impedir o dilúvio de sugestões que meus hormônios oferecem sobre o que fazer com o muffin que está agora em minhas mãos.

NÃO FAZ MEU TIPO

— Não é incrível? — pergunta Maisey a ela. — Eu não tinha ideia de que Junie tinha esse nível de talento. E ainda tenho metade de um porta-malas cheio do que ela fez ontem, então acho que vou ao hospital e deixar isso lá também. Não quero atrasá-los para a aula.

Hoje, novamente, está vestida com jeans, uma camiseta desbotada e botas de trabalho. Nada de vestido. Sem joias. Sem maquiagem. Seus cabelos curtos estão presos dos lados com presilhas decoradas com pequenas borboletas.

E ela está absolutamente linda.

Meu cérebro cria imagens dela molhada, os mamilos esticando a camiseta, os jeans grudados em suas pernas e em seus quadris curvilíneos, toda aquela lama...

Não.

Não, não, não. Desligue, cérebro. Desligue *agora*.

Ela sorri para Libby novamente enquanto desliza para fora do balcão.

— Não faça um grande alvoroço na frente de Junie na aula hoje, tá? Ela já está mortificada porque estou trazendo isso para cá, mas é você ou Earl, e tenho certeza de que alimentei Earl o suficiente ultimamente.

— Flint — repete Libby —, prove o muffin.

— Eu me esqueci de montar minha aula — gaguejo quando o olhar de Maisey pousa em mim.

E, como um completo covarde, saio correndo da sala antes que Libby possa me fazer engolir o muffin que está na minha mão.

O que ela certamente faria.

Mas, em vez de ir para a minha sala, apenas espero depois da curva.

Não sei se estou com dor de cabeça ou se é alguma reação alérgica a me sentir atraído por Maisey.

Seja o que for, tenho que resolver isso.

E existe exatamente uma única forma de isso acontecer.

Mais alunos estão chegando à medida que a hora do sinal se aproxima, e, embora eu saiba que Junie *deveria* estar na cafeteria, *deveria* e *está* nem sempre são a mesma coisa.

Então, quando Maisey passa por mim, eu a seguro pelo cotovelo, ignoro seu engasgo de susto e a arrasto para dentro do armário de limpeza durante um momento em que o corredor estava vazio.

— Precisamos conversar — digo, quando estou sozinho com ela. Ela dá mais um gritinho. — O que você está fazendo aqui? — pergunto.

— Entregando as guloseimas de June.

— Por que *aqui*?

— Porque temos uma tonelada sobrando depois de parar no corpo de bombeiros, na polícia e no centro de recreação de idosos, e escola é onde você leva bolos e doces.

Preciso abrir mão dela. Preciso bloqueá-la permanentemente do meu cérebro, afastar-me e substituir todas as imagens dela em minha cabeça por alguma coisa terrível e desagradável, como Earl. Toda vez que penso em Maisey, tenho que me forçar a imaginar Earl com um roupão de banho, Earl usando apenas um avental ou Earl lambendo meu pau, e ver se isso resolve alguma coisa.

— Não saio com as mães dos meus alunos — desembucho.

— Foi o que você assegurou para Junie — responde ela.

— Mas você continua aparecendo...

— Eu não estou aqui por *sua causa*, e *você* foi muito gentil em levar Junie na quarta, mas, como havíamos estabelecido, isso foi um erro de minha parte, e *não uma tentativa de te seduzir*. Ai, meu Deus.

— Há uma séria aparência de favoritismo...

— Não há. Junie diz que você dá carona para as crianças o tempo todo.

— Se eu sair com você.

— Eu não estou saindo com ninguém, muito menos com você.

— Vi como estava me olhando na quarta-feira...

Suas narinas se alargam.

Seus olhos ficam sombrios.

Ela engole visivelmente.

E fico tão excitado que meu pênis poderia abrir um buraco na minha calça jeans neste exato momento.

Ela lentamente passa a língua pelos lábios.

— E você também viu que *não agi com base nisso*. A prioridade número um é Junie. Eu sou a número dois. Arrumar a fazenda é a número três. E não há espaço para um número quatro na minha vida, e, mesmo que houvesse, não seria você.

Eu me afasto e bato a cabeça em uma prateleira de alvejante.

— Ai. Não seria eu? Por que não? O que diabos tem de errado comigo?

Eu não deveria ter perguntado.

Enquanto massageio a cabeça e o olhar dela queima no meu, ela enumera nos dedos, a voz quase completamente firme.

— Primeiro, você antipatizou comigo na hora, provavelmente porque eu o fiz ser jogado de um cavalo, pelo que lamento *muito*. Segundo, mesmo que você não me detestasse, tenho plena consciência de que ainda está levando crianças para trabalhar na fazenda quando pensa que não estou lá. Terceiro, você claramente presumiu que eu não passasse daquela personalidade retratada em um programa de televisão dirigido pelo meu ex-marido, cuja missão de vida era me esmagar para que ele pudesse sair por cima. Quarto, você é o *professor e treinador de Junie*, e ela é a prioridade número um. Deixá-la desconfortável é a última coisa que eu faria, e sair com você a deixaria muito desconfortável. E, quinto, não acho que você valha a pena eu tirar minha roupa.

O quinto me faz engasgar com meu próprio choque.

— Eu sou...

— Arrogante, condescendente, me *prendendo em um armário de limpeza* porque acha que precisa me dizer para guardar meus hormônios comigo em vez de dizer isso para você mesmo, e *feio*.

Eu me afasto novamente, boquiaberto.

— Eu *não* sou feio.

Seu nariz enruga.

— Deve ser sua personalidade influenciando minha opinião. Não seja cuzão com a minha filha e me deixe sair deste armário antes que eu mostre o que posso fazer com o balde do esfregão.

Jesus.

O que diabos há de errado comigo?

E não quero dizer isso no mesmo sentido em que acabei de perguntar a Maisey o que havia de errado comigo.

Quero dizer isso no sentido de *o que diabos estou fazendo?*

Não prendo mulheres em armários de limpeza.

Não sou assim, de forma alguma.

Levanto as mãos.

— Desculpa. Desculpa. Eu não... droga. Desculpa.

Não espero que ela diga mais nada; em vez disso, saio pela porta, deixando-a aberta para que ela saia quando quiser.

Ando pelo corredor, ignorando olhares curiosos de mais alguns alunos, atiro-me pela porta lateral em direção às duas mesas de piquenique que a equipe às vezes usa quando o tempo está mais agradável, e continuo caminhando em direção ao campo de futebol e além, até os estábulos, onde qualquer pessoa que monte seu cavalo até a escola pode deixá-lo durante o dia. Quando tenho certeza de que estou sozinho, pego meu celular e disco para Kory.

— Atrasado para a aula? — pergunta ele ao atender.

Eu trabalho com adolescentes o dia todo, mas raramente me comporto como um.

Até hoje, pelo visto.

— Por que estou com uma paixonite idiota por Maisey Spencer e por que estou perdendo a porra do controle por causa disso?

— Porque ela é gostosa, e você pensou que ela era meio má por trazer *mudanças* para a sua vida, então descobriu que não é insensata e que também é emocionalmente indisponível, e que, apesar da sua suposição idiota, ela não é uma cabeça de vento como parece na televisão e é competente com ferramentas elétricas. Isso é atraente até para mim! Tudo isso junto basicamente faz dela o primeiro sangue novo na cidade que é completamente o seu tipo em cerca de três anos?

Eu fecho os olhos, respiro fundo pelo nariz e digo a mim mesmo para não desligar na cara do meu melhor amigo.

Isso não vai terminar bem para mim.

Não pergunte como eu sei.

— E não vamos esquecer a parte em que ela é a coisa mais próxima que você terá de Tony novamente — adiciona Kory com mais suavidade. — Você está ferrado, meu amigo.

— Isso não tem nada a ver com ela ser sobrinha de Tony.

— Está certo disso? Porque tenho quase certeza de que, se qualquer outra mulher tivesse se mudado para qualquer outra fazenda que você tivesse usado como escape para algumas das suas crianças e, vamos ser realistas aqui, como escape para si mesmo, você não teria sido tão babaca. Acho que tem medo de que ela seja muito parecida com Tony e que você saia machucado caso se permita ser legal com ela. — Cerro meus dentes. Kory continua falando. — E, se você acha que tem imunidade extra a mulheres que sabem que não fizeram no passado o melhor por seus filhos, mas estão fazendo tudo em seu poder para compensar isso agora, antes que seja tarde demais, está enganando a si mesmo. Depois do jeito que você cresceu? Cara. Você está *fodido*. Maisey Spencer é o seu número.

— Não é, não.

Ele dá uma risada.

— Então você não acha admirável e atraente que ela saiba por que a própria filha está infeliz e que esteja trabalhando para tornar as coisas o mais confortáveis possível para June? E cadê o pai de June? Saindo com outra mulher e dizendo às pessoas que sua ex-esposa roubou a filha dele. Mas ele está lutando para recuperá-la? *Ele* passa por aqui? Você já ouviu June pedir para alguém mandar fotos dela jogando para ele? Já viu Maisey ligando para ele e contando sobre o que June fez nesses raros momentos em que ela pôde jogar? Não.

— Qual é o seu objetivo aqui?

— Repito, meu amigo, *ela é seu número*. E está proibida. De verdade. Não estou falando do tipo *ela está proibida, então vou me empenhar mais para ficar com ela*. Esqueça isso. Deixe Maisey em paz. E me ligue na próxima vez que precisar de um lembrete.

— Belo jeito de chutar um cara quando ele está na pior — murmuro.

— Se está na pior, a culpa é toda sua. Não vai melhorar até que você mesmo melhore. Você pode ser melhor, Flint. Pare de ser um idiota rabugento que supõe que ninguém o amaria se visse suas falhas e suas inseguranças, e deixe as pessoas se aproximarem. Claro, algumas delas vão te machucar, mas a maioria vai te surpreender.

— Eu deixo as pessoas se aproximarem.

— Você passa seus dias levantando crianças que sabe que vão virar e ir embora. Você *gosta* de saber que não precisa se apegar. E daí passa suas noites sozinho, pendurado comigo e meu chuchuzinho ou inventando desculpas para ver Opal em vez de se arriscar a encontrar uma mulher que esteja realmente disponível e que te amaria apesar de você mesmo. Nós dois sabemos que você não quer ser um idiota rabugento e *solitário*, mas tem medo demais de sua bagagem para se permitir realmente tentar encontrar alguém que te faça feliz. Isso é com você, meu amigo. Eu ainda te amo, mas isso é com você.

O sinal toca no prédio atrás de mim.

Estou atrasado para a aula.

Atrasado para a aula e com a cabeça completamente ferrada hoje.

Devo um pedido de desculpa a Maisey.

E provavelmente mais.

MAISEY

A única coisa que prometi a Junie que nunca mais faria era mentir para ela.

No entanto, aqui estamos, três dias depois do incidente do armário com Flint, a caminho de casa após uma derrota esmagadora numa escola a uma hora de Hell's Bells, jogo do qual ela não participou, o que sei que a estava matando, e estou mentindo para ela.

Mantenho meus olhos firmemente na estrada para não precisar olhar para Junie enquanto faço isso.

— O que você quer dizer com eu estava agindo estranho? Eu não estava agindo estranho.

— Você se esforçou para evitar o treinador Jackson quando o jogo acabou.

Desvie. Desvie! Não deixe seu rosto contar uma história que contradiga sua boca!

— Ele tomou algumas decisões muito ruins no primeiro tempo, na minha opinião, mas ele é o técnico, e eu não, então respeito que fez o que sentiu que precisava fazer. Eu só não queria ficar perto o suficiente para minha boca acidentalmente dizer isso por mim. O que você disse a Vivian quando ela foi retirada no segundo tempo? Já te disse o quanto estou orgulhosa de você por fazer o melhor dessa situação em que eu te coloquei?

— *Mãe.*

Eu nunca na minha vida quis ser uma criminosa como minha própria mãe se tornou nos últimos anos, mas não me importaria se conseguisse dizer mentirinhas inofensivas mais facilmente.

— *Quê?*

— Eu não posso nem dizer o *nome* dele sem que você faça uma careta e tente mudar de assunto. E não é a cara que você faz quando fala do papai. É tipo... tipo... *aff*. Isso é tão nojento.

— O que é nojento?

— É como se você *gostasse* dele.

Droga.

Piso no freio e ligo a seta, então paro a caminhonete no acostamento.

Lidei com a discussão sobre a puberdade como uma campeã. A conversa sobre sexo também. Apesar que talvez eu não devesse ter ido embora cinco minutos depois, após cada uma delas, para embarcar em um avião com destino a outra locação de filmagem.

Não me intimidei quando tive que contar para Junie que a vovó iria para a prisão e fui direta e sincera quando contei que seu pai e eu estávamos nos divorciando.

Mas não quero ter essa conversa com a minha filha.

— Junie, estou prestes a dizer coisas que a farão ficar com vergonha e peço desculpas por isso. Por favor, finja que não sou a sua mãe pelos próximos cinco minutos.

— Ai, meu Deus, mãe.

— E também, por favor, lembre-se de que recentemente você ficou muito feliz por saber que eu não estava morta.

— Isso não está ficando melhor.

Estico o braço até o cooler que está atrás de mim e tiro de lá uma caixinha de suco, tubinhos de queijo e um pacotinho de cookies de chocolate.

— Vamos fazer um lanche. Pouco açúcar no sangue só vai piorar as coisas.

Parabéns para mim.

Agora conquistei o *olhar de desdém adolescente premium*.

Vou ter que adicionar mais essa em minha coleção de medalhas maternas quando chegar em casa.

— Eu fiquei por uma hora na beirada do campo — diz ela. — Minha glicemia está *ótima*.

— Você não poderia me fazer um agrado e comer uma coisinha só por precaução? Os tubinhos de queijo podem não ajudar, mas definitivamente não vão fazer mal.

Ela revira os olhos.

Respiro fundo, enfio a comida no colo dela e abro minha boca, sem certeza alguma do que está prestes a sair dela, porque é isso o que Flint Jackson faz com a gente.

Ele deixa meu cérebro confuso.

— O técnico Jackson é, objetivamente, um homem atraente... — O rosto de Junie telegrafa um desejo intenso de abrir a porta do carro com tudo e vomitar. — ... mas eu não tenho interesse em namorar *ninguém*, muito menos um adulto que faz parte de *sua* vida e *especialmente* seu técnico.

A dúvida paira espessa entre nós.

Não sei quem de nós acredita menos.

— Ele foi muito maldoso quando me deu um banho de mangueira no outro dia e não foi nada gentil quando levei seus muffins e cookies para a escola na segunda.

Ela abre o pacote de tubinhos de queijo e morde a ponta de um.

Houve uma época em minha vida em que eu fingiria ficar horrorizada e a teria chamado de selvagem por comer tubinhos de queijo da forma errada, mas ela não tem demonstrado vontade de brincar comigo ultimamente. Penso em tentar, mas ela funga baixinho enquanto mastiga, como se estivesse rejeitando a piada de forma preventiva, e volto para o assunto em questão.

— Não quero falar mal do seu pai, mas eu não estaria fazendo meu papel como mãe se não te dissesse que o relacionamento me deixou insatisfeita, e todos nós, *todos nós*, deveríamos nos afastar de relacionamentos que drenam nossas energias. Seja qual for esse relacionamento e seja lá com quem for. Não sei como chegou àquele ponto, mas sei que não posso ser uma boa parceira para alguém se eu não souber o que quero e o que estou disposta a oferecer. Então você pode ter certeza de que não importa o quanto objetivamente atraente *qualquer* homem possa ser, eu não vou namorar até que esteja satisfeita comigo mesma e com o ponto em que estou na minha jornada de amor-próprio.

Sua mastigação ficou mais lenta, e ela me encara como se eu fosse uma alienígena.

Não apenas uma alienígena, mas uma alienígena sentada no meio do sofá, enfiando pipoca em meu nariz e usando meu pé para clicar por todos os canais, feito um usuário de crack ansioso.

Suspiro e me volto para a estrada.

Ainda temos meia hora para percorrer, e está escurecendo.

A última coisa de que preciso é adicionar *atropelar um antílope em uma estrada escura de Wyoming* em minha lista de conquistas.

— Isso foi bem profundo, mãe — diz June, baixinho. — Eu não sabia que você tinha tanta autoconsciência.

Deixe para os adolescentes acharem que sabem tudo sobre autoconsciência.

Reprimo um sorriso e deixo que meu lábio forme apenas uma pequena curva.

— Obrigada.

— Mas você está falando sério ou é só da boca para fora?

— O técnico Jackson precisaria de um implante de personalidade antes de eu considerar namorar com ele.

Ela dá uma longa sugada no canudo da caixinha de suco enquanto coloco o carro de volta na estrada e então fica em silêncio por alguns quilômetros.

Quando finalmente diz alguma coisa, não é algo bom.

— Ele é um treinador muito bom. Sei que tem questões esquisitas por ele estar puto, já que não pode usar a fazenda do jeito que o tio Tony o deixava usar, e não gosto do jeito que olha para você, me faz ter vontade de vomitar e chutar o saco dele, mas ele nunca me tratou diferente por causa de nada disso.

O meu maior problema?

Eu concordo.

Talvez não com a parte de *chutar o saco dele*, não tenho muito interesse que minha filha adolescente faça isso sem ser provocada, mas definitivamente quanto a ele não a tratar de maneira diferente das outras crianças.

— Pessoas são complicadas. Elas podem ser bons técnicos e professores, mas querer coisas que entram em conflito com o que nós queremos e também serem atrativamente desinteressantes para os pais das crianças a quem treinam e ensinam.

— Vivian me contou que o treinador Jackson namorou a tia dela alguns anos atrás e ela ficou um desastre total. Tipo, teve que se mudar para *Rodhe Island* para se afastar dele. E então Abigail comentou tipo: *Ai, meu Deus, minha vizinha também.* E aparentemente ele era um arrombado quando estava nas aulas do sr. Simmerton na idade da pedra, no ensino médio, mas eu não acho que ninguém deva ser julgado com base em como era no ensino médio.

Sorrio para ela.

— Então você não me julgaria por quem eu era na escola?

E lá está outra virada de olho.

— Eu julgaria, sim. Parcialmente, mas não de todo. Algumas pessoas ainda estão se descobrindo na escola; estão sofrendo, com os hormônios em fúria, e não entendem os danos que estão causando. Mas se fizer terapia, se esforçar e superar seus traumas, acho que pode ser uma pessoa boa também. Só se se esforçar, sabe?

Tem horas que eu penso que adolescentes se sairiam melhor liderando o mundo do que nós, adultos. E é nessas horas também que as coisas que eles aprendem na internet me assustam pra caralho.

Eu não consigo me imaginar usando a frase *superar seus traumas* quando eu estava no ensino médio.

— Normal não existe — digo. — Todos nós temos coisas em que precisamos trabalhar.

— Tipo ser criada e treinada por estelionatários?

Não reaja, Maisey. Não. Reaja.

— A vovó foi uma boa mãe de todas as formas possíveis. As pessoas podem ser boas em relacionamentos, mas ruins em obedecer à lei, ou elas podem ser boas em seguir a lei, mas ruins em se relacionar. Um exemplo disso? Meu casamento. Apesar de o meu casamento com o seu pai ter terminado mal, eu sempre serei grata por tê-lo conhecido e ter entrado no negócio com ele jovem o suficiente para que ele pudesse corrigir minhas ideias erradas sobre como lidar com livros-caixa, faturamento e folhas de pagamento.

Aham.

Havia sinais precoces de que mamãe não era o melhor exemplo em se tratando de negócios.

E ela recebe uma medalha de ouro, posso ouvir minha amiga psicóloga dizendo.

Mas Junie dá uma risada.

— Se isso foi o melhor que você tirou de seu relacionamento com o papai...

— Eu tenho você. *Você* é a melhor parte.

— Credo, que melosa.

— Credo, adolescente ficando desconfortável com a verdade.

— Você pularia em cima do treinador Jackson se não fosse pelo mau começo fazendo-o cair do cavalo e se não fosse meu técnico de futebol?

— Você pode, *por favor*, guardar algumas dessas perguntas para quando eu não estiver paranoica que um alce, um antílope ou um lobo está prestes a atravessar a estrada na nossa frente? E *há* outros carros na estrada nos quais eu não deveria jogar o nosso em cima.

Não. Ela não pode.

— Até eu sei que é muito estúpido se colocar em risco de ser processada por ter crianças trabalhando no conserto de cercas e brincando em um celeiro caindo aos pedaços na sua propriedade. Não entendo por que ele está sendo tão babaca por causa disso.

— É complicado, Junie. — Não digo para ela não dizer *babaca*, porque, se xingar é o pior que a rebeldia dela pode fazer, por mim tudo bem.

— Mãe, eu sei que significa *eu vou fingir que é complicado porque não quero falar sobre isso agora, mas, na verdade, você acertou na mosca e está correta, o treinador Jackson está sendo um babaca por causa disso.*

Hora de me esquivar.

— Você quer uma aula de direção este fim de semana? Se não quer dirigir a caminhonete, acho que consigo pagar um sedã relativamente usado com ótimos air-bags para você.

Não funciona. Ela resmunga.

— Estou contando as vezes que o pai diz que está vindo fazer uma visita. Ele já disse umas dezessete vezes. Mas você sabe o que ele não disse? Não disse: *Quando é seu próximo jogo de futebol, querida? Voarei esta tarde e vou encher o saco do seu treinador até ele deixá-la jogar.* E você sabe que ele podia. Ele acabou de assinar um contrato de tipo cinco milhões de dólares para esse programa novo.

— Juniper Louisa Spencer, *eu te amo*. E não sei se consigo te amar o suficiente por ambos os pais que supostamente deveriam estar aqui do seu lado e todos os avós que você nunca conheceu ou que foram mandados para a prisão, mas *eu te amo*. E você será minha prioridade até quando sair de minha casa uma adulta, e, só para deixar registrado, não estou me referindo ao dia que você se tornar legalmente adulta e for embora. Estou dizendo o dia em que se *sentir* adulta o suficiente para abrir suas asas e voar sozinha.

Ela não responde.

Dou uma olhada para ela e a encontro me encarando, com o canudo da caixinha de suco na boca, mas claramente não está chupando o canudo.

— Você é uma grande tonta — ela diz, finalmente.

Eu aceito. Especialmente porque não está fazendo um escândalo sobre eu estar dando *comida de bebê* ou insistindo que falemos mais sobre eu namorar o treinador dela ou o restante da nossa família.

— É hereditário — digo a ela. — Você também será uma grande idiota um dia.

Não preciso olhar para saber que ela está revirando os olhos outra vez.

— Veado — diz ela, de repente. — Veado. *Veado. Cavalo!*

Piso no freio mais uma vez enquanto processo por que ela está gritando sobre veados e cavalos.

Seu pacote de cookies sai voando e atinge o para-brisa.

Nós duas tomamos um tranco de nosso cinto de segurança.

Eu me repreendo mentalmente por dar a ela mais um *trauma de volante* que a manterá afastada de querer tirar sua carteira de motorista por outros vários meses.

E um alce enorme caminha pela estrada uns três metros na nossa frente.

— Ai, meu Deus, é enorme — diz Junie.

Mais dois o seguem.

E então mais três, junto de um pequeno.

— Um *bebê*! — Ela solta um gritinho. — Era para os bebês veados serem grandes assim?

— É um alce — digo para ela. — Dá para ver pela grande traseira branca.

— Na Europa, isso é um veado. Apenas cervos são chamados de alce por lá.

Eu olho para ela.

Ela não está sendo pedante.

Está fascinada.

— Mãe, tem uns três mil deles — sussurra ela.

Talvez cinquenta.

Eles estão em um lado da estrada entre a grama seca e rala, o rebanho seguindo lentamente o líder na frente do nosso carro, alguns mastigando seja lá o que encontram no chão, um com chifres menores tentando montar no outro e bem mais do que apenas um bebê.

— Eles não são lindos? — sussurro de volta.

— São maravilhosos.

Os olhos dela estão enormes enquanto se inclina para a frente em seu banco.

— Liga o pisca-alerta. Não seja um alvo parado na estrada. E pisque os faróis para que os carros vindo na outra direção não sejam estúpidos também.

— Own, olha só pra você botando as aulas da autoescola em prática. Isso significa que está pronta para sentar atrás do volante de novo? Nós *temos* um monte de espaço plano onde você pode praticar.

— Não seja sarcástica na presença de um alce. Eles vão comê-la.

Olho o rebanho atravessar a estrada um pouco, mas, na maior parte, estou observando Junie.

A admiração pura em seu rosto; ela não teria isso se tivéssemos ficado em Iowa.

Talvez esta mudança não tenha arruinado a vida dela, no fim das contas.

Capítulo 13

FLINT

Sou péssimo em pedir desculpas.

Boa parte disso foi proposital ao longo da minha vida adulta, principalmente porque tento viver de uma forma que não dê margem a arrependimentos ou à necessidade de pedir desculpas.

Ou de me apegar o suficiente a alguém para ter que me desculpar com essa pessoa.

Quando faço alguma besteira, peço desculpas a Opal, aos meus colegas, mas sempre fiz questão de não pedir desculpas para mulheres. Especialmente uma mulher que talvez pense que temos um futuro juntos.

A única vez que fiz isso... não quero falar a respeito.

Embora eu tenha certeza de que Maisey Spencer não pense que temos um futuro juntos, nem mesmo um futuro breve e passageiro, tipo uma rapidinha, ainda é difícil bater à porta dela no domingo de manhã cedo. Sei que June está numa festa do pijama com metade do time de futebol, o que significa que essa é minha única chance de encontrar Maisey sozinha.

Bato três vezes antes que ela atenda, e, quando finalmente abre a porta, eu me arrependo instantaneamente.

Ela está vestindo calças de pijama cor-de-rosa claro com estampa de esquilos, uma camiseta do show do Half-Cocked Heroes, e há uma máscara de dormir em sua testa, deixando seu cabelo bagunçado ainda pior.

Os pés estão descalços. As olheiras escuras sob seus olhos estão mais pronunciadas contra suas bochechas pálidas, e não há dúvida em minha mente de que ela está sem sutiã.

Não quero pedir desculpas a Maisey Spencer.

Quero levantá-la do chão, empurrá-la contra a parede e devorá-la.

— Tony tem uma adega secreta que precisa ser limpa em breve — deixo escapar, e soa praticamente como meu cérebro às três da manhã, quando acordei do nada lembrando que havia esquecido disso de propósito e que June *não* deveria ser a pessoa a encontrar a adega.

Ou mesmo Maisey.

Maisey definitivamente não deveria encontrá-la até que eu a limpe.

Além disso...

Esqueça meus pedidos de desculpas ensaiados de *desculpe, eu fui um idiota, aqui está um café. Deixe-me falar sobre algumas das peculiaridades da propriedade, além do velho poço.*

Não.

A visão daqueles olhos azuis sonolentos e daquele cabelo loiro curto bagunçado me deixou burro, e tudo o que posso fazer é me agarrar ao último grama de juízo restante em meu cérebro para dizer o meu propósito de estar aqui.

Ela esfrega um dos olhos e me encara como se fosse cedo demais para entender minhas palavras.

Provavelmente é.

Merda.

Não são nem sete horas.

Num domingo.

— E quanto à...

Ela pausa, sua boca se estendendo enquanto boceja tão grande que consigo ver suas amígdalas. Quando ela termina de bocejar, estala os lábios três vezes, enxuga as lágrimas brilhantes em seus olhos, *Jesus*, que bocejo, e se encosta no batente da porta.

— O que tem a adega?

Eu estremeço.

— Vou dar um jeito nela. Só queria que você soubesse que a casa tem um porão e que eu estarei lá hoje, dando um jeito de limpá-lo. Assim você não vai precisar fazer isso. E para que June não precise... saber.

Aparentemente, *vou limpar o seu porão* é um código para *você precisa acordar imediatamente porque tem muito mais nessa história do que estou contando para você*, pois Maisey acorda de um salto como se seu cérebro tivesse tomado um peteleco com um elástico.

— O que tem no porão? — pergunta ela.

— Bolor. — A palavra salta de minha boca com a velocidade que uma pessoa normal diria *lixo tóxico com acompanhamento de assassino em série*.

Seus lábios franzem e seus olhos telegrafam uma mensagem muito clara: *eu não acredito em você*.

— O que tem no porão? — repete ela, usando uma voz que faz meu pau dar um pulo e meu cérebro evocar fantasias sujas com bibliotecárias.

— Olha, eu sei que neste exato momento você não tem razão nenhuma para gostar de mim ou confiar em mim, mas deveria confiar em mim nisto.

— Quando foi a última vez que você esteve no porão?

Até onde sei, ela não sabe onde fica a entrada.

Mas, até onde sei também, adolescentes têm uma tendência a descobrir essas coisas, e, na primeira vez que June fizer uma festa do pijama aqui e oferecer para mostrar a suas amigas o lugar, elas vão notar.

Toda vez que trago crianças no rancho para trabalhar, ficamos bem longe da casa. *Respeito para com o proprietário*, foi o que sempre disse a elas.

E elas eram boas crianças, então escutavam.

— Você vai ter que confiar em mim — repito, testando minha voz de professor.

Ela cruza os braços.

Sem relógio.

Sem joias.

Apenas braços firmes cobrindo seus adoráveis... é, seu peito.

É só um peito.

E eles são apenas braços.

Não sinto nenhuma atração por eles, nem um pouco.

Especialmente não de formas que eu não deveria sentir.

— Da última vez que confiei em você, acabei presa num armário de limpeza com um doido. Então me desculpe se eu gostaria de um pouco mais de informação sobre o que está acontecendo, exatamente, na adega do meu tio.

— Desculpe. — Eu não pareço arrependido. Pareço desesperado e irritado, e sei disso. Veja bem, de novo, não sou bom em pedir desculpas. Então respiro fundo e tento outra vez. — Desculpe — repito e, desta vez, quase acredito em mim mesmo. — Não me comportei bem. Você não merecia isso. Eu lamento muito. E gostaria de me redimir ajudando a resolver uma bagunça antes que Junie e as amigas dela a encontrem.

Ela me estuda com os lábios carnudos ainda franzidos, os olhos muito mais alertas do que estavam um minuto atrás, linhas suaves marcando sua testa.

— Eu disse a Junie que você teria que ser uma pessoa completamente diferente antes que eu considerasse namorar com você.

E agora meu saco está suando.

— Eu não quero namorar com você. Só quero fazer algo bom para a família de Tony. E para Tony. Isso é mais para Tony do que para você.

— Você não quer namorar comigo.

— Sou um destruidor de corações em série.

Levantar uma sobrancelha só não.

Jesus.

Levantar uma sobrancelha só não.

Um gesto tão pequeno que diz tanto. *Você realmente acha que alguém se importaria o suficiente com você para que partisse o coração dela? Você não é tão atraente assim, Flint Jackson. E ainda é um idiota.*

Ou talvez diga *eu sei muito bem que tem mais coisa nessa história, e, se acha que vou aceitar o que está dizendo assim, de primeira, está muito enganado.*

Mereço isso.

NÃO FAZ MEU TIPO

— Ver um dos seus pais despedaçar o outro em nome do *amor* pela maior parte da sua infância deixa uma marca duradoura. — As palavras têm gosto de uísque velho. E, só para constar, eu odeio uísque tanto quanto odeio contar a *qualquer* pessoa por que sou do jeito que sou. Mas fui um idiota com ela. Ela merece saber o porquê. E é por isso que odeio pedir desculpas. — Então não me envolvo em relacionamentos, mas é foda te ver fazer por June o que eu sempre quis que minha mãe fizesse por mim e não ter alguma reação.

Maisey não responde.

Ela fica exatamente onde está, apoiada no batente da porta, uma sobrancelha arqueada para mim, os braços ainda cruzados sobre o peito.

Conheço esse truque. Eu o uso diariamente em minha sala de aula.

E diabos se ele não está funcionando comigo, apesar de eu saber que não deveria cair nele e de todas as formas que estou dizendo a ela que isso é tudo o que ela vai ter da minha história. Maldita culpa.

— O amor é uma droga, tá? Ele suga você até deixar apenas uma casca, sem vontade de levantar da cama de manhã para cuidar do filho que você pensava que resolveria todos os seus problemas de relacionamento e que, em vez disso, só piorou tudo, até que seja seu filho quem cuida de você quando deveria estar sendo uma criança, até ele não aguentar mais e também quebrar. Então eu não namoro. Eu fodo. Tenho meus alunos na escola. Tenho um irmão em Kory. Tenho minha tia Opal. Tinha Tony. Tenho todos os moradores de Hell's Bells agindo como primos que nunca tive. Não preciso de mais nada. Não *quero* mais nada. Então não espere mais nada.

Vir aqui para pedir desculpas foi uma ideia horrível.

Meu peito dói. Minhas veias estão zumbindo.

Falei demais.

Nunca falo tanto.

Falei demais.

E ela está me observando com olhos azuis arregalados que me dizem que *não* está preparada para o meu nível de fodido.

Ela pisca uma vez e se endireita.

— Me dê dez minutos para botar uma roupa e fazer café, e vou com você.

Eu estalo os nós de um dedo, meu peito ainda doído, todos os meus sentidos em alerta total para o que ela está prestes a jogar em mim.

— Não.

— Faça eu pular meu café, e vou te seguir até onde quer que essa adega esteja, trancá-lo lá dentro, chamar o xerife e fazer com que seja removido à força da minha propriedade, depois chamar Opal, algumas das mães das amigas de Junie e as novas amigas do meu clube do livro, e vamos ver quanto tempo leva para todo mundo nesta cidade ficar sabendo o que você está escondendo nessa adega.

Jesus.

— Não é meu.

— Está claro que você amava mais Tony recentemente do que eu, então é óbvio que vai te machucar mais do que a mim se toda a cidade descobrir o que está lá dentro.

Eu não deveria suar assim às sete da manhã em uma linda manhã de outono.

— É a coleção de pornografia dele.

Ela franze o nariz, mas, fora isso, não parece surpresa.

Além disso...

Voltando para a pornografia de Tony — que não é exatamente pornografia comum, mas com certeza não é algo que quero que June descubra aqui —, a atitude descolada de Maisey está aliviando a dor no meu peito.

Merda.

É claro que está.

Ela não se importa de onde eu venho ou por que sou um fodido; quer voltar ao que tínhamos antes para que também possa esquecer que isso aconteceu.

— Deus me perdoe — diz ela, baixinho, tão *Maisey* que consigo respirar fundo de verdade —, mas se você estiver mentindo e for pior do que simples pornografia, vou construir um prédio bem na frente da sua varanda para que nunca mais veja o pôr do sol.

A profundidade do conhecimento dela sobre mim e meus hábitos é surpreendente.

Especialmente considerando que eu não tenho tempo para observar o pôr do sol nos meses de outono e inverno.

Mas que caralho.

Opal.

Ela está no clube do livro com Opal.

Aquela traidora.

Maisey sorri de esguelha, e eu não sei se é por causa da minha surpresa visível ou se é pura alegria malévola por saber como me tirar do sério.

De qualquer forma, isso parece *normal* para nós.

E não é um normal forçado.

Apenas o normal de sempre.

— Pode ser um pouco diferente de uma coleção de pornografia comum — murmuro.

— É pior do tipo *traga um caminhão de terra e enterre tudo antes que Junie chegue em casa?* Ou pior tipo *não jogue um fósforo lá dentro, porque vai causar uma enorme explosão?*

Nem um, nem outro, exatamente.

— Ambos.

Sua testa se enruga de novo.

— Teoricamente, se tudo fosse removido desse porão, seria possível recuperá-lo como uma unidade de armazenamento de verdade?

— Não sei.

— Dez minutos. Café. E aí vamos descobrir.

— Maisey...

— Caso você não esteja ciente, o que provavelmente seria negligência intencional da sua parte agora, passei quase as duas últimas décadas da minha vida deixando um homem dizer o que fazer para o benefício dele. Não estou interessada em continuar minha vida assim. Dez minutos. Café. E então vamos descobrir. Entendido?

Diabos se uma Maisey mandona e malvada não é mais atraente do que uma Maisey sonolenta e bocejando, que é ainda mais atraente do que uma Maisey *entregando torta de cereja num vestido*.

Pedir desculpas foi uma má ideia.

Contar a ela por que não namoro foi uma má ideia.

Mas as duas coisas também foram completa e totalmente necessárias.

Tony fez várias coisas boas para várias pessoas, sem nunca pedir muito para si mesmo.

Tenho certeza de que ele gostaria que eu cuidasse disso.

Capítulo 14

MAISEY

Nenhuma quantidade de café, sono ou sanidade no mundo poderia me preparar para o porão do tio Tony.

E estou irracionalmente irritada com o nível de confiança que não tenho em Flint, que tornou necessário que eu viesse até aqui com ele, e igualmente irritada que só de ouvir um pouco mais da história de vida dele me fez querer abraçá-lo e consertar tudo.

Continuo dizendo a Junie que as pessoas podem ser realmente ótimas em uma coisa e ruins em outra.

Flint é bom em ser professor, mas é terrível em ser... bem, seja lá o que ele acha que precisa ser para mim.

Mas a pior parte, pior *mesmo*?

Se eu estiver lendo certo nas entrelinhas e juntando as peças do quebra-cabeça dele com o menor grau de precisão, seus pais o destruíram a ponto de ele ter que se mudar com Opal quando tinha mais ou menos a idade de Junie.

A ideia de minha filha se sentir tão desesperada e não amada a ponto de precisar morar com outra pessoa faz meu coração partir-se em dois.

Ignore, Maisey. Ignore.

O que, só para registro, *não* é fácil, dado o que nos espera no porão. Eu uso minha caneca de café para apontar um pôster pendurado ao lado da antiga televisão com o videocassete embutido.

— Espero que você aprecie o quanto estou fingindo que não tenho ideia do que tudo isso significa e o quanto estou supondo que você também não tenha.

Flint está calado e reservado de uma maneira incomum desde que peguei meu café e voltamos para trás da cabana de madeira original, no fundo do quintal da casa mais moderna em que Junie e eu moramos, como se estivesse lamentando os poucos detalhes que compartilhou e quisesse guardá-los de volta, para que eu não pudesse usá-los contra ele.

Seus olhos semicerrados movem-se na minha direção por uma fração de segundo antes de ele voltar a limpar uma das prateleiras que deveriam ser usadas para coisas como feijão enlatado e sacos de batatas, mas para a qual o tio Tony tinha outros usos.

Eu não pressiono por mais conversa. Em vez disso, sento-me na poltrona verde floral posicionada em frente à televisão, fazendo um inventário da coleção de vídeos e de pantufas embaixo dela, ponderando brevemente quando ele passou cabos elétricos aqui para o porão, que está longe o suficiente da casa para que ele *definitivamente* tivesse que instalar energia elétrica neste lugar de propósito, e decido que não quero nada por perto daquela poltrona a não ser queimá-la, o que eu já planejava mesmo.

Eu amava o tio Tony.

Amava, sim.

E sei que ele tinha suas próprias vontades, necessidades e hobbies. Deus sabe que encontrei algumas coisas interessantes enquanto limpava a casa para transformá-la em um lar para Junie e eu.

Nada fora do comum. Alimentos enlatados de trinta anos atrás e uma coleção de remédios fitoterápicos para várias doenças, de pressão alta a impotência, em um dos armários da cozinha do barracão, que, sim, era um lugar estranho para encontrá-los. Pilhas de revistas de carros esportivos, que são a coisa menos tio Tony que eu já vi, enfiadas entre os vários itens que não foram vendidos durante o leilão e que pedi para serem guardados para eu olhar, caso encontrasse algo que quisesse guardar por razões sentimentais.

Uma coleção de ferraduras no celeiro, das quais eu com certeza tenho outro ponto de vista agora.

Conchas do mar, até mesmo conchinhas, que ele encheu com cera de vela em outro armário esquecido em um dos banheiros.

Um retrato de vitral do que eu acho serem um urso e uma lhama em posição comprometedora atrás de uma porta na cabana original.

Todos vivemos nossa vida e temos diversos interesses, certo?

Mas não tenho tanta certeza de que precisava saber que o tio Tony tinha atração por pés.

— Vocês dois passavam muito tempo aqui? — pergunto a Flint.

— Não.

— De vez em quando, então?

— Não.

— Quando a pessoa sabe que isso existe e aparece na porta de outro alguém exigindo acesso exclusivo para limpar os pertences do antigo dono antes das sete da manhã de um domingo, o ocupante atual tem direito a fazer perguntas.

— Encontrei por acidente. Aconteceu uma vez só. Na verdade, é culpa de Gingersnap. Passei e deixei doces para Tony certa manhã, encontrei a vaca mugindo como se tivesse perdido a melhor amiga bem na porta que nunca havia notado antes, bati, entrei e achei… isto, e nunca mais voltei. Nunca contei a Tony que tinha achado. Esqueci que existia, até pegar um garoto ontem com algo que me fez lembrar.

Eu acredito nele.

Sua pele ficou da cor de uma beterraba no momento em que percebeu que não teria acesso a este porão sem mim e não perdeu o tom desde então.

Se ele fosse qualquer outro homem, eu diria que era adorável. Mas com este aqui, estou totalmente em alerta.

Especialmente com o quanto ainda quero abraçá-lo.

Tomo um gole de café e dou mais uma volta devagar, observando os pôsteres de pés, a arte abstrata de pés, as esculturas de pés, principalmente na caixa próxima a Flint agora, e os rótulos nos vídeos mais uma vez: *pés na praia, pés na bota, pés na cama.*

E, apesar de a maioria ser sobre pés, não é *tudo*.

— Ele namorou alguma vez? — pergunto.

Flint me olha sério.

Sou inundada por uma tristeza absoluta. Enlutada por um homem cuja família o excluiu e que claramente sentia que precisava esconder quem era, apesar de viver em uma comunidade tão acolhedora como Hell's Bells.

Não conheci uma única pessoa que não tenha uma história sobre o tio Tony e as vezes que ele fez algo de bom por elas.

O tio Tony era exatamente o tipo de homem que você desejaria que ganhasse na loteria. Fez tanto bem com o que ganhou ao longo dos anos. Deixou a casa para mim com a suspeita de que eu precisaria de um refúgio e especificou em seu testamento que, embora eu recebesse Wit's End e todas as posses físicas dentro dela, cada centavo em sua conta bancária seria dividido entre suas várias instituições de caridade favoritas em todo o país.

— Você acha que ele já quis namorar? — Minha garganta está começando a travar, e mal consigo dizer as palavras.

— Difícil acreditar no amor quando ele é usado como uma arma — murmura Flint em resposta.

Deus.

Não é de admirar que eles fossem próximos.

Mamãe sempre me disse que o tio Tony era o desajustado da família porque era um hippie despreocupado que não trabalhava duro; que se o maior feito de um homem fosse ganhar na loteria, ele não era o melhor modelo a ser seguido.

Estou percebendo aos poucos o quanto fui sortuda por ela ter me mandado para cá durante algumas semanas naqueles verões em que estava no ensino médio, porque tenho *certeza* de que meus avós cortaram relações com ele por razões totalmente diferentes.

Sei que ele cresceu em outros tempos, meus avós também, mas isso não me deixa menos triste por ele. Na verdade, fico ainda mais triste.

Limpo a garganta e gesticulo ao nosso redor, desesperada para não me afundar no quanto deve ter magoado meu tio ter sido expulso pela família.

— Isso me faz lembrar de uma sala secreta que não era para eu encontrar quando derrubamos a parede errada em uma casa em Indianápolis durante a segunda temporada. O marido fazia regularmente festas de swing enquanto a esposa estava fora da cidade.

Os lábios de Flint se abrem, e ele me lança um olhar que sugere que pensa que estou inventando.

— Você não teria visto esse episódio. Nunca foi ao ar. Mesmo que os produtores não tivessem cortado isso na hora, por sermos um programa voltado para a família, o marido teve um ataque total, como se fosse culpa *nossa* ele esconder um segredo de sua esposa, e ameaçou nos processar se não saíssemos de sua propriedade imediatamente. Não faço ideia se eles chegaram a terminar aquela reforma, mas sei que ela ficou com a criança no divórcio.

Ele me olha fixamente.

Dou de ombros.

— Eu vi muita coisa. Além disso, a melhor parte de ser considerada o alívio cômico desajeitado, cabeça de vento e estúpido em um reality show idiota é que ninguém nunca suspeita que foi você quem secretamente pagou pelo investigador particular que conseguiu as fotos das *outras* coisas com as quais ele estava envolvido e que não eram aceitáveis. Quarto secreto de sexo? Tanto faz. Tenha seus fetiches. Desenterrar a dívida de jogo de cem mil dólares que ele acumulou em grupos questionáveis para que ela tivesse motivo para ficar com a criança no divórcio? Você ouviu isso? Esse é o som da justiça, e eu amo isso *pra caralho.*

Ele me encara por mais um segundo. Então abre um sorriso e *ai, meu Deus*, ele é adorável.

Não, Maisey. Não. Ele é um idiota arrogante que pensa que é a última Coca-Cola no deserto e que também acha que sabe tudo. Ele não é adorável.

— Você chegou a contar isso a Tony? — pergunta ele.

— Nunca pronunciei essas palavras em voz alta. Parabéns. Você me pegou em déficit de cafeína e agora conhece meu maior segredo. Conte para alguém e sentirá o peso da justiça no *seu* rabo também. Não me teste. *Vou encontrar todas as coisas.*

Ele balança a cabeça, ainda sorrindo, e levanta um plugue anal particularmente colorido.

— Tipo isso?

— Tipo isso. Que seria uma verdadeira obra de arte, se eu não soubesse exatamente do que se trata.

Ele ri.

— Cerca de cinco anos atrás, ele causou uma baita confusão na cidade. Gertie, da loja de conveniência, recebeu um lote disso. Ela pensou que eram abajures sem as correntes para ligar. Tony comprou a caixa toda e, nem cinco minutos depois que ele foi embora com todos eles, alguém contou a Gertie o que eles realmente eram. O caso se espalhou feito *rastilho de pólvora*: Tony comprou a caixa toda. Quando eles começaram a debater se alguém ia contar para ele, eu caí fora da conversa.

— Pensavam que ele era um velho inocente que nunca tinha ouvido falar de sexo antes e não queriam contar para ele? — Eu me sinto como Junie, revirando os olhos agora.

— A cidade ficou dividida. Metade achava que ele ia usá-los como luminárias ou, como você disse, arte. A outra metade achava que ele estava poupando Gertie do constrangimento de ter isso em suas prateleiras para qualquer um que passasse pela cidade encontrar.

— Poderia ter sido os dois — murmuro.

— Todos continuavam tentando conseguir um convite para jantar na casa dele, para ver se ele os havia pendurado pela casa.

— Isso é um aviso, certo? Devo comprar meus brinquedos sexuais online em embalagens discretas?

— Jesus Cristo — murmura ele.

— Não estou acostumada com a vida na cidade pequena. Preciso saber dessas coisas.

Ele vira as costas para mim, mas seu pescoço fica ainda mais vermelho do que antes.

— Cece Jones trabalhava como garçonete no restaurante. Pouco depois de Tony comprar sua caixa de, *hã*, luminárias, ela foi pega dormindo com um pastor casado a duas cidades daqui, e todos esqueceram Tony.

Faço uma careta.

— Ela apagou suas contas nas redes sociais, largou o emprego e saiu correndo do condado. Todos ficaram mais preocupados em adivinhar para onde ela tinha ido do que com os abajures de Tony. — Ele balança a cabeça e joga o plugue anal de vidro na caixa. — Essa cidade é ótima de muitas maneiras. Se você precisa de alguém para limpar seu porão, tudo o que precisa fazer é pedir em uma das redes sociais da cidade. Mas, se quiser manter um segredo...

Eu estremeço.

Não consigo evitar. Sei que é apenas uma questão de tempo antes que alguém descubra que minha mãe está na prisão e o porquê. Junie e eu finalmente estamos começando a nos sentir como se pudéssemos nos encaixar aqui. Ainda não estamos totalmente integradas, mas estamos perto o suficiente para ver que é uma possibilidade. Não posso passar pela Iron Moose, pelo restaurante, pela lanchonete, pela padaria, pelo salão de Opal, por qualquer lugar no centro, sem receber cumprimentos de pessoas que estou começando a considerar como amigos.

E, sim, sei que estou exagerando ao me voluntariar para tudo o que aparece, desde dar uma olhada em um vaso sanitário vazando até trocar tomadas defeituosas, passando por oferecer ajuda para pintar o quarto de alguém, mas tenho essas habilidades, minha pensão é suficiente para pagar minhas contas e, neste momento, preciso me sentir como um membro contribuinte da comunidade mais do que preciso sentir que as pessoas gostam de mim meramente porque fui famosa só um pouquinho acima do *tive cinco minutos de fama por viralizar nas redes sociais.*

Mas o ponto principal é que estamos quase lá. Quase encontramos nosso lugar. Não quero descobrir se as pessoas aqui nos desprezariam caso descobrissem o que minha mãe fez.

Só quero viver na minha bolha de felicidade, onde sinto que estou encontrando meu lugar, Junie está conversando comigo novamente e sinto otimismo em relação ao futuro.

É adorável estar aqui neste espaço mental e emocional outra vez, porém mais forte do que eu era quando estava com Dean, sabendo que, se consigo terminar meu casamento e começar de novo com Junie aqui, consigo lidar com qualquer coisa.

— Você tem segredos? — pergunta Flint, claramente curioso com meu silêncio.

Se ele pensa que vai conseguir outro segredo de mim, está *muito* enganado.

— Você *francamente* acha que me levar a um porão e me mostrar a coleção de fetiches por pés do meu tio lhe dá direito a mais algum dos meus segredos? — respondo sem entonação.

Ele me encara de volta por um segundo, e então a coisa mais louca acontece.

Ele ri.

E não é qualquer risada.

Não, esta é uma risada cheia, de dobrar ao meio, *que provavelmente o está fazendo lacrimejar de tanto rir.*

Uma risada que parece dizer *eu estava tentando manter a compostura e ser estoico a manhã toda, e você finalmente me quebrou.*

Dou um passo para trás, sento-me nos degraus no pequeno corredor sob a porta e assisto a ele perder completamente o controle da melhor maneira possível.

Este homem tem um passado. Tem feridas de relacionamentos anteriores. Com certeza tem problemas de confiança. Provavelmente se sente tão solitário quanto eu me senti mais vezes do que gostaria de admitir nos últimos anos.

Mas, mesmo com todos os seus próprios problemas, ele está cuidando de Junie na escola e fez o melhor que pôde para incluí-la no time de futebol.

— O que você vai fazer com tudo isso? — pergunto, depois que ele para de rir. — Porque, só pra constar, estou cem por cento a bordo do trem *isso é um problema de Flint.*

Ele olha para a caixa, então me dá o sorriso mais travesso que já vi em toda a minha vida.

— EBay ou Etsy.

— Meu Deus.

— O orçamento do departamento atlético foi cortado no ano passado. Conheço um cara que vai colocar isso à venda para nós, sem fazer perguntas, e canalizar os lucros de volta para a escola. Pode até ser o suficiente para conseguir aquele pacote de seguro contra acidentes que o diretor não aprova. Tem uns pés bem interessantes ali. Eles vão render um dinheirinho bom.

— *Ai, meu Deus.*

Ele sorri ainda mais largo.

Cada grama do meu corpo desfalece.

Problema?

Não.

É bem pior que isso.

Capítulo 15

FLINT

A pior parte de morar numa cidade pequena é que não dá para evitar ninguém.

Nunca.

Evitar normalmente não é a minha; prefiro encarar os problemas com firmeza, mas minha questão é que quero transar com Maisey Spencer e não posso.

Vê-la quando ela vai buscar June nos treinos ou comparece aos jogos do time não melhora em nada. Vê-la passar de carro pela minha casa algumas manhãs e tardes por semana não melhora em nada. Trombar com ela jantando com novos amigos na Iron Moose ou entrar na casa de Opal na noite do clube de leitura e ouvir sem querer enquanto ela se compadece com amigas por sentir que nunca será uma mãe boa o bastante não melhora em nada.

Não a ver não melhora em nada a situação. Não quando toda manhã eu acordo, espio pela estradinha que leva até a porta da casa dela e espremo os olhos para ver se consigo detectar algum movimento na casa.

O que não consigo ver da casa do caseiro.

Nunca consegui. Nunca conseguirei.

A realidade e a geografia não funcionam assim.

Mas, ainda assim, eu olho.

E *a escuto*. Escuto serras. Escuto marteladas. Escuto tábuas sendo jogadas por cima umas das outras.

Dizer para mim mesmo que ela é tão indisponível emocionalmente quanto eu não ajuda.

Dar aulas e treinar a filha dela todos os dias não ajuda.

Tentar ficar com raiva por ela ter perdido o funeral de Tony não ajuda. Assistir enquanto ela coloca sua dedicação total em ser uma boa mãe, ouvir histórias sobre os momentos em que ela foi feliz aqui com Tony quando adolescente e saber que ele foi rejeitado pela família dela quase toda me deixou agudamente consciente de que sempre há mais numa história do que todos pensam ter.

E ver Maisey colocar tudo em ordem para consertar todas as coisas que ele nunca lembrava de consertar porque não considerava nenhuma delas importante num *velho rancho?*

Pegando orçamentos de madeira para reforçar o celeiro. Consertando o poço. Sei que ela começou a trocar a fiação do chalé original no terreno que foi convertido — mal e porcamente — em casa de hóspedes, substituiu o fogão na casa principal, selou as janelas, trocou a porta e as fechaduras no barracão assim que percebeu o quanto seria fácil para Earl invadir o local.

Sexy pra caralho.

E eis-me aqui de novo, mais uma vez pensando que estou com a barra limpa enquanto volto correndo para a escola no começo do treino de futebol para pegar as camisetas coloridas do time que deixei no vestiário, quando ouço a voz dela ressoar pelo espaço ao ar livre reservado para os funcionários do lado de fora, perto da entrada dos fundos.

— Sei lá, mãe. Pergunta para o seu guarda — diz ela, baixinho, bem depois da curva perto de mim.

Eu desacelero e paro abruptamente quando deveria dar meia-volta e pegar o caminho mais longo para entrar no prédio da escola.

Pergunta para o seu guarda?

Não é algo normal de dizer para mães normais.

— Eu conferi o rastreio. Foi entregue na semana passada. Não sei por que não te entregaram.... *Mãe.* Você se dá conta de que, quanto mais piadas fizer sobre eu colocar estiletes improvisados nos seus pacotes, menos provável é que você consiga receber liberdade condicional antecipada? *Eu não vou te ajudar com isso.* Pode parar. Junie e eu temos uma vida nova, e ela não precisa de mais drama.

Ah, caralho.

Isso não é real, né?
Ela não acabou de dizer isso.
De jeito nenhum ela acabou de dizer isso.
Eu me coloco num ângulo mais próximo dessa parede, fora de vista do espaço, pego o celular enquanto sigo ouvindo e digito:

Maisey Spencer mãe prisão.

— Eu quero que você venha para cá, sim. Tem um chalé adorável bem pertinho da casa que estou consertando só pra você, e você conhece Junie...

Ela se interrompe com um suspiro enquanto a pesquisa no meu telefone não resulta em absolutamente nada de relevante.

Talvez eu tenha entendido mal.

— Tem razão. Você não precisa me permitir cuidar de você, mas tenho um pedacinho de chão, tenho um lar para você, uma oportunidade para você recomeçar... *É*, mesmo na sua idade, não fique bocuda comigo, srta. Vinte e Nove Para Sempre, e você não gostou quando ele parou de falar com você por causa dessas mesmas atividades que te colocaram onde está agora, então isso é com você.

Tento outra vez.

Mãe Mamãe Maisey Spencer *Reformas do Dean* cadeia prisão

— Pode parar. Isso *não* é caridade. E não tem nada de esquisito, *hum*, na casa do tio Tony.

Contenho um sorriso e mal me seguro para não rir.

Tenho uma certeza razoável de que ainda há coisas esquisitas em algum lugar da casa de Tony. Nunca olhei no sótão, e, até onde sei, a empresa que ela contratou para a venda dos pertences dele também não. Eu me pergunto se Maisey olhou.

E ainda...

Ainda nada aparecendo em minha pesquisa no celular sobre a mãe de Maisey.

— Vou fingir que você não disse isso. Olha, não precisa vir. Não precisa. Mas Junie adoraria tê-la por aqui. Eu adoraria tê-la perto o bastante para ficar de olho em você. Se essa casa não fosse do tio Tony, você a adoraria. E não me diga que não tem uma parte sua que ficaria feliz de morar praticamente à custa dele quando ainda está com raiva por ele não ter participado da sua tramoia.

E lá se foram os sentimentos felizes.

Nem vem ao caso que eu consigo ouvir a repulsa na voz dela, como se estivesse se forçando a dizer isso para manipular sua mãe e também não gostasse disso.

— Mãe? Mãe, você está... *Droga.*

Maisey suspira.

Eu me desencosto do prédio com um empurrão, na intenção de dar a volta para a parte da frente antes que ela me flagre, mas um arfar súbito me faz parar.

Ela fez a curva segurando o celular como se procurasse sinal. E eu fui flagrado.

— Quanto você ouviu? — pergunta ela.

— Quanto eu ouvi do quê?

O nariz de Maisey se franze enquanto ela lança seu olhar mais desconfiado; suas bochechas pálidas ficam rosadas, e é por isso que eu preciso evitá-la.

Posso *sentir* as inseguranças dela. Suas vulnerabilidades. Tem algo na linguagem corporal dela que diz *hoje foi um dia difícil e eu absolutamente não aguento mais.*

Andei fingindo pelo clube de leitura, pelos eventos de pais e mestres, pelos jogos de futebol e pela vida afora.

Estou sozinha, desgastada e cansada de apresentar essa fachada de coragem para o mundo.

Se você vai ser mais um obstáculo para eu construir uma vida nova para Junie e eu, vou destruí-lo, mas preciso de uma soneca antes.

E, o tempo todo, meu cérebro me supre com histórias que eu *não* preciso ouvir.

Ela também está pensando em você. Também tem te evitado. Ela quer te agarrar, mas não pode nem cogitar o assunto antes que sua filha se forme no ensino médio, o que dá a nós dois tempo para botar as coisas em ordem. Ligue para um psicólogo, e talvez então tenha uma chance.

É errado.

Ela provavelmente está pensando que eu sei de um segredo pior do que o fato de que seu tio tinha um fetiche por pés e uma coleção de entretenimento adulto, o que não é um segredo ruim.

Não comparado à mãe dela estar na prisão.

A mãe dela está na prisão, porra.

— Você tem amigos em Iowa? — A pergunta me escapa antes que eu pare e pense direito.

A boca de Maisey forma uma linha rígida.

— Um prazer ver você, Flint. Não se sinta preso por mim. Tenho certeza de que tem lugares melhores para ir.

— Você não tem. — Ela se vira como se fosse voltar para dentro da escola. E aqui vou eu, abrindo minha boca outra vez. — Pelo que ela foi presa?

Ela dá meia-volta para me encarar.

— Por favor, *por favor*, pelo bem de Junie, esqueça que ouviu isso.

— Ah, sim, minha primeira tarefa do dia na sala de aula amanhã será anunciar que a avó de June Spencer é uma presidiária. Mal posso esperar. Combina tanto com geometria e cálculo...

Os olhos dela ficam brilhantes e ela pisca duas vezes antes de me dar as costas de novo.

— Pelo menos isso vai selecionar quem é ou não digno de ser amigo de Junie antes que ela se envolva demais com quem não vale a pena.

— Ei. — Pego Maisey pelo cotovelo. — É claro que não vou contar.

— Claro. Tanto faz.

Ela se solta.

— Maisey, ninguém aqui vai julgar, e eu apostaria até o último donut da padaria que metade dos amigos de June já sabe, de qualquer maneira.

— A menos que você esteja prestes a me contar seu segredo mais profundo e sombrio, eu agradeceria muito se me deixasse em paz e permitisse que eu siga minha vida acreditando que esta conversa nunca aconteceu.

— Odeio cogumelos. — Eu digo e ela revira os olhos. — Tipo, tenho medo real deles.

— Você tem medo de cogumelos.

— Pergunte a Opal. — Tenho quase trinta e cinco anos e estou dizendo a uma mulher para perguntar a minha tia sobre meu medo de cogumelos. — Não falo sobre isso porque adolescentes são cuzões e eu terminaria com pilhas de cogumelos na minha mesa todo ano se dissesse alguma coisa.

Merda.

Agora estou pensando em pilhas de cogumelos na minha mesa e começo a suar.

Ela me escrutina como se tentasse decidir se sou o tipo de babaca que inventaria um pavor idiota para zombar de sua ingenuidade ou se estou falando sério.

— Fiquei doente por causa de um cogumelo selvagem quando era pequeno, não fui para o hospital quando precisava, fiquei muito mais doente do que deveria e sinto pavor de todos os cogumelos desde então. Mesmo quando sei que são seguros. Não consigo nem ver a palavra sem começar a tremer.

A desconfiança dela não cede, o que é um chute nos ovos depois de eu ter contado a ela mais sobre minha infância do que, em geral, conto a qualquer um.

Provavelmente ela não computa a imensidão que foi eu dizer isso tudo em voz alta.

Ela diz tudo. Não se segura.

Por que entenderia o quanto foi difícil para mim?

Esfrego a mão pelo cabelo, igualmente frustrado por ela não acreditar em mim e por me importar com isso.

Se alguém me dissesse seis meses atrás que eu estaria preocupado com o que a sobrinha de Tony pensava sobre mim, eu teria expulsado essa pessoa da cidade às gargalhadas.

Mas ela não é a vilã que pensei que fosse.

Não me entenda mal. Eu ainda acho que lidar com esse tanto de terra em Wyoming é areia demais para o caminhãozinho dela, que ela vai precisar de mais ajuda do que pensa quando o inverno chegar, e ainda quero encontrar um jeito de levar meus alunos com problemas ao rancho para descontar suas frustrações no trabalho.

Mas ela não é a vilã. Fez bem demais pela cidade toda para ser a vilã.

No máximo, é uma pessoa perdida.

Garota.

Mulher.

É uma dama que precisa ser resgatada.

Não, é uma dama tentando resgatar a si mesma.

Não conheço uma única pessoa sequer que nunca tenha se sentido perdida. Algumas reconhecem esse fato. Outras não. Algumas jogam a culpa em outras pessoas. Algumas tentam conseguir ajuda. Algumas tentam consertar a situação pessoalmente. Algumas tentam consertar o mundo ao seu redor. Algumas fingem que não há nada quebrado e seguem adiante na marra.

Eu já senti tudo isso e mais, em um momento ou outro.

Tudo o que sei sobre Maisey e como ela vê a própria situação é que não a ouvi, nem uma só vez, dizer que é culpa de outra pessoa.

Ela merece muito crédito por isso, sob meu ponto de vista.

— Tony ficaria muito puto comigo se eu te magoasse — digo — e se não te ajudasse quando possível.

Ela não está menos desconfiada.

Enfio os punhos nos bolsos, tentando não transparecer minha frustração. A culpa é minha se ela desconfia de mim. Portanto, preciso assumir esse fato, assim como ela está assumindo seus próprios problemas.

— Caso você não tenha descoberto ainda, ninguém aqui vai ligar para o que a sua mãe fez que a levou para a cadeia. Eles se importam com o fato de que você está fazendo coisas como ser presente para a sua filha, distribuir bolinhos pela cidade e contratar mão de obra local que com frequência tem dificuldade para arranjar emprego, enquanto também está pela cidade toda ajudando a qualquer um que precise das suas habilidades, mas não possa pagar por elas. Você pode não estar adotando desgarrados, mas está se mostrando à altura do que as pessoas esperam de alguém da família de Tony.

— Eu estraguei a camisa preferida de Junie ao lavar e só fiquei sabendo quando ela foi vesti-la hoje cedo. Minha cafeteira quebrou. Um guaxinim conseguiu, de alguma forma, entrar na minha garagem e estava comendo o resto do almoço de Junie dentro do meu carro. Junie viu Dean num programa de entrevistas matinal dizendo ao apresentador que ele sente tanta saudade dela, mas não telefonou *nem uma vez* nos últimos dez dias. Eu finalmente consegui limpar a lama de cada reentrância no meu celular depois daquele incidente com Earl, só para deixá-lo cair e rachar a tela quando fui até a delicatéssen para almoçar fora. No minuto em que entrei lá, vi uma foto do tio Tony pendurada na parede e eu também estava na foto, e me lembro daquele dia porque foi quando caí de um cavalo e ele achou que tinha me matado, mas, na verdade, foi a coisa mais engraçada do mundo; ele passou o resto do dia me levando pela cidade toda e comprando tudo o que eu queria. *Sinto saudade dele.*

A voz dela se embarga e uma lágrima escorre pelo rosto.

Ela a enxuga como se estivesse torcendo para eu não notar, mas a verdade é que eu também sinto saudade do velho safado.

— Não sinto saudade dele porque ele comprava coisas para mim — murmura ela. — Sinto saudade porque ele prestava atenção e tirava um tempo para fazer coisas comigo e me tratava como se eu fosse sua hóspede preferida de todos os tempos, mesmo quando eu era só uma criança. Agora é tarde demais para dizer a ele o quanto isso foi importante para mim, e levei como se ele sempre fosse estar disponível, quando deveria ter sido uma sobrinha melhor e estado aqui, mas, em vez disso, tudo é uma merda, e *não sei como fazer todas as coisas que estou tentando fazer.*

Não sei quem se mexe primeiro.

Provavelmente eu, algo em que não quero pensar nem interpretar ou analisar.

NÃO FAZ MEU TIPO

Tudo o que importa é que subitamente eu a estou abraçando apertado, a cabeça encaixada sob meu queixo e o ouvido pressionado contra o peito, nós dois abrigados no espaço onde os funcionários se escondem dos alunos durante o intervalo quando o tempo está bom, longe das vistas dos campos onde os times de futebol e futebol americano treinam.

Merda.

O treino de futebol.

Um tremor escapa pelo corpo dela enquanto envolve minha cintura com os braços.

Estou cem por cento de acordo com o fato de continuar aqui.

— Sinto saudade dele — murmura ela outra vez. — Sinto saudade de minha mãe. Sinto falta de saber o que estou fazendo. Sinto saudade de Junie me contando todas as coisas, como fazia quando tinha sete anos. Sinto falta de não saber tudo o que estava errado e das partes da vida que eram fáceis, mesmo que estivessem erradas. Eu só queria que algo fosse *fácil*. Só por um minuto. Só para eu poder parar e respirar.

Acaricio o cabelo dela e digo a meu pau que ela é mãe de uma das minhas alunas, para ele se controlar. Esse não é o momento. Não mesmo.

— Você está bem.

— Eu não estou bem.

— Ok, não está, mas vai ficar.

Ela ri, mas não soa como se achasse divertido.

Soa como desespero.

E isso *não* é algo que associo a Maisey Spencer.

Ela é otimista. Destemida. Capaz. Determinada.

Com frequência, é um pé no meu saco.

Definitivamente me tira o sono.

E bem agora, neste exato momento, eu quero ser a pessoa que impede o mundo dela de desmoronar.

Capítulo 16

MAISEY

Ai, meu Deus, isso é gostoso.

Não consigo me lembrar da última vez que fui envolta num abraço de urso tão sólido, caloroso e reconfortante.

E isso precisa ser oficialmente renomeado, para que eu não imagine Earl tentando passar os braços ao meu redor, porque é aterrorizante, na verdade.

Ah.

É um abraço de *Flint*.

E... Ah, não.

Não, não, não!

Ele está afagando meu cabelo.

Estou passando por um evento emocional significativo porque sinto que venho me esforçando demais para me encaixar aqui e passei por uma série de pequenos aborrecimentos — tá, e certos dramas *pesados* —, e este sujeito, que deveria ser completamente proibido, está acariciando meu cabelo e me dizendo que vou ficar bem, enquanto seu coração martela sob o meu ouvido.

Não posso sufocar a reação que meu corpo está apresentando a seu cuidado e sua ternura com um *eu não posso namorar*.

Também não tenho como escapar alegando que *ele a odeia*.

Não acho que ele me odeie.

Não acho que me odeie nem um pouco.

Se ele está sentindo um pouquinho do que senti desde o primeiro dia em que Junie e eu estamos aqui, imagino que *queira* não gostar de mim, porque é mais fácil do que ceder à tentação de gostar deste homem do qual eu preciso manter distância para não complicar minha vida e a vida de minha filha.

Mas ser abraçada por alguém neste mundo que claramente gostava do meu tio, que gosta da terra, que gosta de seus alunos e seus jogadores, mas que entende que relacionamentos são mais complicados do que *você está errada porque eu estou dizendo que é assim* é como finalmente ter alguém que *entende*.

E mais... é como um perdão.

É o perdão por não me esforçar mais para passar algum tempo com o tio Tony. Perdão por fazer seu cavalo jogá-lo longe. Perdão por eu ser tão rígida sobre não levar crianças para o rancho. Perdão por ter uma mãe que fez coisas ruins e por colocar os sonhos do meu marido acima de minha filha numa tentativa de melhorar meu casamento.

— Mamãe foi presa dois dias antes do funeral do tio Tony — murmuro. O corpo dele fica rígido, e então sinto sua respiração passar por cima de mim. — Ela estava... Ela fez coisas ruins. Eu tive que escolher entre o funeral do tio Tony, quando ela não falava com ele há anos e estava francamente irritada comigo por ainda trocar e-mails com ele de vez em quando, ou estar lá para ajudá-la a encontrar um advogado, juntar o dinheiro da fiança e entender o que estava acontecendo.

— O que ela fez?

A pergunta sai áspera, mas ele aperta ainda mais o abraço, e não ligo se estiver me julgando.

Só sei que isso é gostoso.

Gostoso *demais*.

— Coisas ruins — cochicho. — Ela roubou das pessoas. Roubou de muita gente. Dos amigos dela. Meus amigos. Pais dos amigos de Junie. Muita gente.

— Você não sabia?

— Eu não tinha tempo nem de me manter atualizada sobre minha própria *filha*, que dirá minha mãe. — É. A verdade ainda dói. — Não me restou ninguém em Cedar Rapids. Não restou nem um amigo para Junie em Cedar Rapids. Eu não queria que ninguém daqui soubesse porque ela merece o mesmo porto seguro que eu tive

NÃO FAZ MEU TIPO

quando era da idade dela e vinha para cá. Não me importo se alguém souber por minha causa. Eu me importo que não saibam por causa *dela*.

— É por isso que você não quer crianças no rancho.

— Eu *não posso* correr nenhum risco. Não posso colocar a segurança, o conforto e a proteção da minha filha em risco. — Estremeço com todos os cenários de juízo final que já passaram pela minha cabeça no último ano, mais ou menos. — Preciso ser confiável para ela. Jamais quero que se sinta como me senti quando vi minha mãe ser algemada. Ela já passou por coisas demais.

Ele afaga minhas costas e deposita um beijo na minha cabeça.

— Certo. Certo. Nós vamos cuidar de Junie.

Nós vamos cuidar de Junie.

Isso é tudo de que eu preciso.

Preciso saber que minha filha vai ficar bem.

— Obrigada — murmuro.

— As pessoas daqui não vão julgá-la pelo que a sua mãe fez — diz ele, meio ríspido. — Elas sabem que Tony tinha muita consideração por você. Vai de você fazer com que essa opinião mude.

— Fazendo com que sejam arremessadas de cima do cavalo, sendo um pé no saco sobre riscos de acidentes e tentando convencê-las a deixar Junie jogar no time de futebol com uma torta de cereja como suborno? — sussurro.

A risada dele reverbera por seu peito, passando para dentro de mim, e não tenho mais como negar.

Estou encrencada.

Eu gosto desse homem.

— Então você admite que era um suborno.

— Mas levei uma torta para *todo mundo*. Até dei uma de maçã para o sr. Simmerton, porque ouvi falar que era a preferida dele.

— Nós julgamos os pais que nos trazem docinhos, é claro. Você é a menos preferida de todos. Docinhos são horríveis.

Ele está me apertando com um braço sólido e descendo os dedos pelas minhas costas numa provocação com a mão livre. Seus lábios são quentes. Sua respiração é quente. Todas as terminações nervosas do meu corpo estão se acendendo de um jeito que eu não sentia há *anos*.

E o sarcasmo está me deixando mais excitada.

Eu quero beijá-lo.

Quero me lembrar de como é ser beijada por alguém que quer me beijar também.

Flint com certeza também quer me beijar.

Não dá para confundir a voracidade em seus olhos quando ele me enxaguou depois do incidente com Earl. O jeito como me observa toda vez que estou na escola ou à vista da casa do caseiro. A protuberância que posso sentir *agora mesmo* contra minha barriga.

— Diga-me que você é simpático assim com todo mundo — falo.

— Com todo mundo, menos você.

— Você está sendo simpático comigo agora.

— Sou doido por mercadorias com defeitos.

Eu deveria me sentir ofendida, mas estou gostando demais de ficar assim tão perto do corpo dele para colocar energia nisso.

— Por quê?

— Eu tenho problemas.

— Que tipo de problemas?

— Estamos falando de você.

— Graças a Deus. Odeio quando homens são emocionalmente sadios e dispostos a compartilhar suas dificuldades. É muito mais difícil resistir a isso.

De súbito, minhas costas estão contra a parede, e Flint me encara diretamente nos olhos. Como é que eu não reparei antes que os dele são castanhos? São castanho-claros com pitadas de dourado. Pensei que fossem cor de avelã. Será que mudam com a luz? Tenho que prestar atenção para conferir.

— Isso não vai rolar — diz ele, em voz baixa e tensa.

— Estou ciente.

— Não importa o quanto eu não consiga te tirar da cabeça.

Eu não tenho um orgasmo induzido por um homem há pelo menos três anos. Pelo menos. Entretanto, acabo de sentir um abalo de *alguma coisa* no meu clitóris.

— Não deveríamos nos ver.

— Pare de vir para a escola.

NÃO FAZ MEU TIPO

— Estou compensando seis anos sem fazer as coisas que deveria ter feito.

Ele rosna.

Rosna.

E lá se vai aquele miniterremoto no meu clitóris de novo, disparando alguma ação na minha vagina também.

— Eu queria que você fosse um velho rabugento que gritasse com todo mundo para sair do seu gramado.

— Eu queria que você fosse uma oportunista egoísta querendo lotear o rancho e construir casas fuleiras por lá.

— Não podemos fazer isso.

Pelo menos, isso é o que minha boca *diz*.

O que ela *faz*, porém, é outra história.

Porque, quando Flint esmaga os lábios nos meus, estou pronta, disposta e cem por cento de acordo.

Meus olhos se fecham aos poucos, e passo uma perna em torno da parte de trás da coxa dele. Ele inclina os quadris com força contra minha barriga, deixando que eu sinta cada centímetro de sua ereção, ao mesmo tempo que me destrói com um beijo violento, profundo e implacável.

E eu adoro.

Adoro acompanhar cada movimento de sua língua.

Adoro os grunhidos desesperados que escapam do fundo de sua garganta.

Adoro a sensação de sua barba espessa e áspera contra minha pele.

Adoro o jeito como seu cabelo é comprido o bastante para eu segurar com as mãos e adoro a forma como me sinto *desejada*.

Necessária.

Cobiçada.

Como mulher. Como *ser humano*.

Isto não é um simples beijo. Ele está realizando todos os meus desejos de ter alguém que me queira há mais tempo do que gostaria de admitir.

E não conquistei este beijo sacrificando quem eu sou. O que quero. Colocando os sonhos de outra pessoa à frente dos meus.

Eu *o conquistei* sendo um pé no saco dele. Sendo *eu mesma*. Recusando-me a ceder naquilo que acredito e que importa para mim.

Solto um choramingo quando ele também agarra meu cabelo, erguendo minha perna em torno da dele e formando um ângulo para que eu o sinta contra meu clitóris.

Isso mesmo.

Deus do céu, como eu quero isso.

— Treinador? — chama alguém.

Ele se afasta de supetão enquanto eu arquejo e recuo, batendo a cabeça na parede de tijolos do prédio da escola.

O prédio da escola.

Ai, meu Deus.

Qualquer um poderia ter visto isso.

Um aluno. Um professor. Um pai.

Qualquer um.

E qualquer um deles poderia contar para Junie.

Estou na escola da minha filha, beijando um de seus professores, e *não posso*.

Não posso.

Apalpo meus bolsos como se procurasse meu celular, a ardência nos olhos subitamente demais para suportar.

— Obrigada — gaguejo. — Por sua discrição. Pelo bem de Junie. Eu... eu preciso ir.

— Maisey...

— Preciso ir — repito, enquanto disparo para a porta dos fundos, que está mantida aberta para que eu possa continuar ajudando a montar as decorações para o baile de boas-vindas das crianças deste fim de semana.

Isso não pode acontecer outra vez.

Não pode.

Não importa o quanto eu queira que aconteça.

FLINT

A pior coisa em se ter um melhor amigo é que ele enxerga todas as suas mentiras.

A segunda pior é que meu melhor amigo, em particular, acha que tudo é hilário.

— Ah, a cara de Flint Jackson no limite da obsessão é algo lindo de ver! — diz ele com um sorriso malicioso enquanto pego o lugar ao seu lado na minha mesa preferida da Iron Moose após o treino de futebol.

A luminária acima da mesa foi consertada.

Maisey passou por aqui.

— Não estou obcecado — resmungo.

Estou cem por cento obcecado.

Kory gargalha.

Cogito derrubá-lo da cadeira.

Ele se afasta um pouquinho, saindo de meu alcance.

— Quer conversar ou quer descontar todas as suas frustrações em um bolo de carne? — pergunta ele.

— Não estou frustrado.

— Tem que sair da ação se você quer ajuda, meu amigo.

— A ação? Do que diabos você está falando?

— A ação. Negação.

Ele cai na risada.

Fecho os olhos e respiro fundo pelo nariz.

— Outro dia, outra mulher — digo para mim mesmo em voz alta. — Isso vai passar.

— Ah, ei, eu te contei que uma parte da cerca caiu na semana passada?

Ele se recosta e joga o chapéu de caubói bem para trás na cabeça.

— Caralho. Quando eu preciso ir lá?

— Não precisa. Sua senhoria já passou por lá e me ajudou a consertar.

Meu cérebro processa as palavras.

Algo mais profundo, porém, processa o alívio.

Alívio. Total. Da porra.

Ela nem sabe que está *me* ajudando, mas *está*.

— Ouvi dizer que ela cuidou do galinheiro dos Hancock também. Ela dorme? Será? Porque sei que está levando e buscando a filha na escola todos os dias, está em todas as partidas de futebol, é a estrela da APM e está progredindo nas merdas da terra dela... É como se ela fosse você, mas mãe solo, e fazendo ainda mais do que você.

Eu deveria responder a isso, mas não encontro uma coisa sequer para dizer.

Assim, em vez disso, chamo George, o dono, e peço uma cerveja e um bolo de carne.

Durante os últimos seis anos, eu fui *o cara*. Aquele a quem todos na cidade chamavam quando precisavam de algo.

E agora Kory está me dizendo que Maisey está consertando todas as coisas que eu normalmente receberia uma chamada para ajudar.

E ela não está fazendo aquilo que tire serviço do eletricista, do encanador, dos pintores ou telhadores locais, mas ajudando com os projetos dos quais eles não poderão cuidar por meses ainda, para as famílias que não podem esperar ou não podem pagar pelos consertos.

— Tony está relaxando no palácio dele lá no céu, dando uma boa risada enquanto assiste a você perder a noção por causa de uma mulher que te supera no seu próprio joguinho — diz Kory.

— O que caralhos isso quer dizer?

— Quer dizer que você se oferece como voluntário em todo canto porque nunca superou a sensação de ser o moleque mau por ter fugido de casa, quando era a única opção que te restava para cuidar de si mesmo, e agora ainda sente medo de que ninguém vá gostar de você se não se empenhar ao máximo para tentar fazer com que gostem, e aqui está ela, se mudando para a cidade depois de um divórcio público, grande e feio, com uma adolescente zangada, fazendo exatamente a mesma coisa.

Eu deveria ter ido para casa.

Deveria. Ter. Ido. Para. A porra. Da minha. Casa.

Mas fiquei com medo de que Maisey fosse para lá e não quis segui-la nem fazer com que ela me seguisse.

— Não faço isso para que as pessoas gostem de mim — digo para Kory. — Faço porque é o certo a fazer.

— Ah, é?

Eu o encaro.

— Você gosta de ser o técnico de futebol? — pergunta ele.

Tenho um espasmo.

Tenho a porra de um *espasmo*, de verdade.

Ele levanta as mãos enormes e as abre num gesto de *não atire no mensageiro*.

— A comunidade não é construída por um único homem. Você recua, alguém vai ocupar seu lugar. A pessoa vai fazer do seu jeito? Não. Vai ser melhor ou pior? Não dá para saber. Mas as crianças vão poder jogar? Vão. Vão, sim. Se você não aparece para consertar um galinheiro *que nem mesmo tem galinhas dentro neste momento*, o mundo não vai acabar. Não compareça para ajudar no dia da mudança de alguém, e a mudança ainda será feita, porque tem mais de nós por aí para fazer as coisas. Você vai ficando cada vez mais rabugento e se ressente de seus amigos porque *não se permite* dizer não para nada, e isso é culpa sua, cara. É culpa sua mesmo. É tudo o que estou dizendo.

George coloca uma cerveja na minha frente enquanto olho fixamente os despenhadeiros através das janelas.

— E aquela luminária? — pergunta George. — Maisey sabia exatamente qual era o problema com ela, e não queimou mais nenhuma lâmpada desde que a consertou!

Faço uma careta.

— Desculpe não poder ter... *Ai!*

— Flint disse que adorou — diz Kory para George, como se não tivesse acabado de me chutar na canela com a porcaria da bota. — E agradece muito.

George sorri.

Kory sorri de volta, mas o sorriso dele está cheio de *eu disse, não disse?*

— Por que eu escolho amigos cuzões? — resmungo para ele.

— Ser honesto não é ser cuzão, e você sabe disso. Uma pergunta mais importante seria *por que eu continuo te aguentando, sr. Mártir?*

Deslizo para trás em minha cadeira.

Considerando-se que ele não precisa mais que eu conserte a porcaria das cercas dele, essa é uma pergunta realmente excelente.

— É porque você é um cara bom — Kory finge sussurrar. — Às vezes, tudo o que as pessoas querem num amigo é alguém com quem falar bobagem enquanto tomam cerveja.

Diabos.

Essa era minha parte preferida de passar um tempo com Tony.

Não me importava de ajudar com a manutenção do rancho. Eu estava *usando* Wit's End. Era justo ajudar a manter tudo em boa forma.

— Você se lembra de quando Tony comprou aquela caixa de luminárias? — pergunto a Kory.

E, sim, esperei até ele tomar um gole da cerveja.

O que quer dizer que estou encharcado de cerveja agora.

Valeu a pena.

— Você chegou a conversar com ele a respeito? — pergunto, enquanto ele enxuga o rosto.

— Se o velho não conversou com você a respeito, eu também não digo nada.

— Será que ele... Ele não era solitário, era?

— Era. — Todo o sorriso sumiu do rosto de Kory. — Ele era solitário pra caralho e estava estragando tudo na cabeça dele, e passou a vida toda tentando sentir que era digno quando tudo o que realmente precisava fazer era olhar ao redor e ver que tinha amigos que o amavam e não se importavam com quem ele amava. Soa familiar?

Não sei bem se consigo aguentar aquela cerveja, no final das contas.

— É... — resmungo.

— É por isso que está perguntando ou estava planejando me contar que sabe onde Tony escondia aquelas luminárias artísticas?

— Não gosto de ter uma paixonite por uma mulher que não posso namorar.

Kory revira os olhos com tanta força que eles deveriam ter ficado presos na nuca.

— E quem disse que você não pode?

— Eu. Ela. A filha dela. *Você.*

— Ótimo. Então é isso. Não pode namorar com ela. Simplesmente a esqueça.

Não.

Com certeza, não vou aguentar aquela cerveja.

Kory solta um suspiro e inclina a cadeira para trás, apoiando-a nas pernas traseiras.

— Já que você claramente não está interessado no meu conselho de *não* namorar com ela e já que ela é muito mais até do que eu esperava quando chegou por aqui, vamos tentar de outro jeito. Você não pode passar pela vida sem se machucar, meu amigo. Então você escolhe: corre o risco de que vale a pena ou continua se escondendo atrás de todas as mentiras que disse para si mesmo sobre estar mais feliz sozinho e não merecer alguém que o ame.

Não me dou ao trabalho de negar nenhuma parte de sua análise a meu respeito.

Ele não está errado.

— Você deixa que Maisey e June te conheçam, conheçam de verdade, e nenhuma das duas será capaz de argumentar que você é ruim para alguém. Então se decida. Se topar, vá com tudo. Se não topar, pare de ser um babaca rabugento e volte a ser apenas um resmungão com compromissos demais.

Solto um grunhido.

— Cadê o seu chuchuzinho?

Ele abre um sorriso radiante.

— Em Chicago. Recebeu um convite especial para um grande show. E não pense nem por um minuto que o fato de eu pegar meu celular para te mostrar fotos quer dizer que você está livre e que eu vou me esquecer dessa conversa.

— Claro.

— Além disso, sua senhora e eu encomendamos juntos algo na casa de seis fardos de lenha, e ela mencionou garantir que seu inquilino tenha o bastante, já que você é ridículo e insiste em alugar uma casa aquecida apenas por um forno a lenha o inverno todo, como se vivêssemos na Idade Média. Então pode ficar descansado que você não vai precisar fazer um estoque por ela. Ah, olha só! Eu já te mostrei esse figurino? Ele passou *quarenta e seis dias* dando os toques finais e me deixando maluco, mas olha como essas lantejoulas ficaram incríveis!

Pego minha cerveja e finjo que estou bebendo enquanto Kory vai passando pelas fotos.

Entendi.

Eu o ouvi.

O problema com Maisey e eu... sou eu. Está tudo na minha cabeça. E a parte que não sou eu não é algo que eu possa consertar.

Ela não está errada em colocar June em primeiro lugar.

Não está errada em colocar *a si mesma* em primeiro lugar.

Então, vou colocar a cabeça em ordem, aceitar que tenho a maior quedinha do mundo pela mulher mais indisponível do mundo e, daqui a dois anos, se ainda me sentir como me sinto hoje sobre ela, *daí* talvez eu faça algo a respeito.

Mas nem um dia antes disso.

Se eu sobreviver até lá.

Capítulo 18

MAISEY

No dia em que decidi me divorciar de Dean, também decidi que nunca, jamais, *nunquinha*, permitiria que outro homem entrasse na minha mente, no meu coração ou na minha vagina.

No dia em que minha mãe foi presa, eu me dei conta do quanto precisava acertar minhas prioridades com Junie.

Portanto, lidar com Flint Jackson e sua presença constante em minha vida, em minha mente e em minhas fantasias mais pervertidas não é *nada* conveniente. Ele não é minha maior prioridade. Não está nem entre as doze primeiras.

Logo, eu o estou mantendo à distância por Junie, e é um sacrifício que farei com alegria. Especialmente sabendo que é provável que seja o melhor para mim também, em longo prazo.

Mesmo que esteja me desgastando por completo estar aqui, na beira do campo de futebol numa manhã fria de sábado, assistindo enquanto ele se agrupa com as crianças durante um intervalo numa partida muito disputada no final de outubro.

— Como está a situação com a cachorra? — pergunto a Charlotte, que está ao meu lado com um copo fumegante de café.

Ela funga.

— Conforme o esperado, meu ex acha que a cachorra está melhor na minha casa, o que quer dizer que agora eu tenho cinco filhos para criar. Mas as crianças a adoram. De verdade. Então é... só mais uma coisa que um dia vai compensar quando eles passarem todos os feriados comigo, em vez de com ele. — Arqueio uma sobrancelha. — Estou tão cansada, Maisey — cochicha ela. — Cansada pra cacete.

Passo um braço pelo dela.

— Se alguma hora você precisar deixar a cachorrinha com uma babá, eu tenho uma parte enorme do quintal fechada com uma cerca e cocô de vaca suficiente para que um montinho de cocô de cachorro não faça diferença lá no meio.

— Sabe o que eu quero? — pergunta ela.

— Uma semana num spa, do qual você volta para casa e descobre que tem uma empregada e um chef?

Ela ri, mas é forçado.

— Quero montar um cavalo. Só por, tipo, uns quinze minutos. Até minhas coxas ficarem assadas e eu me lembrar de por que desisti de montar. Mas e no clube de leitura do outro dia? Quando Libby falava sobre aprender a fazer o acabamento nos armários dela para renovar tudo quando os gêmeos saírem de casa para a faculdade? E Opal dizia que sempre quis aprender a tocar flauta? E Regina contava que poderia ficar o dia inteiro de molho na banheira resolvendo problemas de lógica, porque é uma esquisitona, mas a gente a ama?

— Uhum, sei — digo.

— Quero montar a droga de um cavalo.

— Vou ligar para Kory, que mora no rancho ao lado do meu. Tenho *certeza* de que ele te deixaria montar um cavalo.

— Mas aí eu ficaria devendo um favor para ele.

— Um, duvido. E, dois, ele pode cobrar de mim.

— Eu queria... — ela se interrompe, chacoalhando a cabeça.

— Você queria...? — incentivo.

O nariz de Charlotte se franze, e ela faz uma careta que começo a reconhecer depois de horas e horas trabalhando com ela em coisas da APM, do time de futebol e do clube de leitura.

Discussão encerrada.

— Odeio jogar contra esse time — diz ela, encerrando o assunto de vez. — É da escola onde o treinador Jackson dava aula antes de voltar para cá, alguns anos atrás.

— A sua mais velha não é caloura? — respondo.

Muito mais fácil desviar o assunto do que discutir sobre Flint.

— É, mas minha sobrinha se formou no ano passado, depois de quatro anos jogando futebol, e meus filhos *adoravam* vê-la jogar.

— Ela franze o nariz. — Olha só para eles. Metade está lançando olhares sedutores para Flint, enquanto a outra metade parece que quer matá-lo.

Espio do outro lado do campo de futebol, visando à área onde os pais do outro time estão.

E acho que posso ver do que ela está falando.

— Por quê? — pergunto, antes que consiga evitar.

Quero saber.

Deus me perdoe, mas quero saber. E espero que seja ruim, para que ele possa entrar permanentemente na lista de *gente ruim* na minha cabeça, e então posso esquecer que ele beija como se tivesse inventado o ato, que o corpo dele parece ter sido feito para se moldar contra o meu e que ele passou um dia inteiro retirando a coleção de brinquedos eróticos do meu tio antes que minha filha pudesse encontrá-la.

E ela *encontrou mesmo* o porão.

Ontem, de fato.

Graças a *Deus* ela veio correndo me contar. Quando eu tinha a idade dela, correr e contar para minha mãe que eu tinha encontrado o lugar perfeito para fazer um clubinho secreto nem teria me passado pela cabeça.

Charlotte toma um gole audível de seu café e então suspira, contente.

— Ele saiu de lá depois de um término feio com a presidente da APM.

— O quê?

— Pois é. Ele notou que o filho dela estava pegando no sono o tempo todo na aula e então fez aquilo que sempre faz: entrou em contato, tentou resolver, descobriu que a mãe tinha acabado de assinar discretamente o divórcio, fez aquele negócio em que ele diz que só faz sexo casual, mas aí descobriu... coisas... sobre o ex dela, ficou preocupado, disse que não ia se envolver, apesar de claramente ter se envolvido, e as coisas ficaram feias. — Eu a encaro, boquiaberta. — O marido estava metido com coisas ilegais — cochicha ela. — Não sei de nada. Absolutamente nada.

— Você sabe *de tudo*!

— Não é uma história interessante, é sério.

— *Charlotte.*

— Uau, você está mesmo bem interessada em fofoca de cidade pequena, hein?

Tomo um gole do meu café, que está quente demais, e queimo tudo, desde a língua até o fundo da garganta. Começo a tossir, os olhos enchendo de lágrimas.

Charlotte me lança um sorriso maldoso enquanto beberica delicadamente.

— Se existe algum motivo para eu me preocupar sobre meu inquilino... — começo.

— Ninguém acredita nisso. E eu vi como ele te olhou quando você e June chegaram.

— Não estou namorando.

— E ele não namora mães de alunos. Não mais.

— Isso é completamente irrelevante.

— Você quem puxou o assunto.

— Então estamos em território inimigo, mesmo jogando em casa — digo, tentando desesperadamente colocar esse trem de volta em um trilho onde eu possa descobrir tudo o que quero saber sem ter que de fato perguntar.

E o que eu não quero saber.

Mas quero, sim.

E estou feliz em fingir que não quero.

— Flint perdeu o emprego lá. Foi divulgado como demissão voluntária, mas Opal diz que não foi. Não de verdade. Como o divórcio rolou muito discretamente, uma vez que o marido estava sempre viajando, para começo de conversa, todo mundo pensou que ele fosse a *razão* pela qual eles se divorciaram. Aí os pais de outros alunos com os quais ele vinha trabalhando depois das aulas começaram a questionar as intenções e por que se importava tanto com os filhos *deles*, o que estava ensinando às crianças, se tinha seus preferidos e basicamente mais um milhão de coisas que, resumidas, se transformaram numa multidão armada com tridentes que se esqueceu do motivo pelo qual estava armada, para começo de assunto, mas determinada a queimar tudo até o chão, e o resto é história.

Fito o campo enquanto nossos filhos trotam de volta para ele.

Junie jogou exatamente dois jogos nesta temporada, então pude vê-la jogando uma vez.

Hoje não verei. Mas ainda assim ela está lá, gerenciando garrafas de água, toalhas e bolas sem reclamar.

E está fazendo mais do que isso também. Durante a temporada toda, ela tem sido a maior torcedora do time do lugar onde se encontra, na lateral do campo. Hoje, contudo, deu um passo além e chegou a tirar Flint do caminho no intervalo, agarrou o quadro-branco dele e seus canetões, e pelo jeito deu ordens para uma jogada.

A equipe fez um gol dois minutos após o início do segundo tempo.

Beberico meu café de novo, mais devagar agora, e mantenho os olhos fixos na ação dentro de campo enquanto faço minha pergunta seguinte, que eu *não deveria fazer* e para a qual tecnicamente já tenho a resposta, mas Charlotte sabe das coisas.

Se tem algo além do que já me contaram, ela vai me dizer.

— Por que é tão importante para ele cuidar das crianças que estão ficando para trás?

— Ele *foi* uma dessas crianças.

Eu me encolho, mesmo sabendo que essa parte viria. Junie poderia ter sido uma dessas crianças. Metade das noites da semana eu ainda vou para a cama preocupada se ela me odeia, mesmo quando sei que anda mais feliz aqui, onde o que minha mãe fez não tem impacto sobre sua vida social.

Nós nos vemos cada vez menos, porque ela tem passado mais tempo com seus colegas de classe.

E para registro: sim, conheço os pais de todos eles e o que ela e seus amigos fazem enquanto está fora.

— Foi? — pergunto, como se isso fosse uma informação nova. Quero entender mais, apesar de saber que não deveria.

— Tem muita coisa que eu não sei — murmura Charlotte, enquanto vozes se elevam ao nosso redor. O outro time está atacando no campo em direção ao nosso goleiro, e isso deixa todos nervosos. — O máximo que já consegui arrancar de Opal foi que o pai dele era tóxico, sua mãe se desdobrava de todo jeito para tentar fazer com que ele a amasse, e quando Flint estava com, tipo, doze anos, seu pai nunca estava em casa, sua mãe apresentava um quadro feio de depressão e ele se via obrigado a fazer coisas como a compra no supermercado e pegar dinheiro escondido para comprar roupas para si mesmo. Ele fugiu quando tinha dezesseis anos. Opal o encontrou e trouxe aqui para terminar o ensino médio. Ele tinha notas excepcionalmente boas durante isso tudo, então a cidade se organizou e coletou um fundo para uma bolsa de estudos para ele.

Tento fazer o som de surpresa que escapa de mim passar por soluço.

Essa parte eu não sabia.

— Mas acho que isso o deixa envergonhado — acrescenta ela, ignorando meu ofego de surpresa não tão sutil —, porque ele não quis voltar para cá depois que pegou seu diploma. Pelo menos, não antes que tudo desmoronasse na última escola.

Ela endireita sua postura.

— *Corre, Abigail, corre! Você consegue fazê-lo parar!*

Nosso time está pressionando o outro, convergindo enquanto os jogadores deles se alinham para um chute.

Fico na pontinha dos pés e assisto enquanto a bola voa na direção da rede.

No último segundo, enquanto todos seguramos o fôlego, nosso goleiro mergulha e desvia a bola.

Irrompemos em comemoração enquanto a filha de Charlotte toma a bola e a joga de volta para dentro do campo.

— Muito bom, Viv! — grita Charlotte.

Todos assoviamos, aplaudimos e gritamos, depois grunhimos juntos quando o outro time rouba a bola outra vez e a chuta para fora.

— Mas, enfim, ele nunca foi do tipo que sossega — diz Charlotte. — Não sei muito sobre seu histórico de namoro na faculdade e os primeiros anos como professor, mas sei que, se ele tiver que escolher entre gerenciar um acampamento para crianças que precisam de um adulto confiável na vida ou ter uma família própria, ele escolheria o acampamento, sempre.

Eu a analiso.

— São muitos detalhes para alguém que não conhece muitos detalhes.

— Você parece interessada.

— Apenas gosto de saber quem está morando na estradinha da minha casa e dando aulas para minha filha.

— Claro.

Ela levanta um ombro sob o enorme moletom de capuz dos Hell's Bells Demons, que é outra coisa que eu amo em Charlotte.

Ela pode ser uma advogada durante o dia, mas está sempre com roupas confortáveis nos fins de semana.

— Eu *não quero* estar interessada — murmuro.

— Uma escolha segura.

— Perdi vários momentos com Junie…

Mas não termino a frase.

Em vez disso, algo se choca diretamente com a lateral do meu rosto.

Estrelas dançam em minha visão.

Ouço gente ofegando ao meu redor.

Tem algo molhado e quente ensopando meu moletom dos Hell's Bells Demons.

E estou caída de bunda no chão úmido, levando tempo demais para processar que derramei meu café por cima de mim mesma.

Corpos se amontoam à minha volta.

— *Mãe!* — grita Junie.

— Estou bem — arfo. — Estou bem.

— Tem um médico aqui? — chama Charlotte acima de mim.

— *Estou bem* — repito.

— *Mãe!* — Junie torna a gritar.

A voz dela soa baixa, mas próxima.

Ai.

Essa doeu.

Meu cérebro está nadando?

E por que eu tenho três mãos no braço esquerdo?
— Afastem-se, abram espaço para ela — ordena Charlotte.
— Estou bem — tento novamente, mas, olha, não tenho certeza se estou.

FLINT

— Ela está dormindo? — pergunto para Charlotte, rouco, doze horas depois do chute do aniquilamento.

É assim que as crianças estão chamando.

O chute do aniquilamento. O pênalti da maldade. A bolada assassina.

Todas as frases que eles usaram para animar June quando nos juntamos a ela, Maisey e Charlotte no hospital depois de termos conseguido um milagre e vencido nosso primeiro jogo nas eliminatórias.

Fomos rapidamente informados de que precisávamos nos retirar do recinto por sermos barulhentos demais.

Portanto, agora estou aqui na casa de Maisey, chapéu na mão, o coração em sobrecarga, perguntando se ela ainda está bem.

— Está no quarto dela. E, não, você não pode visitá-la lá.

— Eu não...

— Quer deixar a vida dela ainda mais complicada? — oferece Charlotte.

Suspiro.

Meu coração está funcionando como um pistão num trem desgovernado. Não sei se Charlotte está me julgando ou tentando enxergar por trás da minha fachada. Eu não deveria estar aqui, mas não posso estar em nenhum outro lugar.

— Você tem um tipo, não é? — murmura ela.

— Eu faria uma visita aos pais de qualquer aluno que levasse uma bolada daquelas na cabeça.

— Ainda assim, você tem um tipo.

Tenho.

Gosto das magoadas, das indisponíveis.

Mas Maisey não é assim.

Não de todo.

Ela é *mais*, e não posso lutar contra isso da forma que preciso.

— Treinador Jackson? — June entra no vestíbulo sob o lustre que Tony afirmava que tinha sido feito com chifres que ele mesmo encontrara. — Você está sem lenha para o fogão ou com algum entupimento no banheiro? Desculpe. Terá que resolver isso sozinho pelos próximos dias.

Charlotte suga os lábios para dentro.

— Vim conferir como está sua mãe — digo à adolescente.

— Ela tem a mim. Está bem.

— Se *você* precisar de alguém...

— Acabei de conversar com meu pai e minha avó. Os dois estão a caminho. Obrigada.

Estou tão fora de mim que quase perdi a pista sutil de que ela está mentindo. E se ela tivesse parado com *meu pai está a caminho*, talvez eu tivesse acreditado.

Definitivamente teria alguns espasmos divertidos no corpo enquanto acreditasse também.

Ou talvez eu esteja *torcendo* para que seja mentira.

Será que Maisey tem uma boa relação com a avó paterna de June? Não ouvi nada sobre ela.

— A mãe da sua mãe está a caminho? — pergunto.

— Isso. — Franzo o cenho para ela. Ela não hesita em sua história. — Não está, sra. Charlotte?

Charlotte olha para mim, depois para June.

— Ouviu a sua mãe me chamando? Acho que ouvi. Aguenta firme, mocinha. Eu volto já, já.

Ela sai correndo para o interior da casa.

June a deixa passar, depois assume uma postura com as pernas abertas na largura do ombro na entrada do vestíbulo, a expressão telegrafando que ela não parece ter sido abandonada pela única outra adulta na casa.

Ergo minhas sobrancelhas para June.

— Você está irritada comigo.

Os olhos dela se estreitam.

Relaxo a postura e me apoio na entrada, tentando parecer não ameaçador, o que é um desafio, porém necessário.

— Não vou te reprovar nem dizer que você não pode ser uma integrante extra no nosso time se não gostar de mim. Converse comigo. O que está passando pela sua cabeça?

— Não gosto quando você vem para a minha casa. Meus professores nunca vêm para a minha casa.

Justo. Eu também não teria gostado quando tinha a idade dela.

— Eu moro na casa do caseiro. Vinha o tempo todo para cá passar o tempo com seu tio-avô.

— Você olhava para ele do jeito que olha para minha mãe?

Tenho uma relação de amor e ódio com cérebros adolescentes. Tanto potencial. Tanta inteligência. E, enquanto queremos que eles foquem isso em matemática, no ato de aprender a dirigir e no domínio da arte das ferramentas elétricas, em vez disso, eles se metem nos nossos assuntos.

— Geralmente era pior. Ele achava que levava jeito para arrumar a casa, mas, ao contrário da sua mãe, tendia a causar mais problemas do que a consertá-los.

— Abigail disse que viu vocês dois se escondendo quando era para você estar dando o treino, algumas semanas atrás.

Caralho. E também, *ufa.* Tenho zero dúvidas de que, se alguém tivesse visto nós dois nos beijando, essa história seria maior do que *alguém viu vocês dois se escondendo.*

— Encontrei com sua mãe depois que ela encerrou um telefonema com a sua avó e ela não ficou feliz por eu ter ouvido uma parte da conversa.

June trava, e seus olhos escuros se arregalam por um instante, depois se estreitam até ficarem minúsculos.

Levanto minhas mãos.

— Não vou fazer nada para prejudicar nenhuma de vocês duas — digo, baixinho.

Charlotte deve estar escutando escondida.

Não há uma alma nesta cidade que não estaria.

— Como isso me prejudicaria?

June está mais retesada do que uma cascavel enfrentando um ratel.

— Eu já te contei que tinha a sua idade quando me mudei para cá e tive que terminar o ensino médio num lugar novo também?

— Na Idade da Pedra.

Quase sorrio. Apesar do quanto os adolescentes podem ser brilhantes, eles também não são nada originais de vez em quando.

— Não exatamente igual, devo admitir. Tinha que entalhar as cartas na pedra para meus velhos amigos e depois rolar as pedras colina acima até a carroça do serviço de entrega de mensagens entalhadas, naquela época. Nada dessa geringonça de e-mail e tecnologia de mensagens de texto de vinte anos atrás.

Ela revira os olhos.

Justo. Tínhamos tecnologia quando eu era da idade dela, e acho que ela sabe disso.

— Fui morar com a minha tia, na verdade — acrescento, baixinho. — E meus pais também nunca ligavam para conferir como eu estava.

— Acabei de dizer, meu pai está a caminho.

— Levei dez anos para perceber que só porque não podia contar com meus pais, isso não queria dizer que não podia contar com meus amigos.

— Então você é meio lerdo. Isso não prova nada.

Ela é quieta na escola. Faz seus deveres, entrega os trabalhos, tira notas boas.

Nos treinos e nos jogos, está ficando mais ousada em oferecer sua opinião quando acha que estou recomendando a jogada errada ou colocando o jogador errado.

Ela corre com o time. Ajuda quando eu peço. Não reclama de encher as garrafas de água ou limpar as mesmas bolas várias e várias vezes. E, em toda essa temporada, tem sido uma presença silenciosa atrás do banco, dizendo a todos que fizeram um bom trabalho, que todo mundo comete erros, que ela sabe que eles conseguem superar isso e voltar para o campo ou qual é o ponto fraco de um oponente.

Na cafeteria ela não é quieta. Já a vi rindo com um grupinho de amigos. Já a ouvi contando histórias ou assisti a ela enquanto flertava com um garoto aqui e ali ao passar por eles nos corredores de vez em quando.

Aqui, porém...

Aqui, estou no território dela.

Aqui, tenho que seguir as suas regras.

Adolescente ou não, esta é a casa dela, e ela merece se sentir a salvo aqui.

Ergo um ombro.

— Eu daria uma conferida em qualquer pai ou mãe que se machucasse em um de nossos jogos.

— Posso atestar isso — diz Charlotte, da sala de estar.

Quero entrar e ver o que mudou. Se Maisey retirou a mobília de couro escuro e a cabeça de alce fixada sobre a lareira que não foi incluída na venda de bens ou se ela deixou muito de Tony ali.

Se o cobertor de lã que ele comprou numa viagem à Escócia dezessete anos atrás ainda está lá ou se ela o colocou na pilha de doações.

Se ela descobriu o compartimento secreto na mesinha de canto mais próxima da cozinha e que, se você bater nela no ponto certo, vai encontrar um monte de balinhas de caramelo. Se ela já sabia disso esse tempo todo ou se sabia disso antes, quando visitava Tony, e tinha esquecido até agora.

— E eu daria uma conferida em qualquer um de meus alunos cujos pais se machucassem ou qualquer aluno ou jogador meu que se machucasse — digo a June. — Se você precisar de qualquer coisa enquanto sua mãe se recupera, estou logo ali, seguindo a estradinha.

— Mamãe está bem. Eu estou bem. Estamos todas bem. Obrigada. Pode ir.

A frase de dispensa é tão familiar que minhas entranhas doem de um jeito que não doíam há anos.

É por isso que não me envolvo com as mães.

É bagunçado de um jeito que namorar mulheres sem filhos não é. Mas esse grupo é bem esparso por essa área.

O que não é a questão aqui.

A questão é: eu me sinto ridiculamente atraído por Maisey e não posso me sentir assim.

Não até enquanto June é minha aluna ou jogadora.

Lentamente me endireito.

— A oferta continua de pé, mesmo assim. Fico contente por sua mãe estar bem. Contente por você também estar.

Ela olha decididamente para a porta, então eu saio.

Não muito feliz a respeito, mas saio.

Quero ver Maisey. Quero saber que ela está bem. Quero dizer para ela que vou expulsar alguém do time para que June possa jogar na próxima partida.

Eu quero...

Simplesmente quero.

Quero de um jeito que não sentia há anos.

E não sei o que fazer com esse fato.

Capítulo 20

MAISEY

No dia seguinte ao da partida de futebol da humilhação, eu acordo cedo. Minha cabeça dói um pouco, mas não tanto que um analgésico comum não resolva. O hematoma no meu rosto está bem, desde que eu não bata nele sem querer.

E estou com uma energia inquieta infinita.

Quero *fazer* alguma coisa.

Sair e *ir* para algum lugar.

Qualquer lugar que não aqui, com Flint descendo a rua e seus desejos para o rancho assomando em minha mente toda vez que eu olho pela janela e vejo o sol nascendo sobre os desfiladeiros, tingindo as nuvens com um show brilhante em rosa e laranja.

Tomo meu café enquanto pesquiso algo que vem me incomodando lá no fundo da mente, mas que bateu mais forte depois de conversar com Charlotte no jogo de ontem; faço panquecas, ovos e uma tigela de frutas para mim, e confiro como June está sete milhões de vezes antes de finalmente a acordar às onze da manhã.

Ou tentar acordá-la.

— Junie-June — cochicho. — Acorde. Quer fazer compras e almoçar na cidade?

Ela resmunga, ainda dormindo, e rola para longe de mim.

Eu me sento na beira da cama, no quarto que Junie conseguiu, de algum jeito, deixar imundo, apesar de eu dizer que parece que ela ainda não se instalou ali.

Nós penduramos suas fotos e seus desenhos preferidos na parede. Paramos aleatoriamente em um shopping antigo na volta de um jogo em outra cidade algumas semanas atrás, só para dar uma olhada, já que ela ficou tão encantada pela antiga carroça coberta que estava na frente dele quando passamos por lá, e encontramos tesouros escondidos: uma cômoda e uma estante antigas de madeira, que trouxemos para casa e reformamos para o quarto dela. Sua cama agora tem lençóis cinza novos e um edredom azul adamascado novo também. Três de seus velhos bichinhos de pelúcia preferidos, o sr. Leão, o sr. Tartaruga e a sra. Girafa, estão todos no travesseiro sem uso de sua cama tamanho queen. A estante antiga de livros está coberta de fotos do time e troféus dos últimos oito anos jogando futebol.

E o piso é um depósito de materiais de risco.

— Vamos lá, dorminhoca. Acooooorda, menina! — cantarolo.

— *Aaaff...*

— Nenhum plano para nós hoje. Podemos fazer o que você quiser. Não precisa ser almoço e compras.

— *Humpf.*

— Onde foi que você arranjou todas essas roupas? Sinto que só comprei metade disso. E não fazia ideia de que você tinha sapatos suficientes para lotar um depósito.

— Dormir — grunhe ela.

— Mas podemos fazer *qualquer coisa* hoje.

— Quero dormir.

Olho para o celular meio escondido embaixo do travesseiro extra e então contenho um suspiro.

Não quero tirar o celular dela toda noite, mas sei que dormirá melhor se eu fizer isso. Ou talvez ficasse assim de qualquer forma, depois de se ajustar a uma escola nova e ficar nas laterais do campo durante a maior parte da temporada de futebol.

— Se pudesse montar o seu dia perfeito *acordada*, como ele seria? — pergunto.

Uma íris castanha se abre e olha para mim.

— Qualquer coisa?

Isso é uma armadilha.

— Estou curiosa, o que você quer fazer?

Ela me encara por mais um instante e, por três segundos, tem seis anos de novo. Franca, vulnerável e confiante de que, seja lá o que ela quer, eu posso fazer acontecer.

— Quero adotar um cachorro — diz ela.
— Tipo um cachorro de circo?
— *Mãe.*
Engulo as perguntas. *Você consegue cuidar de um cachorro? O que o cachorro faria enquanto você está na escola? Sabe de que tipo de vacinas e remédios os cachorros precisam? Um cachorro grande ou um pequeno? Você vai treinar o cachorro? Ele vai dormir com você? Quem vai cuidar dele?*

Deus do céu, eu me compadeço muito de Charlotte neste momento. Quando ela nos contou que seu ex ia adotar um cachorro para as crianças, todos nós já sabíamos.

Sabíamos.

Sabíamos que ele largaria o cachorro com ela, apesar de Charlotte não ter espaço para *absolutamente mais nada*, porque é isso o que eles sempre fazem.

E agora Junie quer um cão, o que é *mais uma coisa*, mas, por ela, eu faço qualquer coisa.

— Pensei que você não gostasse de cachorro — digo baixinho, o que é verdade. Ela teve uma experiência ruim quando era pequena e não pediu um nem falou de um desde então. Ela grunhe. Coloco a mão no cobertor sobre sua panturrilha. — Que tipo de cachorro?

— Deixa pra lá.

— Junie. Vamos lá. Que tipo de cachorro você pegaria?

— Não é prático — murmura ela.

— O que não é prático em um cachorro?

— Faculdade.

Olá, faca. Esse aí é o meu coração, do qual você está chegando perto demais.

Ela tem razão.

Se adotarmos um cachorro, o que acontece quando ela for para a faculdade, daqui a dois anos?

Fico com o cachorro? Ela leva o bichinho? Eu aguentaria perder um cachorro *e* a minha filha? Aguentaria ficar com o cachorro dela e fazer com que se separasse dele?

Ai, Deus.

Ela vai me deixar. Restam-me literalmente alguns *meses*. Tipo, uns *vinte*. Talvez *vinte* meses ainda com minha filha antes que ela me deixe.

— Para — resmunga ela.

— Parar com o quê?

— De entrar em pânico.

Eu diria que não estou em pânico, mas meus olhos ardem, minha voz já está aguda e estou sofrendo uma crise de ansiedade massiva porque estarei sozinha em menos de dois anos.

Junie levaria o cachorro. Com certeza, levaria. Eu não poderia ficar com seu cachorro e não deixar que ela brincasse com ele e o visse todos os dias.

Nós nem mesmo *temos* o cachorro, e eu já estou em pânico com a ideia de os dois não estarem mais aqui.

— Você vai levantar? — pergunto.

— Não.

— Tudo bem. Tudo bem. Se mudar de ideia, estarei no barracão trabalhando em algumas coisas. Chame se precisar de mim.

Ela não responde.

Já está dormindo de novo.

Talvez esteja fingindo. Talvez não.

— Eu me sinto muito melhor hoje e não vou me esforçar muito nem me machucar — cochicho enquanto me levanto de sua cama.

Os ombros dela derretem só mais um pouco no colchão.

Juro que não imaginei isso.

E, de súbito, congelo com mais um pensamento que não tinha considerado ao vê-la dormindo até mais tarde.

Será que ficou me observando a noite toda?

Será que nem *sequer* pegou no sono antes do amanhecer?

Eu deveria ter deixado Charlotte dormir aqui quando ela ofereceu.

— Eu te amo, Junie — sussurro. — Obrigada por ser a melhor Juniper do mundo.

— A única Juniper — murmura ela.

— É isso aí.

NÃO FAZ MEU TIPO

Boto roupas de trabalhar e saio pela porta, atravessando o campo desgrenhado para o barracão. O telefone está no meu bolso. Está quase frio, e ontem ouvi um dos pais dizendo que poderíamos ter nossa primeira neve nas próximas semanas.

Junie está certa.

Nós deveríamos adotar um cachorro. Um cachorro para ela agora e, quando for para a faculdade, pego outro para me fazer companhia.

Ou um gato. Ou talvez um pássaro falante.

Ou talvez você receba convidados no rancho depois de consertá-lo até alcançar todo o seu potencial, a vozinha que venho ignorando a manhã toda cochicha na minha mente.

E é por isso que estou no barracão.

Preciso vê-lo. Visualizar como poderia ficar. Descobrir quais paredes são de suporte. Como está realmente a situação do encanamento aqui. Do aquecimento também.

Será que posso fazer isso funcionar?

Consigo?

Poderia transformar o barracão num retiro para mulheres exatamente como eu?

Mulheres como Charlotte e Regina, que ficaram tão consumidas em tomar conta de sua família que perderam o restante de sua identidade para a maternidade?

Mulheres como Opal, que evidentemente também têm histórias de dor e mágoa em seu passado, mas não falam a respeito de maneira tão franca?

Consigo consertar o celeiro e manter alguns cavalos por lá?

Dar aulas de marcenaria e outros ofícios?

Contratar artistas para ajudar mulheres iguais a mim, como Charlotte, Regina e Opal, a experimentarem pintura, cerâmica e tricô, para ver se essas coisas poderiam ser prazerosas?

Estou medindo uma parede na cozinha pequena quando sinto alguém atrás de mim.

— Essa foi rápida — digo para Junie. — Já está com saudade de mim?

— Você está bem — responde uma voz grave e rouca.

Dou meia-volta, momentaneamente agitando demais minha cabeça, e então minha calcinha fica molhada.

Flint está de pé na entrada do longo corredor, os olhos cansados, porém intensos enquanto escrutina meu rosto.

— Você está bem? — repete ele, desta vez como pergunta.

— Só uma bolada na cabeça. Estou ótima.

Ele assente uma vez.

Eu o observo enquanto ele me observa de volta.

Ele não deveria estar aqui. Tive a impressão ontem à noite de que Junie não gostou dele por aqui. Ela *não sabe* que tivemos um instante sem juízo, mas não é burra.

Ela sabe que há um nível de atração aqui e não gosta nada disso.

O olhar de Flint percorre meu corpo. Ele não está me secando. É como se estivesse contabilizando tudo. Braços? Confere. Ombros? Confere. Peito?

Não há conversa interna que baste neste mundo para me convencer de que ele está simplesmente se certificando de que eu não tenho um ferimento aberto em algum ponto.

Seus olhos ficam sérios. Sua boca se retesa. Os *bíceps* se contraem, e observo enquanto ele fecha os dedos formando punhos como se estivesse tentando se impedir de me tocar.

Constrangida, eu também curvo meus dedos num punho e então sacudo a mão para relaxá-los enquanto ele continua a deixar que seu olhar desça por meu corpo.

— A luz de June ficou acesa a noite inteira. — A voz dele está rouca, e não sei se é de exaustão por ele mesmo ter observado a casa a noite toda ou se é por desejo. — Prometi a ela que te deixaria em paz e, juro, não estou aqui porque quero quebrar minha promessa, mas eu estava... estava preocupado. Com vocês duas. Não achei que ela fosse me chamar se houvesse algum problema e odeio isso, então eu só... Eu precisava ver com meus próprios olhos que você está de pé, andando e bem hoje.

Quando o olhar dele chega a meus quadris, depois desce, tenho plena convicção de que é desejo.

NÃO FAZ MEU TIPO

Não mera preocupação por um ser humano, um camarada, mas uma ânsia desesperada e devoradora.

Ele não se aproxima, entretanto. Continua na porta, claramente se empenhando ao máximo para equilibrar o respeito à sua promessa para minha filha e a satisfação de sua própria necessidade evidente de se certificar de que estou me recuperando.

E possivelmente me secar enquanto isso.

— Ela também está bem? — pergunta ele.

Faço que sim com a cabeça.

Engulo.

Assinto outra vez.

— E-está.

Os olhos semicerrados dele se erguem até os meus, atentos, focados.

Pigarreio.

— Ela está dormindo. Obrigada. E Charlotte me disse que você passou por lá. Estou bem, de verdade. Não é o pior que já estive. Uma vez, num set, Dean e nosso telhador estavam jogando telhas velhas bem em cima da porta da frente, e a placa de aviso de que havia coisas caindo não estava de pé no interior da casa como deveria estar, então eu saí e dei de cara com uma chuva de coisas ruins. Antitetânicas não são divertidas, devo dizer. Mas eu também fiquei bem na ocasião. O prego naquela telha errou as veias e artérias cruciais, e, sério, foi um cortezinho de nada.

— Eu vi esse episódio — diz ele, baixinho.

Mexo na fita métrica, puxando para fora e deixando que volte para dentro com um estalo.

— Então, obrigada. Estou ótima.

— Você já disse isso.

— Você continua me olhando como se não acreditasse em mim.

— Eu...

Ele se interrompe com um rosnado, mas juro que ouço o que queria dizer mesmo assim.

Estou aqui porque quero arrancar a sua roupa e inspecionar cada centímetro do seu corpo pessoalmente, depois beijar onde dói, depois onde não dói e depois tratar o seu corpo como se fosse meu playground de prazer particular.

Estremeço e mudo de posição para pressionar sutilmente minhas pernas uma contra a outra e resistir à pulsação se intensificando entre as coxas.

— Da última vez que saí com a mãe de um aluno, não terminou bem — diz ele, asperamente.

— Ouvi falar.

— E June não me quer aqui.

— Ela teve um ano difícil, ou seis.

— Mas não consigo parar de pensar em você.

— Eu sou muito pensável — gracejo.

Ele não ri. Não dá nem uma risadinha. Não há nenhuma contração divertida nos lábios sob aquela espessa barba acobreada.

Apenas olhos castanho-dourados telegrafando que é isso mesmo. *Isso mesmo.* Eu sou muito pensável.

Assim como ele também é muito pensável.

Pensei nele no chuveiro ontem à noite, depois de ouvir sua voz vibrando pela minha casa, quando Junie não permitiu que ele entrasse.

Meu chuveiro *viu muita coisa.*

E faria tudo de novo, porque *ai, meu Jesus Cristinho*, esse homem é talentoso na minha imaginação.

Eu me viro e aponto para o refrigerador antigo no canto.

— Ocorreu-me que tio Tony teria adorado a ideia de converter o barracão em um retiro de artistas, e o seguro por acidentes que eu precisaria pagar por isso também deve cobrir a permissão para que você use um cantinho do rancho para dar às crianças um lugar para treinar para a vida e aprender a fazer coisas práticas. Aqui, para o retiro, poderíamos reformar a cozinha e transformá-la em algo mais funcional. Daí refazer o encanamento e separar o quarto principal do alojamento em suítes privativas. Apenas quartos básicos, com banheiros utilitários. O segundo quarto poderia ser uma oficina de trabalho. Talvez colocar mais algumas janelas, e daí chamar qualquer uma que precise da natureza para se sentir inspirada. Escritoras. Pintoras. Tecelãs. Ou qualquer uma que precise…

Eu me interrompo com um pequeno ofego quando ele coloca a mão grande e quente no meu ombro.

— Maisey.

— ... de um escape — completo, num sussurro. — De um escape seguro para explorar quem elas são.

— Você está explorando quem você é.

— Todos nós deveríamos fazer isso.

— Quero explorar com você.

— Nós...

— Não deveríamos — interrompe ele, outra vez. — Não deveríamos. Mas não deveríamos não é *não podemos*.

— Ainda é *não deveríamos*.

— Eu não correria esse tipo de risco com mais ninguém. — A voz dele. *Deus do céu*, eu adoro aquela vibração grave. — Mas você... Pensei que te desprezaria, e, em vez disso, você é muito mais do que eu esperava.

— Junie... — Ele move a cabeça de súbito para olhar por cima do ombro, como se pensasse que eu estou dizendo que ela está *aqui*. — ... não quer que eu namore — termino.

— Não quero magoá-la, Maisey. Juro por Deus que não quero. Eu entendo. *Entendo*. Mas nunca, jamais na minha vida, coloquei minhas necessidades e meus desejos antes dos de um adolescente. E isso seria muito mais fácil se eu pensasse que eu seria ruim para alguma de vocês duas. Mas não acho isso. *Não quero magoá-las*. E, porra, está me matando saber que quero fazer algo bom e ela não confia em mim. E está me matando eu querer fazer algo bom para *você* e ela não confiar em mim.

Deus.

Ele sabe exatamente o que dizer.

Ele entende.

E saber o quanto se preocupa com Junie me faz gostar ainda mais dele.

— Eu não sei quais são as *necessidades* dela e quais são os *desejos* dela, e sinto que não deveria, apesar de ser também a coisa mais natural do mundo gostar de alguém que *entende*.

Sua cabeça se vira até ele estar olhando para mim. E então seus lábios se curvam para cima num sorriso impertinente, sujo, cheio de promessas.

— Então talvez a gente só foda por um tempo.

Isso não deveria fazer minha vagina acordar e começar a aplaudir. Ou meu cérebro dar um curto-circuito de tanto desejo. Ou minha calcinha ficar tão molhada que posso sentir o cheiro de minha própria excitação.

— Você sabe que não existe isso de fazer só para matar a curiosidade — murmuro.

Ele se aproxima, nossos corpos separados pela largura de uma pluma, e *isso, isso, isso*, eu o quero mais perto, mas *não, não, não*, eu dei mil desculpas para minha filha de por que não faria isso, não importa o quanto eu queira.

Meu cérebro fica perdido sempre que estou perto dele. E, por mais que meu coração e meu cérebro murmurem *Junie antes de tudo*, às vezes eles também perguntam *quem você se torna quando nunca se coloca em primeiro lugar?*.

Eu fiz isso com Dean.

Ele ficava em primeiro lugar, e o que me tornei?

Mas sou responsável por Junie. Ela é minha *filha*.

Onde terminam as vontades dela e começam as minhas necessidades? Ou seriam as necessidades dela e as minhas vontades?

Eu não sei.

— Não posso dizer, com a consciência tranquila, que deveríamos testar essa teoria, mas, Deus do céu, como eu queria — diz ele.

Sim, sim, sim, meu clitóris repete. Meus mamilos estão rígidos e doloridos, e não consigo me lembrar da última vez que um homem olhando para mim me deixou com tanto tesão, tão molhada assim.

E, no entanto, aqui estamos, e estou usando cada grama de autocontrole que possuo e mais um pouco para não o atacar.

— E não posso, com a consciência tranquila, dizer que você teria que ser terrível na cama para que comprovássemos que essa teoria está errada, e devo avisar, novidades me excitam. Então você teria que ser *extrarruim*.

— Posso ser rápido. Neste momento, tenho certeza de que eu não duraria nem três segundos na sua boceta quente e molhada.

Imaginar que ele acabaria antes mesmo de começarmos deveria ser broxante.

Em vez disso, a ideia de que meu apelo sexual puro o faça perder o controle e falar putarias para mim está fazendo minha respiração sair em ofegos curtos, e eu quero muito, muito mesmo enfiar a mão por dentro da minha calça e me dedar.

— Isso seria muito decepcionante — consigo dizer, meio engasgada.

— Eu também sou bem atrapalhado com meus dedos.

Um, ele está mentindo. Dois, *sim*. Sim, eu gostaria muito de sentir as mãos e os dedos dele no meu corpo. Acariciando meus seios. Beliscando meus mamilos. Provocando meu clitóris. Mandando ver na minha boceta.

Fazendo-me gozar.

De novo. De novo. E de novo.

— Se fizermos isso... — começo.

Os olhos dele se arregalam por um instante e então suas pupilas dilatam, até eu sentir que poderia ver o universo naquelas profundezas, se olhasse com atenção suficiente. A mão dele passa para a minha cintura, e sou encurralada contra o balcão verde lascado.

— Se fizermos isso...? — incentiva ele.

Sua ereção pressiona contra a parte baixa do meu ventre, e *não* é ali que eu a quero.

Quero mais embaixo.

Entre as minhas coxas.

— Se fizermos isso — repito, arqueando os quadris para junto dele e fazendo-o soltar uma promessa e um palavrão bem baixinho —, é uma vez só. Quando Junie não estiver aqui. Não vai ter jantar. Não vai ter conversa. Não vai ter pernoite. Não vai haver nenhuma admissão em público de que isso tenha acontecido.

Os dedos dele estão se enterrando em meus quadris enquanto nossos corpos ondulam um contra o outro, mesmo vestidos.

— De acordo.

— E você tem que ir embora. Agora. Antes que Junie o veja aqui.

— Maisey...

— *Agora*.

— Você vai me ignorar?

A pergunta áspera acerta um ponto em meu coração que tem doído demais no último ano, mais ou menos. Geralmente essa parte só se ativa por Junie, mas aqui está ela, querendo abraçar um homem que está sarrando em mim num barracão decrépito.

— Talvez.

— Maisey...

— *Talvez*. — Meu sutiã está apertado demais. Não consigo ter ar suficiente. E não quero ar suficiente. Quero que ele me toque e faça eu me sentir bem e perder a cabeça. — Não vou mentir para você. Estou excitada, pronta e a fim, e *não posso fazer isso enquanto minha filha está em casa*. Não posso. Eu *não deveria* fazer de forma alguma e, juro por Deus, estou com medo de que eu vá me odiar por ceder, mas *quero você*. Quero você, mas prometi estabilidade para ela, e não vou... não posso...

Ele me interrompe com outros daqueles beijos calcinantes que sinto desde os lábios até os dedos dos pés.

Não sei se está tentando abafar meus *não posso* ou se fica excitado por eu ser ridiculamente superprotetora com minha filha quase adulta.

Só sei que, quando agarra meu cabelo, inclina minha cabeça para trás e enfia a língua na minha boca enquanto esfrega o pau duro contra o osso do meu púbis, tenho vontade de arrancar toda a minha roupa e pedir a ele que se banqueteie na minha boceta como está se banqueteando na minha boca.

Quero que ele seja rude.

Quero que seja minucioso.

Quero que me devore como se estivesse passando fome, e só consumindo meu clímax até a última gota ele ficará satisfeito.

Solto um gemido enquanto correspondo ao beijo, agarrando-me a seus ombros, tentando me empurrar para cima do balcão para poder abrir as pernas e roçar meu clitóris contra seu membro grosso e duro.

Não é o bastante.
Nem de longe é o bastante.
Ele interrompe o beijo com outro *caralho, como eu quero você*.
Não consigo recuperar o fôlego.
E, quando encaro seus olhos semicerrados, sombrios, levemente desfocados...
Ai, Deus.
Estou muito encrencada.
Junie em primeiro lugar, relembro a mim mesma. *Junie em primeiro lugar. Não posso fazer isso.*
Mas ela não está aqui, responde a tentação num murmúrio sedoso. *Dar umazinha quando você sabe que vai ser só uma vez mesmo para se livrar da curiosidade por um homem emocionalmente indisponível não vai fazer mal para ela.*
Minha libido está mentindo para mim?
Ou será que pode ser simples assim, fazer sexo com um cara apenas para se livrar da curiosidade e abrir mão depois disso?
— Escolha o dia. Dia de aula. Eu fico em casa. Pego licença. Enquanto June estiver na escola. — Ele está tão ofegante quanto eu. — A gente transa. Vai ser gostoso. E aí vai cada um para o seu lado.
Isso. É assim que ele opera. Todo mundo sabe. Isso é seguro.
É uma exceção.
Sem emoções.
Só sensações físicas.
— Eu te mando um e-mail — arfo.
— Mensagem de texto.
— Tudo bem.
Ele me segura pelo queixo e me beija de novo, mas, em vez de um beijo violento, rápido e profundo, toca suavemente os lábios nos meus, depois suga meu lábio inferior com toda a gentileza.
— Mande uma mensagem assim que der — diz ele.
E então se vai, saindo do barracão como se não estivesse com um cano de aço nas calças, como se não respirasse com dificuldades e pudesse enxergar direito.

Mal consigo chegar ao banheiro do barracão para abrir o zíper da calça, enfiar a mão calcinha adentro e aliviar toda a tensão acumulada.

Eu me pergunto se ele também está indo para casa arrancar as próprias calças e bater uma.

Não.

Não, não, não.

Não vou pensar nisso.

Essa coisa entre nós?

Paixonite passageira.

Tenho que deixar passar.

Não apenas porque disse a Junie que não ia namorar.

Tenho que deixar passar por mim também. Quando ela for embora, quero continuar aqui. Quero ter um lar. Quero ver se este rancho pode me dar um propósito maior. E não quero fantasmas me assombrando.

Especialmente um fantasma do tipo muito vivo, muito viril, muito sexy e muito indisponível.

Capítulo 21

FLINT

Eu não sabia o que era tortura antes de Maisey Spencer ser minha vizinha.

Quando Tony estava vivo e administrando o rancho, ele parava para papear toda vez que passava pela casa do caseiro se eu estivesse do lado de fora. Ele me convidava para a casa dele para uma cerveja depois da escola. Nós jantávamos com Kory e alguns outros amigos na Iron Moose semana sim, semana não, mais ou menos.

Ele foi um bom amigo quando eu precisei, logo que me mudei de volta para Hell's Bells.

E agora imagens da sobrinha dele — observando-me, beijando-me, agarrando-se a mim, as bochechas coradas, a respiração escapando em ofegos curtos, os olhos sombreados pela avidez — assombram-me a cada momento acordado.

Tony nunca foi um puritano. Claramente.

Mas não sei o que ele pensaria da minha vontade de deixar Maisey nua para saciar essa obsessão.

Pelo menos você sabe que é de conhecimento público que ela é plenamente divorciada, uma vozinha não muito útil em minha mente comenta.

E você vai se casar com ela?, acrescenta a voz de Tony.

Jesus.

Caralho.

Nenhum de nós dois quer se casar.

É por isso que aliviar a tensão é bom. Amizade colorida. Regras claras. Limites. Nós podemos fazer isso.

Podemos aliviar a tensão. Em particular. Não vai fazer mal a ninguém.

É isso o que estou dizendo a mim mesmo quando sigo o som de pregos sendo martelados em algum lugar do rancho bem cedo na manhã de sábado.

Nossa próxima partida eliminatória é esta tarde, e sei que Maisey nunca fica parada, então isso não é uma surpresa.

O celeiro fica à vista, assim como o traseiro de Maisey.

June está driblando em torno de cones do outro lado da caminhonete da mãe. Isso ajuda com a reação instantânea de meu corpo à bunda de Maisey.

Assim como o lembrete de que June é muito boa mesmo.

Ela tem um treinamento sólido. E, mais, trabalha para melhorar seu talento natural. Se elas tivessem chegado aqui duas semanas antes, ela estaria no time.

Eu diria isso a ela, se não achasse que me valeria uma revirada de olhos de arrancar as vísceras.

Provavelmente também não vou contar a ela o quanto vejo de sua mãe nela quando está em campo. June tem sido a primeira pessoa a se aproximar e animar um jogador que tenha ferrado as coisas. A líder de torcida mais ruidosa. A mais ligeira para soltar uma piadinha quando as coisas estão feias.

Treinar um time misto não é fácil.

Ela facilitou as coisas sem nem perceber e provavelmente sem essa intenção.

Ela me vê, faz uma careta e termina sua corrida com um chute firme na bola que a faz voar para a lateral do celeiro, onde colide com um baque surdo, para então atravessar direto a madeira.

Maisey deixa seu martelo cair e se levanta num pulo, a cabeça virando primeiro para o celeiro, depois para a filha.

— *Juniper.*

— Desculpe, mãe. Eu vou...

Buscar.

Presumo que ela está prestes a dizer que vai *buscar*, mas um estalo agourento vindo do celeiro a interrompe.

Os olhos dela se arregalam.
Maisey dá dois passos para trás, depois dispara na direção de June.
O prédio oscila.
Ah, *caralho*.
Está oscilando.
O celeiro está oscilando.
— Afaste-se! — grita Maisey para June. — Para trás! *Para trás!*
— Desculpe — arfa June.
— Tudo bem. *Para trás. Para trás!*
Também desembesto na direção delas, mas não sou mais veloz do que Maisey.
Jesus!
Ela é rápida.
Ela é rápida. Sabe martelar. Sabe pintar. Sabe consertar caixas de fusíveis, telhados, encanamentos e portas.
Sabe fazer de tudo e faz *tudo bem*.
Caralho, competência é algo lindo.
Mas o celeiro, não.
O edifício quadrado de dois andares, anteriormente vermelho, geme, estala e se inclina. O som de madeira velha e seca se estilhaçando crepita pela manhã fria de outono.
— Eu não tinha a intenção...
A voz de June está aguda e tensa, o rosto mostrando lampejos de horror.
Provavelmente com medo do tamanho da encrenca em que vai estar.
Maisey, no entanto, segura o braço dela com força e a puxa cada vez mais para longe do celeiro.
— Está tudo bem. Eu sei. Eu sei. Para trás. Afaste-se.
— Está caindo na outra direção.
Maisey para e olha de novo para o celeiro. Então me vê bem quando as alcanço. Ela torna a olhar para o celeiro, os lábios se movendo depressa.
June faz isso na aula.
Maisey está fazendo contas de cabeça.

As duas movem os lábios como se estivessem dizendo os problemas em voz alta.

Maisey gosta de matemática. É boa em matemática.

Isso é tão sexy quanto competência.

O celeiro estala alto outra vez, e quatro estouros em seguida fazem meu cérebro saltar na frente dos hormônios.

Ela agarra o braço de June com uma das mãos, arrasta-a por um metro até onde estou, agarra o *meu* braço e arrasta nós dois por mais cinco metros de distância.

— Mãe — cochicha June.

— Eu não quero... — começa Maisey e então para de falar por completo enquanto o celeiro dá um último grunhido e desaba sobre si mesmo com a algazarra de dez cargas de madeira sendo jogadas uma por cima da outra de uma só vez.

Poeira e farpas de madeiras se erguem no ar, levantando uma nuvem de terra e fragmentos a partir dos alicerces.

June fecha os olhos com força e levanta um braço, mas a poeira pairando se espalha e se dissipa aproximadamente onde estávamos há apenas um minuto, assentando no chão seco com pequenos redemoinhos de alegria derradeira.

Maisey solta um *uhuuuuuuuul* alto.

June aperta os lábios, mas um ruído ainda escapa, como se estivesse tentando não chorar.

— Bom, isso foi divertido — diz Maisey.

A poeira ainda rodopia em torno da picape dela. Uma nuvem pequena, mas suficiente para que não possamos enxergar se há algum dano causado pela madeira esmigalhada que pode ter voado para fora da estrutura.

Olho para Maisey.

Ela passa um braço ao redor da cintura de June.

— É um espanto que, com um chute desses, o técnico de futebol não a tenha colocado no time. Ele é que sai perdendo. Você é *incrível*.

Agora não estou apenas olhando.

Estou *boquiaberto*.

Sério que ela acabou de fazer isso mesmo?

— Ele é tão cuzão — diz June, ainda soluçando.

— Se os seus planos de virar jogadora profissional de futebol não derem certo, ainda podemos arrumar um emprego para você demolindo prédios.

— *Mãe.*

— O quê? Você sabe quanto trabalho acaba de me poupar tentando decifrar como derrubar aquela coisa de um jeito seguro? Um chute e bum! Agora é só ver o que dá para recuperar. Vou comprar uma bola nova para você, até encontrarmos aquela que se perdeu ali.

— Para — sussurra June.

Maisey visivelmente aperta mais a cintura de June.

— Tá bem — diz ela, baixinho. — Desde que você saiba que eu não estou zangada.

— Papai teria gritado.

— Ele é a última coisa que eu gostaria de ser.

June arregala os olhos, fitando Maisey. E então engasga numa risada que se transforma em outro soluço.

— Vou para casa — murmura ela.

— Não se esqueça de pegar o atalho — responde Maisey. — Nada de ficar zanzando por todo esse campo aberto para voltar para casa. Nunca se sabe com que tipo de gente duvidosa você pode trombar.

— Você é muito tonta — murmura June.

Ela não diz uma palavra para mim. Nem me olha, na verdade.

— Sou a sua tonta — diz Maisey para ela, quando a filha parte para casa.

June me lança um olhar então.

— Não olhe esquisito para a minha mãe.

— Pego o martelo se ele olhar — diz Maisey, alegremente.

Desta vez, June não responde nada e, em breve, está fora da área audível.

Maisey olha para mim.

Faço questão de encarar o celeiro como se eu não soubesse que ela está olhando.

— Que bom que não tinha ninguém lá dentro.

— Eu ia reforçar algumas vigas e montar uma casa mal-assombrada para Junie e seus amigos antes de demolir... Os reforços teriam sido apenas uma situação temporária, dado quanta neve costuma cair aqui, aparentemente... Mas suponho que ele ter desmoronado não foi ruim. Um chute e tanto. Ela deve ter ficado fula mesmo ao te ver. Você deu alguma prova surpresa esta semana e eu não fiquei sabendo?

— Você está me evitando de novo.

— O aquecedor de água quebrou na segunda de manhã e a lava-louças que eu tinha agendado para ser entregue na terça, para substituir aquela que foi possuída, chegou sem nenhum pulverizador funcionando, o que *era de imaginar* que eles conferissem antes de ela sair do depósito, mas não conferiram, e, *sim*, sr. Entregador, *a água estava ligada e fluindo para a lava-louças*. Deus do céu, odeio homens que acreditam que eu não sei nada sobre eletrodomésticos. E daí Charlotte ligou porque o evento beneficente de outono da APM foi pro buraco, então eu a ajudei com isso e, enquanto estava na casa dela, notei um vento encanado, e, considerando-se o quanto tem esfriado à noite, não podia ir embora sem descobrir de onde ele estava vindo. A conta do aquecimento fica uma droga quando a sua casa tem vento entrando.

— Maisey.

— E você sabia que a taverna tem feito gambiarras no telhado o verão todo enquanto esperam um empreiteiro de Laramie vir para cá terminar o serviço? Levamos um dia inteiro, na quinta, para reunir pessoal suficiente para trocar todas as telhas depois de eu ir até a cidade comprá-las.

— Maisey, se você não quer...

Minhas palavras morrem na língua quando ela fica à vista. Ela não me toca. Não me agarra pelo rosto para me fazer olhar para ela e garantir que estou prestando atenção. A intensidade em seus olhos azuis me mantém cativo sem esforço algum.

— Eu quero. Quero *muito*. Mas estou *ocupada*, porque também *quero* me encaixar aqui e *quero* que Junie encontre seu lugar aqui. *Preciso* ser capaz de explicar isso para ela se formos pegos e *quero* garantir que não tenha nenhum arrependimento. Tá bem?

Engulo em seco.

E então assinto.

Ela suspira e dá meia-volta, analisando o celeiro.

— E parece que estou ocupada pelos próximos dias, limpando isto aqui. Ela deve ter feito a bola atravessar uma viga de sustentação ou batido nela do jeito exato. Não deveria ter caído com essa facilidade.

Não consigo me lembrar da última vez que deixei o medo governar minha vida do jeito que está claramente governando a vida de Maisey.

Ela tem medo de ter riscos demais no rancho.

Tem medo de fazer qualquer coisa que deixe June desconfortável ou infeliz.

Tem medo de não se encaixar aqui.

— Você tem permissão para cometer erros, assim como deixa que June cometa os dela — digo baixinho, ignorando aquela voz na minha cabeça que soa muito com Kory me dando palestra sobre como eu posso ser um bom amigo sem fazer parte de qualquer esforço voluntário que alguém na cidade precise. — E não estou falando de fazer coisas como sair com alguém que ela não gosta. Estou falando de *todos* os erros. *Qualquer* erro. Desde que seu coração e suas intenções estejam corretos...

Ela chacoalha a cabeça.

— Já utilizei minha cota de erros como mãe. Repita isso para mim quando ela tiver saído para a faculdade, as contas dela estiverem todas pagas e eu nunca perder nenhum dos telefonemas dela. Até lá, *não posso* me dar ao luxo de ferrar tudo com ela outra vez.

Esfrego o pescoço e suspiro, olhando para o ponto onde a figura de June vai encolhendo conforme ela se aproxima da casa e se afasta de nós.

— Eu a recomendaria para qualquer olheiro de futebol universitário do país — digo a Maisey. — Ela tem sido muito mais treinadora do que eu este ano.

— Não diga.

Ela sorri maliciosamente para mim, e é sexy pra cacete.

Cruzo os braços.

— Você não sabia que ela também seria boa como treinadora assistente autonomeada quando me subornou com a torta de cereja.

— Sabia, sim. Mas estava estressada demais para me lembrar disso conscientemente. No *subconsciente*, porém, eu sabia esse tempo todo.

Não sorrir diante da petulância dela é impossível.

— Você está ouvindo seu consciente ou seu subconsciente quando continua se preocupando que não vai conseguir consertar as coisas com ela?

— Sim.

— Escute alguém que passa todos os dias com adolescentes. Você já está ganhando crédito por tentar. Já está ganhando por ser honesta com ela. Está fazendo o certo.

— É muito difícil não pular em cima de você aqui quando diz coisas assim — sussurra ela.

— É muito difícil não ser pulado em cima.

Ela cai na risada. Eu também.

Mas é difícil continuar achando graça em não poder tocar esta mulher.

Capítulo 22

MAISEY

Reconheço que provavelmente é excesso de paranoia presumir que alguém vá vir até o rancho para cavoucar no celeiro caído enquanto estou com Junie na partida de futebol, mas, ainda assim, cerco a área com fita amarela de CUIDADO antes de partirmos para a viagem de uma hora.

O time consegue outra vitória improvável e todos nós celebramos na Iron Moose quando voltamos a Hell's Bells.

Eu me certifico de me sentar tão distante quanto humanamente possível de Flint.

Charlotte repara, mas, tirando um olhar malicioso, não diz nada.

Contudo, é a manhã de domingo que me surpreende.

Domingo de manhã, Junie e eu somos despertadas pelo som de vários carros parando na rotatória em frente à nossa casa.

Nós nos encontramos no corredor que fica em frente aos quartos, depois descemos para a porta da frente juntas.

Metade de Hell's Bells chegou, a maioria em caminhonetes, liderados por Flint.

— Arrumei alguns ajudantes para limpar os destroços do celeiro — diz ele.

Como se fosse simples assim.

Como se fosse fácil assim.

Como se nenhuma dessas pessoas tivesse nada melhor para fazer numa manhã fria de domingo do que vir para cá e retirar o celeiro.

Ele estende uma pilha de folhas de papel para mim.

— Termos de responsabilidade — acrescenta.

Seis meses atrás, quando morávamos em Cedar Rapids, eu não conseguia fazer com que um vizinho respondesse a um simples e-mail ou telefonema para aderir ao grupo de voluntários a fim de doar refeições para uma amiga que tivera um bebê.

Agora, metade de uma cidade apareceu para me ajudar com o que teria sido uma dor de cabeça enorme se fosse só eu, mas que será um trabalho fácil de um dia só com tanta gente.

Não vou chorar.

Não vou chorar.

Não vou chorar.

— Obrigada — gaguejo. — Vou passar um café e...

— A gente trouxe café e donuts da cidade — interrompe alguém.

— Vamos pedir para ficar com a madeira que levarmos — diz outra pessoa.

— Coisas esquisitas também — comenta outra pessoa. — Eu adoro as esquisitices.

— Mas é claro — respondo. — É claro. Deixem só eu me vestir. Já venho ajudar.

Fecho a porta antes que meus globos oculares comecem a vazar.

Junie me observa.

E daí ela faz a última coisa que eu esperaria e me envolve num abraço.

— Eles não odeiam a gente aqui.

Eu rio no ombro dela.

— Eles não odeiam a gente — concordo.

— É uma mudança bem boa.

— Demais.

— Ainda vou para uma faculdade na Costa Leste. Ou na Califórnia. Não está nem nevando ainda e já não gosto da neve daqui.

— Tudo bem.

— E você vai me visitar nos feriados, porque de jeito nenhum eu volto para cá quando estiver frio pra cacete.

— Tudo bem.

Ainda tenho algum tempo com ela em casa. E, quando ela for para a faculdade, posso vender o rancho e me mudar para mais perto dela.

Não coladinho.

Mas perto o bastante para visitá-la.

Estou aqui para dar a Junie estabilidade até que ela esteja pronta para abrir suas asas, não para insistir eternamente para que fique aqui.

No entanto, mesmo enquanto penso isso, sei que vai me matar abrir mão do rancho antes de ter uma chance de ver se consigo transformá-lo num retiro para mulheres.

Por que não posso fazer as duas coisas?

Por que não posso morar aqui e também perto da faculdade de Junie no futuro?

— Você está sujando meu moletom de ranho, mãe.

— Tenho que fazer isso enquanto você ainda está aqui. Não poderei mais depois que me deixar para ir à faculdade.

Ela me solta e sai com um suspiro que eu sei que está exagerando só para mim, mas, quando termino de colocar minhas roupas de trabalho, ela me espera perto da porta, também em roupas de trabalho.

Não digo nada.

Não vou reclamar se ela quer ajudar nem vou provocá-la a respeito, fazendo com que mude de ideia.

— Eu quebrei — resmunga ela. — Posso muito bem ajudar a consertar.

— Foi o melhor chute do dia.

Ela revira os olhos, mas também sorri um pouco.

— Eu sei.

Estou rindo quando ambas saímos para ajudar nossos amigos a nos ajudarem.

E, com tantas picapes no celeiro e tantas mãos ajudando, realmente, tudo é feito em menos de um dia.

Alguém aparece com um monte de sanduíches da delicatéssen bem na hora em que começo a perceber que eu deveria alimentar esse pessoal todo.

As caminhonetes continuam chegando, depois saindo com cargas de madeira, telhas e quaisquer ferramentas e equipamentos que descobrimos no celeiro. Alguém até trouxe uma enorme caçamba para entulhos.

Vários colegas de classe de Junie aparecem, e todos riem, fofocam e provocam uns aos outros enquanto trabalham juntos. Ouço histórias sobre o tio Tony e suas vacas. Mais "causos" de Gingersnap. Alguém pergunta se nós marcamos onde está a sepultura dela, porque quer deixar uma lembrança em homenagem à vez que a pegou comendo a roupa pendurada em seu varal.

Algumas pessoas me perguntam sobre serviços de faz-tudo. Ouviram falar que eu sou boa nisso e não conseguiram encontrar nenhum empreiteiro local com disponibilidade para um serviço de conserto e pintura, para selar concreto ou algumas outras coisinhas menores antes que o inverno chegue de vez.

E no minuto em que encontramos a bola de futebol de Junie...

É Flint.

Ele a encontra debaixo de um painel de tábuas, levanta-a no ar e chama:

— Ei, June, quer emoldurar isto aqui?

Depois de um instante de silêncio total, Junie faz a última coisa que eu esperaria... ela ri.

— Qual é a história com a bola? — É o murmúrio percorrendo todo o grupo de rancheiros, professores e moradores de Hell's Bells que veio nos ajudar hoje. Os amigos de Junie também.

Tenho certeza de que muitos deles sabem que ela queria estar no time, mas que chegamos aqui tarde demais e Flint não driblaria as regras.

Estou certa de que essas pessoas que sabem suspeitam que exista uma tensão ali, e elas têm razão.

Porém Junie caminha diretamente até Flint, pega a bola dele, enfia-a debaixo do braço e encara a multidão.

— Eu estava aqui fora chutando a bola ontem e, quando driblei um dos meus cones, ela cochichou: "June. Juniper. Aquele celeiro está tão feio... Se você me chutar, eu o derrubo" — responde June, dramaticamente. Algumas pessoas trocam olhares nervosos, mas muitas mais riem ou gargalham. — Aí eu falei, tipo: "Não, bola. Não. Isso é ruim. É errado". E a bola cochichou: "Mas se você não me usar para derrubar o celeiro, alguém poderia se machucar se estiver lá dentro quando ele cair. Você precisa fazer isso. Precisa fazer isso para *salvar vidas*". E daí confiei na bola e no universo. Eu sabia que, se a bola estivesse mentindo, ela quicaria para longe, mas, em vez disso, atravessou a parede com tudo e derrubou o celeiro todo.

Algumas pessoas olham para mim.

Dou de ombros.

— Ela derrubou o celeiro com a bola. Essa parte é verdade.

— Eu vi com meus próprios olhos — diz Flint.

— Ela deve ter acertado a lateral exatamente no ponto mais fraco para conseguir isso — acrescento —, mas foi o que fez. Acho mesmo que a bola *falou* com ela, sim.

— Levo jeito com bolas — anuncia Junie.

Ela pisca, o rosto ficando mais vermelho do que um tomate, e Flint e eu corremos para tentar salvá-la no mesmo instante.

— Ela é uma excelente jogadora de futebol — digo, um pouco alto demais.

Flint, infelizmente, adota uma tática diferente.

— Ela é a encantadora de bolas.

Meus olhos voam para os dele.

Ele pisca duas vezes, e agora é *ele* quem está da cor de um tomate.

Uma risada desconfortável percorre a aglomeração.

— Quem está com sede? — pergunto, mais uma vez alto demais, mas agora risadas mais confortáveis fluem ao nosso redor. — Água? Limonada? Posso fazer um chá gelado. E cookies! Vou pedir uma fornada de cookies na padaria.

— Já estão a caminho — avisa alguém.

Uma das amigas de Junie a cutuca nas costelas, e elas inclinam a cabeça, juntando-as, cochichando, rindo e compartilhando o vexame.

A amiga aperta o ombro dela e sorri, e a cor acaba se esvaindo do rosto de minha filha.

Sejamos francos.

Quem entre nós *nunca* disse, sem querer, algo embaraçoso?

Quero a cidade inteira falando de *bolas* com a minha filha?

Não.

Mas estou muito ciente de que ela sabe do duplo sentido. Suas amigas também.

E, enquanto elas riem juntas e mais adolescentes a abordam com sorrisos, abraços e riso, eu me dou conta de que isso é bom.

Estar aqui é o certo.

Pela primeira vez desde que minha mãe foi presa, perdi o funeral do tio Tony e percebi que tinha que me divorciar de Dean, sei que Junie vai ficar bem.

Todos voltamos ao trabalho e, gradualmente, eu me pego trabalhando bem ao lado de Flint enquanto ajudo a carregar tábuas para a traseira de sua caminhonete.

— A *encantadora de bolas*? — murmura ele para mim. — Você sabe quanta merda eu vou ouvir dos meus alunos esta semana?

Abafo uma risada e resisto ao impulso de me apoiar nele e absorver o calor de sua proximidade.

— Tenho certeza de que já passou por coisa pior.

— Não desse jeito. E já faz um tempo. Jesus. *A encantadora de bolas.*

— É genético, sabe?

Ele lança um olhar para mim e, então, olha rapidamente ao nosso redor.

A pessoa mais próxima de nós está a mais de três metros de distância, carregando outra picape.

— Futebol? — pergunta ele, sem entonação.

Eu sorrio.

— Encantar bolas.

A boca de Flint forma uma linha rígida e ele passa a encarar feio os paus — haha — na traseira de sua caminhonete.

— Eu diria que você é má, mas suspeito que não seja o primeiro a dizê-lo.

É errado que, só de provocá-lo, meu motor está esquentando mais do que o sol sobre o deserto num dia de verão?

Não, decido.

NÃO FAZ MEU TIPO

É uma reação perfeitamente racional e válida por estar perto de um homem sexy que deixou claro que me quer e que trouxe ao nosso lar não apenas ajuda, mas um senso de comunidade.

— Com certeza, não seria o primeiro. Mas faz um tempo desde que alguém me chamou de má pelas mesmas razões que você chamaria.

Sinto a atenção de alguém sobre mim. E, de fato, quando olho por cima do ombro, Junie está encarando.

Eu me afasto da traseira da picape e espano as mãos enluvadas uma na outra.

Agradecerei a ele mais tarde.

Da maneira apropriada.

Mas neste meio-tempo...

— Tenho que voltar ao trabalho. Preciso fazer a minha parte na minha própria casa.

— Ninguém duvida de que você esteja fazendo a sua parte. E ninguém ligaria se não movesse um dedo.

Aquela ardência começa nos meus olhos de novo.

Eu ficava fora tempo demais para me sentir parte da comunidade em Cedar Rapids durante os seis anos que filmamos a série de Dean, aí veio a bomba da minha mãe e então não havia comunidade depois daquilo.

Flint me analisa.

Pisco rapidamente.

— Dou muito valor a isso.

Ele ergue as sobrancelhas num tom acobreado mais escuro.

— Sentir que me encaixo aqui — explico. — E Junie também. Eu *nunca* vou deixar de dar valor a isso. Nós precisávamos de um lugar que nos acolhesse.

Ele assente.

— É um lugar bom para ser acolhido.

É.

De fato, verdadeiramente é.

FLINT

Estou planejando minhas aulas no final da noite de domingo à luz de uma luminária antiga na pequena mesa da cozinha quando alguém bate à porta.

O sol se pôs há horas.

Opal teria ligado antes de vir. A maioria de meus amigos na cidade também.

Então quem está batendo de leve, quase como se estivesse meio torcendo para eu já estar dormindo e não ouvir?

Definitivamente não é Earl.

O urso simplesmente arrombaria a porta se sentisse o cheiro de algo que quisesse aqui dentro.

O que quer dizer que minhas suspeitas sobre o que me espera do outro lado fazem meu sangue bombear, os pelos dos meus braços se arrepiarem e deixam meu pau semiduro antes que eu acenda a luz e espie pela porta com painel de vidro.

E lá está ela.

Maisey.

De pé no pequeno alpendre, numa camiseta justa de manga longa coberta com um colete fofo, o cabelo curto com tamanho apenas suficiente para ser colocado atrás das orelhas, os olhos brilhantes e alertas, os braços cruzados sob aqueles seios magníficos.

Não é um gesto zangado.

Mais para um inseguro *não sei bem o que mais fazer com as minhas mãos.*

Ela levanta uma das mãos e me dá um aceno com os dedos.

Eu viro a maçaneta e puxo, apenas para ver a porta parar quando a corrente do trinco a segura.

Estou tão excitado por esta mulher estar na porta da minha casa que me esqueci de abrir o trinco.

Fecho a porta, solto a corrente e torno a abrir.

Maisey sorri para mim.

— Isso foi adorável.

— Foi vergonhoso.

— Adorável.

Paro de argumentar e dou um passo para trás, gesticulando para convidá-la para dentro, quando adoraria agarrá-la pela cintura, encostá-la contra a parede e beijá-la até cansar.

Mas não sei por que ela está aqui. Se está sozinha. Ou mesmo se acha que está sozinha, mas foi seguida por June.

Ela para tão perto da entrada que mal consigo fechar a porta.

— Só queria agradecer. De novo. Por ter trazido ajuda. Eu sinto... *Ufa*. Não consigo nem dizer o quanto me sinto melhor por ter a bagunça do celeiro toda limpa.

Assinto.

Estou começando a entender *os motivos* dela. Não foi difícil reunir alguns ajudantes da cidade para retirar os escombros.

Maisey chegou aqui tão perdida quanto algumas das crianças com quem trabalho na escola, procurando onde se encaixavam e qual era seu lugar neste mundo, sem apoio suficiente em casa. Os pais delas com frequência estão sobrecarregados, fazendo tudo o que podem, mas nem de longe é o bastante para o que seus filhos precisam.

— Então eu ia trazer mais torta de cereja para agradecer, mas a verdade é que subornei Regina para fazer a receita dela dos pratos antigos do tio Tony, para parecer que fui eu quem fiz, e não tive tempo de fazer isso de novo hoje — diz ela de uma vez.

Agora *eu* estou sorrindo.

— Acho que você é uma inútil, então. Cai fora.

Ela me dá um empurrão brincalhão no bíceps.

— O que me falta em habilidade culinária eu compenso sabendo como usar um martelo.

Pois é. Estou contemplando o uso do meu pau como martelo e já não posso mais dizer que estou apenas *meio* duro.

— Tenho algumas coisinhas que precisam ser marteladas...

Aqueles olhos azul-claros encontram os meus, arregalam-se e então ficam sedutores. Outra coisa que também fica sedutora? Sua voz.

— Essa foi terrível...

— Está sozinha?

— June está conversando com amigas no telefone. Eu disse a ela que ia passar na Charlotte e buscar uma bandeja de cookies para a festa de Dia das Bruxas da APM na semana que vem.

— E ela acha que você vai a pé?

— Eu *já fui* até a casa de Charlotte. Estou de volta agora.

— Não a ouvi passar.

— Modo furtivo.

Caio na risada, mas, a cada palavra que ela diz, estou levando-a mais para dentro da minha casa.

Não é grande. Uma área aconchegante de sala de estar e jantar com uma mesa para dois junto da janela e um sofá na parede oposta, com o fogão a lenha entre eles. Uma cozinha muito básica com um fogão e um refrigerador pequenos e sem lava-louças. E o único quarto tem tamanho apenas para caber a cama king size.

Estamos indo para o quarto.

Ela repousa as mãos no meu peito enquanto a faço caminhar de costas, o calor se irradiando das palmas.

— Não posso ficar muito tempo — murmura ela —, mas eu precisava agradecer. Agradecer é importante.

Não posso ficar muito tempo.

Isso é o que as palavras dela dizem.

O jeito como está passando as mãos por todo meu peitoral diz *mas bem que eu queria*.

— Quanto tempo é muito tempo?

— Foi uma visita *bem rápida* a Charlotte.

Estou sorrindo outra vez quando abaixo a cabeça para afagar a linha de seu maxilar.

— Então June acha que você está fora por mais um tempinho.
— Só um... *Ai, Deus*... pouquinho.

Aquele *ai, Deus*? Aquilo fui eu, lambendo aquele ponto sensível no pescoço dela, logo abaixo da orelha.

Lambo de novo.

Seu corpo estremece contra o meu enquanto ela curva os dedos em minha camisa.

— Talvez mais um pouco? — murmuro contra a pele dela, meu hálito soprando sobre o ponto úmido que deixei sob sua orelha.

Ela se arqueia contra mim.

— Não vai levar muito tempo.

Caralho.

Imagens de Maisey com um orgasmo por um triz me fazem suar.

Estamos na porta do meu quarto e estou tão duro que dói dar mais um passo. Então, em vez disso, eu a viro contra o batente e deslizo as mãos sobre suas curvas enquanto mordisco um caminho por seu maxilar, e ela ofega, arfa, agarra-me pelos cabelos e prende uma perna em torno da minha coxa.

É.

É, eu conheço a sensação de Maisey em meus braços. O jeito como ela se encaixa. O jeito como me envolve por inteiro.

— Eu vou te tocar — murmuro.
— Ai, Deus, acho que eu vou morrer — sussurra ela.
— No bom sentido?
— No melhor sentido.

Abro o botão da calça jeans dela, sentindo sua barriga estremecer sob minhas mãos quando meus lábios se conectam aos dela.

Estou no controle hoje.

Na maior parte.

Posso levar isso devagar e com calma, não sendo uma porcaria de um neandertal como fui das últimas vezes que a beijei.

Mas aí ela choraminga e agarra meu cabelo, puxando minha cabeça mais para perto, e desliza a língua para dentro da minha boca, pedindo, não, exigindo mais.

Jesus.

NÃO FAZ MEU TIPO

Eu estou por um triz aqui.

As mãos tremem conforme desço o zíper dela. Maisey solta algo que é quase uma lamúria enquanto arqueia os quadris para minhas mãos, ainda me beijando como se eu fosse a peça que falta em sua vida, e *caralho*.

Eu não deveria me sentir atraído assim por esta mulher.

Por *qualquer* mulher.

Mas quero colidir contra ela, sentir sua vagina apertar em torno do meu pau e ouvi-la gritar meu nome, e daí quero fazer tudo de novo.

Enfio minha mão na calça dela e a acaricio por cima da calcinha de algodão.

Ela está molhada.

Está molhada *por minha causa*.

Molhada e se soltando do beijo com um gemido.

— Mais — implora ela.

— Quanto mais?

— Tudo o mais.

Rir é dolorido, mas *Deus do céu*, ela é engraçada, sexy, forte e esperta, e eu quero que isso dure para sempre, mas também quero fazê-la gozar antes que ela decida que precisa ir embora. Acaricio o centro dela outra vez.

— Tudo o mais? Sou professor de matemática, não de linguagem, mas acho que isso não está correto.

— Flint...

Ela se interrompe com um palavrão quando eu mexo na borda de sua calcinha. Seus quadris se levantam, e ela se contorce como se tentasse me ajudar a encontrar seu clitóris.

— Pois não, Maisey? Fala pra mim o que você quer. Fala pra mim o que quer que eu faça.

— Por baixo... da calcinha... me toca... sem nada.

— Assim, meu bem?

Afasto a beira da calcinha para o lado e acaricio seus pelos, sabendo que não é onde ela me quer.

Eu quero fazê-la gozar.

Quero fazê-la gozar com meus dedos. Com minha boca. Com meu pau. Com brinquedos. Não me importa como, quero fazê-la gozar.

E quero fazer com que isso dure o máximo possível.

— Mais... no meio — suspira ela.

— Aqui? — Acaricio seus lábios quentes e molhados, e ela geme, os olhos desfocando antes de as pálpebras se fecharem.

— Ai, Deus, *isso mesmo* — geme ela.

Ela levanta os quadris para a minha mão, ainda presa contra o batente da porta, a cabeça jogada para trás, os lábios separados, enquanto ofega e se contorce ao meu toque.

Se alguém me dissesse neste verão que Maisey Spencer seria a mulher mais fácil de agradar neste mundo, eu teria rido na cara da pessoa.

Mas aqui estamos nós, ela cavalgando minha mão, agarrando meus ombros com tanta força que eu provavelmente terei um hematoma no formato de suas digitais amanhã, enquanto geme e rebola contra mim.

Circulo seu clitóris com meu polegar enquanto a penetro com um dedo. Os quadris dela dão um pulo e seu gemido fica mais agudo.

— Mais — repete ela. — Mais. Mais dedos. Me toca... *Ai, meu Deus*, continua... *Ah, isso*... Meu clitóris, e... *Aaaaah Deus*...

— Assim? — Enfio mais dois dedos dentro dela enquanto pressiono o polegar no clitóris, e é como se eu tivesse apertado seu botão de liga-desliga.

— Isso. *Isso.* Ai, Deus, *isso, isso, isso*, eu vou gozar, eu vou... *Aaaaahh.*

As paredes internas dela se espremem ao redor de meus dedos. Seus quadris se movem de forma errática. Ela volta a me agarrar pelos cabelos e, mais uma vez, *caralho.*

O rubor em suas bochechas. Os olhos desfocados. O som de sua voz enquanto diz coisas sem sentido. Seus lábios carnudos. Sua boceta na minha mão.

Isso.

Isso é o que eu queria há semanas, de um jeito que nunca quis mulher nenhuma antes.

Nunca *esperei* tanto tempo por uma mulher antes.

NÃO FAZ MEU TIPO

Eu a seguro, ainda brincando com seu clitóris e penetrando-a com meus dedos enquanto ela surfa as ondas de seu orgasmo até amolecer contra o batente da porta.

Eu a pego antes que ela deslize até o chão.

— Ai, meu Deus — murmura ela outra vez, entre ofegos, enquanto mudo sua posição, apoiando-a mais contra a parede do que contra o batente, e a seguro de pé. — Que horas são? Você consegue fazer isso de novo? Tire a roupa. Eu quero lamber suas tatuagens. Você vai mesmo gozar rápido se eu te cavalgar agora? Tenho sete minutos até Junie reparar que estou demorando.

Eu meio pisco, meio dou risada.

— Você...

— Estou dividida igualmente entre a determinação de devolver o favor e o pavor de sermos pegos. Sei que mereço coisas para mim, mas ela ainda é... ela é tão... tá. Chega de falar. Tire as calças.

— Maisey...

— O que é justo, é justo. Só que as minhas mãos não estão funcionando. Aquele orgasmo as paralisou. Então você vai ter que abrir os botões para mim.

Estou sorrindo quando encosto minha testa na dela.

— Eu também vou ter que me masturbar?

— Não, mas vai ter que me jogar na sua cama e fazer o que quiser comigo. Com seu pênis. Na minha vagina. Só para deixar registrado. Meus olhos ainda estão vesgos? Sinto que ainda estou vesga.

— Seus olhos estão fechados, docinho.

Fechados e ficando úmidos nos cantos.

Ah, merda.

— Maisey? — Toco a lágrima deslizando para fora do canto do olho. — Eu fiz algo errado?

— Não. Não! Faz muito tempo desde que... outra pessoa... cuidou de mim — murmura ela.

Abro a boca, torno a fechar.

Que ela não tenha tido um orgasmo induzido por um homem há muito tempo provavelmente não deveria ser uma surpresa. Apesar de ela não ser nada como seria de se esperar depois de assistir ao programa de TV, tudo o que ouvi a respeito de seu ex sugere que, com ele, não errei em nada do que pensei.

Ele não a merece.

Provavelmente nunca mereceu.

Além disso, preciso parar de ler os tabloides e, sim, sei que estou mentindo para mim mesmo quando digo que é só para saber se um de meus alunos talvez esteja com dificuldades extra em casa.

— Por sorte, você tem a mim bem aqui, descendo a rua — finalmente murmuro.

Aquilo me vale uma risada que tenho quase certeza que é real. Ela abre os olhos, piscando, enxuga-os rapidamente com suas mãos, que, pelo visto, não são tão inúteis assim, e então se contorce em meus braços.

— É melhor eu ir. Nós podemos... Junie está planejando passar a noite na casa de Abigail no próximo fim de semana e nós podemos, hum, terminar o que começamos. A não ser que você queira que eu bata uma pra você, rapidinho. Eu poderia fazer isso. Sou *muito boa* com as mãos e acho que elas voltaram a funcionar. Ai, Deus! Isso soou horrível, com cara de filme pornô, não foi? Eu realmente não... Eu não... Faz... *Aaargh.*

Beijo a testa dela.

Não consigo evitar.

Esta Maisey?

Ela é *real*. Não é uma faz-tudo inútil feita para a TV. Você leva exatamente aquilo que está vendo. Eu me pergunto se existem cantinhos na internet devotados a fãs dedicados de Maisey por causa daquele programa.

Deveria haver.

— Fim de semana que vem — murmuro. — Mande uma mensagem de texto.

— Mas você...

— Sei que você merece champanhe, rosas e banhos de imersão, e vou fazer isso direito.

Sinto-a estremecer.

— Está tentando me impressionar?

— Se não impressionei ainda, estou fodido.

Ela ri outra vez. É um som suave, quase hesitante, e lá se vai meu coração de novo.

Querendo salvar a donzela magoada.

Pela primeira vez em minha vida, não me incomodo que o salvamento dê trabalho.

Ela vale o esforço.

MAISEY

Normal.

Eu posso agir de maneira normal.

Não é fácil entrar escondida em minha própria casa quando ainda consigo sentir o cheiro do meu orgasmo em mim, sabendo que minha adolescente parece um cão de caça quando há algo fora do comum. Mas chamo alegremente um *oi, Junie, estou de volta!*, como se tudo estivesse normal, porque, se eu acreditar que está, então está, certo?

Aquele orgasmo *não foi* normal, mas contemplarei isso mais tarde.

Assim como o quanto eu preciso de uma máquina do tempo para poder simultaneamente saltar adiante para este fim de semana e voltar para cá, porque meu tempo com Junie é limitado e não quero perder nem um momento.

Ela surge na porta para a cozinha, um copo de sorvete na mão, uma colher espetada lá dentro.

— O que é que você tem? Está esquisita.

Droga, droga, droga. Olá, culpa. Que bom te ver.

— Como é? Não estou esquisita. Você é que está.

E agora estou fazendo careta.

Provavelmente não apenas para mim mesma.

O rosto de Junie se contorce numa expressão clássica adolescente: *adultos são tão esquisitos e confusos, e eu não vou ser tonta assim quando crescer.*

— Papai ligou. Ele me convidou para passar o dia de Ação de Graças com ele, a vovó, o vovô e minha próxima madrasta.

E lá se vai o brilho do orgasmo feliz.

— *Como é que é?*

Ela faz uma careta.

— Não sou burra, mãe. Ele ainda não propôs casamento, a menos que seja por isso que você está sendo uma esquisitona, mas vai propor. Ele não conseguia nem amarrar o cadarço sem você. De jeito nenhum consegue sobreviver sendo solteiro. Além disso, vai melhorar a audiência da série se ele estiver em todas as revistas enquanto ela planeja o casamento.

Não encontro palavras.

Sei que tenho palavras.

Mas ela me deixou incapaz de encontrar as certas.

— Ah... Hã. Hum. Então. Você... você *quer* passar o dia de Ação de Graças com seu pai?

Ela encolhe os ombros.

É! Meu marcador interno comemora. *Ela ainda gosta mais de mim!*

Não vai durar muito depois que ela descobrir onde seu professor menos preferido estava com a língua e as mãos agorinha, meu monstro de culpa retruca.

Eu calo os dois — o mais importante aqui é que Junie sabe que é amada e se sente confiante em qualquer decisão que tome.

Consigo compartimentalizar. Consigo ter um caso com Flint e também ser uma boa mãe.

Posso ser as duas coisas.

Não posso?

Desencana, Maisey. Desencana.

Lembro a mim mesma que eu poderia perguntar a ela se quer cookies para o jantar e receberia o mesmo dar de ombros, e decido que o mais importante é garantir que ela se sinta confortável com qualquer decisão que tome.

— Bem, pense a respeito e, se quiser ir, por mim, tudo bem. Eu adoraria passar o dia de Ação de Graças com você, mas também entendo e apoio caso resolva visitar seu pai.

Ela me encara.

— Você não o odeia?

Eu repito o gesto dela, dando de ombros.

— Odiar alguém despende muita energia. Por que gastar nisso, quando posso gastá-la compensando todo o tempo que perdi com você nestes últimos anos?

Ela me observa enquanto mete a colher no sorvete e enfia tudo na boca.

— Você nunca sente vontade de ser mesquinha? — pergunta ela em torno do sorvete.

— Só quando você não pode me ouvir. Eu odiaria dar um mau exemplo. — Eu me movo para o corredor do quarto. — Preciso fazer xixi. Mas já volto, tá?

— Vivian disse que você saiu da casa da mãe dela faz, tipo, quarenta e cinco minutos.

Droga de novo.

— Tive que fazer algumas paradas no caminho para casa e fiquei presa num engarrafamento de alces.

— Paradas para quê?

— Gasolina. — Anotação mental: passar para abastecer quando ela estiver dormindo para não notar que o tanque da picape está abaixo da metade. — E fiquei com vontade de cookies, mas não queria encher a cara com eles na sua frente, então fiquei na caminhonete e troquei mensagens de texto com velhas amigas por um tempo.

Longe demais.

Os olhos dela se estreitam enquanto lambe a colher.

— Que amigas?

— Charlotte.

— Ela não é uma velha amiga.

— Pois *parece* uma amiga antiga, e *parecia* que fazia uma eternidade desde que eu tinha conversado com ela pela última vez, quando saí da casa dela. Você já teve uma conexão com alguém e sentiu que conhece a pessoa há anos?

— As únicas pessoas que conheci antes de nos mudarmos para cá era gente que eu conhecia literalmente há anos.

Ela chuta. Marca o gol. *Não, mãe, eu não fiz nenhuma amiga próxima que me deixaria triste ao largar para trás quando for para a faculdade. Você e a vovó ferraram essa parte para mim.*

— Bem, pode confiar em mim quando digo que, no dia que conhecer uma amiga assim e tiver essa conexão instantânea, vai saber como é, vai adorar e isso vai deixar sua vida melhor.

— Você olha para o sr. Jackson como se ele fosse o seu *amigo instantâneo*.

Ela sabe.

Sabe que passei na casa de Flint e que estou inventando uma história elaborada para não ter que contar a verdade, e estou ferrando com tudo, por todo lado.

Sou uma mulher adulta, gosto de sexo e gosto de Flint, e isso deveria ser tranquilo, mas não é, porque Junie não está tranquila com isso.

E entendo.

Eu a negligenciei por causa de seu pai.

Por que não seria ainda pior quando é por um homem novo e empolgante? Ela já está sendo bombardeada por imagens de seu pai passando mais tempo com outra mulher do que com ela. E conto telefonemas, mensagens de texto e e-mails como *passar tempo com ela*, só para constar. Estou disposta a admitir isso, vindo dele.

Mas estou mais esperta agora. Sei o que tenho a perder. E aguentarei firme a minha libido, sozinha, para evitar que saciar minha curiosidade com Flint interfira em como ser uma boa mãe para Junie.

Talvez seja uma desculpa.

Mas é a verdade.

Sei o que é importante. Sei que não vou deixar um homem interferir em meus cuidados com minha filha. Se ele não entendeu ainda o quanto estou falando sério sobre isso, então é um idiota. Vou dar um jeito nisso e seguir em frente.

Nada poderia ser *menos* atraente do que um homem que não respeita minha filha.

E acho que Flint respeita.

Acho que ele realmente a respeita e está batalhando com suas próprias vontades e necessidades contra os desejos de uma adolescente.

— A vida é complicada — digo para a expressão de *diga que estou errada* dela —, mas nada jamais mudará o fato de que você vem em primeiro lugar. Tá bem? — Definitivamente não ajudou.

— Preciso mesmo fazer xixi — digo, antes que ela possa prosseguir.

— Aguenta firme e eu já volto, tá?

Na verdade, preciso tomar um banho antes de chegar perto o bastante para que ela possa sentir o cheiro do que andei aprontando.

Droga, libido. Droga, droga, droga.

Eu não deveria ter passado na casa de Flint. Agora sinto como se *eu* fosse a adolescente quebrando as regras e *ela* fosse a mãe, e não gosto disso.

Ela me observa enquanto disparo para meu quarto.

Assim que estou trancada no banheiro, pego meu telefone e repasso minhas mensagens de texto, procurando alguém — *qualquer um* — que possa me enviar uma mensagem de apoio neste momento.

Provavelmente não deveria contar para Charlotte. Ela já desconfia, e ainda não sei muito bem como a rede de fofocas funciona por aqui. Tipo, ela consegue contar para as amigas dela só com um olhar que sabe com quem o professor mais cobiçado da escola está de gracinha?

Não posso mandar uma mensagem para minha mãe. É evidente. Três anos atrás, poderia. Isso é algo que eu levaria para ela, porque ela realmente foi aquela mãe que estava ali com todas as respostas quando eu era mais nova. Agora... agora, não sei quem ela é, não de todo, mas sei que não posso levar esse assunto para ela.

Ainda que pudesse, não há celulares na prisão, então não tenho como fazer contato.

Passo pelos outros nomes de amigos que fiz por meio da APM ou comendo fora em todos os restaurantes da cidade.

Não, não, não.

O que deixa apenas uma pessoa.

Droga.

Clico nas informações de contato de Flint e acesso nosso fio de mensagens. Ele deu seu contato para todos os pais do time de futebol, e tive que usar uma vez para avisá-lo que me atrasaria um pouco para buscar Junie no treino e as mensagens dela estavam voltando como se a bateria do celular tivesse acabado.

E é isso.

Duas mensagens.

Digito e deleto uma mensagem nova catorze vezes antes de me dar conta de que não posso enviar nada.

E não apenas porque tenho certeza razoável de que Junie sabe como invadir meu celular.

É mais o fato de que eu não sei como dizer o que preciso dizer.

Estou completamente perdida, gosto de você e quero fazer sexo com você. Não sei como isso se encaixa no meu plano de descobrir quem eu sou antes de cogitar entrar num relacionamento com alguém de novo. Também sinto uma culpa horrível com a ideia de que traí minha adolescente ao te ver essa noite quando o pai dela está abertamente namorando uma mulher que ela nem conheceu e sei que minha filha visita sites de fofoca procurando informações sobre eles. Então quero contar para ela, mas não quero ser mais outro progenitor que faz com que ela se sinta em segundo lugar na vida dele. Esse é o meu limite intransponível. Junie em primeiro lugar. Junie em primeiro lugar. Junie em primeiro lugar.

Meu celular apita em minha mão e é tão súbito e inesperado. É *Flint*.

Solto um grito e deixo o telefone cair no chão.

Apanho o aparelho de novo e olho a mensagem.

> Nosso centroavante sofreu um acidente de carro. Dois outros jogadores com ele. Todos bem, de modo geral, mas o exame inicial diz que ele está fora pelo resto da temporada. Avise J para estar pronta para jogar no sábado, só para garantir.

Eu suspiro. Meus ombros se afundam.

Se algum dia precisei de um lembrete de que ele também precisa colocar Junie em primeiro lugar, aqui está ele.

Meu telefone apita de novo.

> E pare de pensar demais.

É isso.

Pare de pensar demais.

— Ainda está fazendo xixi? — pergunta Junie, do meu quarto. — O que você é, um cavalo de corrida? Não bebeu *tanto* assim hoje, né?

Enfio o telefone no bolso e boto mãos à obra para me limpar bem depressa.

— Eu me distraí pensando que preciso reformar o banheiro — respondo. — Um minutinho. Estou botando o pijama. Quer assistir a um filme?

— Amanhã tem aula, mãe.

— Quer assistir a um episódio de *Bob Esponja* e fingir que é um filme?

— Você é tonta demais.

— Sou mesmo. E você não prefere ter uma mãe tonta a uma militante?

Para registro: isso foi minha própria mãe saindo da minha boca.

E, a despeito de onde está morando atualmente, acho que não vejo problemas nisso. A despeito de seu hobby envolvendo crime do colarinho branco, ela ainda é a melhor mãe que eu poderia ter. Desde que eu nunca resolva saltar para o lado errado da lei, Junie e eu ficaremos bem.

Fungo baixinho comigo mesma.

É, Junie, transei com o seu treinador porque as pessoas têm suas necessidades, mas pelo menos não estou na cadeia, certo?

A pior parte?

Minha filha provavelmente concordaria com isso, na maioria das vezes.

Não quer dizer que eu não me sinta terrível por me esgueirar pelas costas dela, mas, desta vez, não estou fazendo isso para agradar a um homem; estou fazendo isso para *me agradar* e sei que pararia num instante se achasse que Flint realmente fosse ruim para ela.

E, para mim, isso faz toda diferença.

FLINT

A única coisa mais frustrante do que esperar para poder ficar sozinho com Maisey de novo é ser eliminado das finais estaduais depois de uma decisão errada do juiz, o que acabou nos custando a partida.

— Você não estava impedida, de jeito nenhum — diz Abigail para June enquanto afogamos nossas mágoas na Iron Moose com palitinhos de queijo frito, hambúrgueres de bisão e vacas-pretas. O time tomou conta de todo o salão, e a maioria dos pais está espalhada em mesas ao redor da mesa longa que as crianças montaram para se sentarem juntas. — Aquela foi a pior decisão na história das decisões erradas.

June não responde.

Ainda está debruçada sobre o prato intocado.

Posso *sentir* Maisey mordendo a língua na outra extremidade da mesa.

— E foi ótimo que você estivesse lá para jogar, assim não ficamos desfalcados — contribui Vivian.

June sacode a cabeça e se endireita na cadeira.

— Você se saiu muito bem — responde ela. — Aquele gol foi *o melhor*. É excelente que o olheiro tenha podido assistir àquilo.

É.

Esse é outro problema.

O time todo percebeu que havia um olheiro de faculdade assistindo hoje.

— Quem quer outra vaca-preta? — pergunta Regina.

— Posso pegar um sundae de brownie em vez disso? — pergunta Wade, um de nossos zagueiros.
Os pais caem na risada.
Regina dá tapinhas no ombro dele.
— Claro que pode, meu anjo. Mais alguém?
A temporada terminou. Temos alguns meses antes dos testes da primavera. E todas as crianças que vinham se empenhando para comer da maneira mais saudável possível, especialmente desde que começamos a avançar nas eliminatórias, querem mais sobremesa.
— Adolescentes — diz Charlotte.
Ela está sentada junto de Maisey, do outro lado do salão, e eu ainda consigo ouvi-la.
Maisey, porém, acho que não escuta. Ela ainda está observando June como se quisesse envolvê-la num abraço e levá-la para adotar mil filhotes de cachorro.
— Ei, agora não temos que nos preocupar se ficamos acordados até tarde na festa de aniversário de Xavier no próximo fim de semana — diz uma das crianças.
A maioria delas está aceitando muito bem.
Isto é o mais longe que chegamos nas eliminatórias em *anos*. Possivelmente, desde antes de eu mesmo estudar em Hell's Bells.
É algo a ser celebrado.
A menos, suponho, que você seja alguém acostumado a ir até a final, até o jogo valendo o campeonato.
— Você vai fazer um discurso motivacional para eles? — pergunta Kory.
Ele veio torcer por nós hoje. Levou até uma de suas vacas em homenagem à ocasião em que Tony levou Gingersnap no outro ano em que chegamos às eliminatórias.
Considerando-se que também perdemos aquela partida, tenho quase certeza de que ninguém mais vai querer levar vaca nenhuma depois disso.
Vacas são, oficialmente, nossa maldição nas eliminatórias.
Se você acreditar em maldições.
Chacoalho a cabeça.

— Já fiz. Muito melhor assistir enquanto todos eles fazem discursos motivacionais uns para os outros.

— Tem medo de que não vá dizer nada tão inteligente quanto os adolescentes?

— Bem isso.

Ele sorri por cima do copo.

— Desde que você saiba qual é o seu lugar.

June se afasta da mesa e vai na direção dos banheiros.

Maisey a observa o caminho todo. Charlotte se inclina para perto dela e lhe diz algo, e ela concorda.

Em seguida, Maisey dá uma olhadela para o outro lado do salão.

Nossos olhares se juntam, e sei exatamente o que ela está pensando.

Não posso fazer isso. Não hoje. Junie precisa de mim.

É preciso cada grama de autocontrole para fingir que não vejo.

O negócio é: eu entendo.

Também me dói mandar crianças para casa sabendo que elas estão de mau humor, desapontadas e decepcionadas consigo mesmas.

Maisey se levanta.

Charlotte a puxa de volta.

Maisey faz uma careta para ela.

Uma careta.

Maisey.

Charlotte não parece se ofender. Ela chupa uma bochecha como se tentasse não sorrir, depois se vira para alguém do outro lado.

As conversas continuam rolando por todo o salão. A maioria de meus jogadores está bem animada. Seus pais também. Conversamos muito depois da partida sobre como era ótimo ter chegado tão longe.

Eles sabem.

Eles entendem.

Estou prestes a concordar com Maisey de que June está lá há tempo demais para não dar uma olhada quando ela reemerge do banheiro, os olhos baixos, as bochechas rosadas.

Maisey já está fora de sua cadeira mais depressa do que eu.

Várias crianças reparam. Pais também.

Sei que June deveria ficar com Abigail na casa dela esta noite; metade do time estará lá. Mas é inconfundível a expressão no rosto de ambas.

Maisey pega seu casaco.

June vai direto para a porta, então Maisey pega o casaco da filha.

Ela não olha para mim.

Nenhuma das duas olha.

Caralho.

E não é *caralho, não vou transar esta noite.*

Isso é puro *caralho, um dos meus alunos está se sentindo uma merda.*

— Já volto — murmuro para Kory.

— Demore o quanto quiser. Não corte o cabelo dela outra vez.

Não sei tudo o que a expressão no meu rosto transmite para ele, mas meu amigo abre um sorriso amplo demais em resposta.

O estacionamento é bem iluminado, de modo que é fácil ver Maisey e June encolhidas contra o vento conforme atravessam rapidamente o asfalto. Caminho ainda mais depressa e as alcanço quando chegam à picape.

— Ei — digo.

Ambas se viram para me olhar.

June é cerca de cinco centímetros mais alta que Maisey, mas está encurvada, então estão basicamente da mesma altura. Os olhos de Maisey se abrem como se ela quisesse saber *que caralhos* estou pensando ao falar com elas sozinho. Os ombros de June se enrijecem visivelmente, como fazem sempre que converso com ela.

— Pois não, treinador? — pergunta June, tensa.

— Você sabe que é o motivo pelo qual o time chegou tão longe, não sabe?

Hã. A iluminação do estacionamento exagera mesmo as viradas de olho adolescentes.

Eu me abaixo o suficiente para chegar ao nível dos olhos dela, porque isso é importante.

— Sabe do que todo time precisa para ser bem-sucedido? Precisa de *coração.* Precisa *acreditar.* Você acha que ficou nas laterais na maior parte da temporada e não fez nada, mas a verdade é que você foi a cola que manteve o time grudado.

Ela solta uma fungada.

Chacoalho a cabeça e a interrompo antes que ela possa argumentar.

— Ei. Escuta. Quantas vezes você ajudou alguém do time a sacudir a poeira quando eles estavam em posição de impedimento ou erraram um chute? Quantas vezes se colocou entre Bella e Hugh quando eles discutiam sobre uma jogada e os ajudou a encontrar o meio-termo? Aqueles dois *nunca* se deram bem, mas você os viu hoje? Jogando como colegas de equipe.

Ela finalmente está ouvindo. Seus olhos estão fixos em mim, ficando brilhantes sob a luz dos postes.

Eu a seguro pelo ombro.

— *Você* foi o motivo pelo qual nós chegamos até aqui. Fez uma diferença enorme para este time, apesar de saber que não viu muita ação em campo. Sabe quantos outros jogadores no seu lugar teriam feito o que você fez? Não são muitos. Você aceitou o que lhe foi dado e se tornou a melhor roupeira na história dos roupeiros. E é *isso* o que torna um jogador excelente, é *por isso* que cada um de seus colegas de equipe dentro daquele prédio ali agora me disse que você precisa ter um lugar no time na primavera, mesmo que eles sejam cortados. Não duvide do seu poder. Não duvide do seu valor. Você é uma estrela, menina. Tá bem?

Ela passa as costas da mão pelo nariz e dá um passo para trás.

— Tá. Tanto faz. Mãe, podemos ir para casa?

— É claro — diz Maisey, bem depressa.

Ela lança um olhar para mim, murmura *obrigada* e pisca rapidamente.

Eu assinto.

— Muito orgulho dela. Estou falando sério. Não são muitas as crianças na mesma situação que teriam se esforçado como ela fez.

Não preciso que June acredite em mim neste momento, mas sei que ela precisava ouvir o quanto tem sido importante. E sei que

Maisey vai encontrar um jeito de reiterar isso da maneira que June precisa ouvir, várias e várias vezes.

Maisey me lança outro meio sorriso, este carregado de emoções complicadas e uma clara resistência a dizer seja lá o que ela pensa que precisa dizer, depois dá a volta em sua caminhonete para se unir a June lá dentro sem deixar escapar nada.

Eu não as assisto partir, apesar de querer.

Não preciso forçar nada.

Mas também não volto lá para dentro de imediato.

Estou maluco em querer ter um caso com Maisey. Da última vez que me envolvi com a mãe de um aluno, a situação era completamente diferente, mas isso não significa que ainda não seja uma má ideia.

Mas em se tratando de más ideias, essa é a minha preferida em muito, muito tempo.

Ela é a que está durando.

Não porque quero foder com Maisey.

Mas porque, pela primeira vez na vida, confio que encontrei alguém que sabe como é ser abandonado. Que sabe o quanto é difícil se encaixar. E que ainda está disposto a se expor, a despeito da dor caso tudo termine mal.

Pela primeira vez na vida, acho que encontrei alguém que eu *quero* amar.

MAISEY

Estamos na metade do caminho para casa antes que Junie diga alguma coisa e, quando diz, parte meu coração em dois.

— Você acha que ele foi sincero?

Sei o que ela está perguntando. Sei *exatamente* o que ela está perguntando.

— Quem foi sincero, docinho?

— O treinador Jackson. Que eu… eu importo.

— Ele não me parece do tipo que bajula os outros — respondo devagar. — Acho que aprecia genuinamente o que você fez pelo time este ano e acredita de verdade em cada palavra que falou.

— Essa temporada foi uma porcaria. — A voz dela embarga. — Sabe o quanto foi difícil ficar na beira do campo e dizer para todo mundo que eles estão se saindo muito bem quando você sabe, *sabe*, que você teria sido bem mais eficiente em campo? Mas também sabe que, se estiver em campo, outra pessoa não estará, e posso falar o quanto eu quiser que eu teria feito aquele gol ou que eu não teria sido relaxada ao fazer aquele passe, mas não tenho como saber *com certeza*.

— Junie…

— *Eu perdi a partida esta noite*, mãe. Às vezes preciso ser irracional só por ser, mas *perdi a partida*. Então fiz por merecer isso. Tá bem?

Aperto o joelho dela. Eu entendo. Às vezes também preciso passar pela fase de me sentir irracional. Queria que não fosse assim com ela, e deixar que Junie sinta suas emoções é uma das coisas mais difíceis que já tive que fazer como mãe, mas sei que ela está certa.

Ela precisa processar isso por si mesma.

— Tá bem. Avise quando você quiser que eu te acalme.

— Não sei se ainda posso ser boa. *Impedida*. Eu estava *impedida*, droga. E não sei quem vai me odiar por tomar seu lugar na primavera se eu entrar para o time e outra pessoa não. Não sei quem gostava de mim *porque* eu não era uma ameaça quando era apenas a porcaria da roupeira e quem vai me dar as costas se eu puder jogar.

Pode riscar aquilo sobre deixá-la se sentir magoada sendo a coisa mais difícil. Morder minha língua para não dizer que vou pessoalmente destruir qualquer criança que ouse ser babaca com ela depois de tudo o que Junie fez por eles é mais difícil.

E encarar o fato de que eu não vou, com certeza, para casa me preparar para uma noite de sexo selvagem com Flint enquanto Junie deveria estar numa festa do pijama não é ótimo também.

Especialmente depois da forma como ele foi todo *você foi o elemento-chave de nosso time e nem sabia* para cima dela.

É errado ver um homem ser incrível com a sua filha e sentir ainda mais vontade de se jogar para cima dele?

Droga.

Agora *eu* é que sou a babaca.

Sou *tão* babaca por pensar em meus próprios desejos físicos quando Junie está sofrendo tanto, e nenhuma quantidade de *ver minha filha sofrer me faz sofrer e também querer me sentir melhor* pode apagar a culpa de pensar nisso.

— Amo futebol — murmura ela. — É onde sou *eu mesma*. Não sei mais se sou *eu mesma* por aqui. Mas também não posso ser em Cedar Rapids. Não sei se algum dia vou voltar a ser *eu mesma*.

— Ah, meu neném.

— Eu não quero voltar. Não quero. Odeio lá. Não fiz nada errado, e todo mundo me tratou como se fosse culpa *minha* o que a vovó fez ou como se eu tivesse genes criminosos e não merecesse confiança. Como se fosse culpa *minha* ter nascido na nossa família.

Minha garganta se aperta e meus olhos ficam úmidos de novo. Temos que chegar em casa. *Temos que chegar em casa.* Eu consigo.

— Não é culpa sua, Junie.

— Eu *quero* gostar daqui. Quero, sim. É só que... é difícil. É tão difícil, mãe. Por que é tão difícil? E não diga que *a vida é difícil* às vezes ou que *você vai ficar muito mais forte por ter passado por isso*. Não ligo se é verdade ou não. Ainda é uma merda. É uma merda sem tamanho.

Abro a boca e torno a fechá-la seis vezes até encontrar algo digno de ser dito e, mesmo quando encontro, não parece o certo. Apenas levemente mais certo do que as outras coisas.

— Quer arremessar machados na lateral do barracão? Encontrei madeira podre nas tábuas do piso. Podemos muito bem derrubá-lo também. — Ela soluça e ri ao mesmo tempo. Vou considerar isso uma vitória. — Quero que saiba o quanto estou grata por você ter sido tão incrível durante esta mudança — digo a ela, baixinho. — Sei que não foi fácil para você. Sei que é uma droga. Se eu pudesse agitar uma varinha e tornar mais fácil...

— Para, mãe. — Ela funga. — Também é difícil para você. Eu sei. E sei que a vovó também administrava *a sua* associação de moradores falsa. Sei que ela também roubou de você. E sei que você está separando metade do que recebe do meu pai para tentar ajudá-la a devolver o dinheiro.

Fico tão chocada que o carro chega a dar um tranco para o lado quando olho para ela.

— Como...?

— Sei as suas senhas — murmura ela. — E não quero que saia com o treinador Jackson porque não quero que depois fique magoada. Você está com uma paixonite. Não é bom para você nas condições em que se encontra.

— Se acha que isso vai me distrair...

— Você está com uma quedinha pelo primeiro homem que lhe dá atenção de um jeito que o meu pai não dava há anos, e não é bom para você. Ele é um mulherengo. Todo mundo sabe disso.

— Quem é *todo mundo*?

— *Todo mundo*, mãe. Os alunos. Os professores. O diretor. Regina, na Iron Moose. A sra. Charlotte. *Treinador Jackson*. Ele foi demitido de seu último emprego por dormir com a mãe de um aluno.

— Como você sabe disso tudo?

— Somos adolescentes, mãe. A vida sexual de todo mundo é basicamente o assunto de todas as nossas fofocas.

Solto uma lamúria.

A teoria de saber que adolescentes *fazem certas coisas* e a realidade de ter minha filha fofocando sobre a vida sexual das pessoas são duas coisas bem diferentes.

— Eu não estou fazendo sexo, mãe — resmunga ela. — Não tem ninguém com quem valha a pena transar. Eles são todos imaturos, e estarei longe daqui a dois anos, então por que me dar ao trabalho de me apegar?

Não preciso de sexo hoje.

Preciso de um drinque.

Um drinque bem servido e bem forte.

— Você tem seu celular, e-mail e todo tipo de jeito para se manter em contato com qualquer um que esteja disposto a isso — digo. — Quem sabe? Poderia ir para a faculdade com *mais alguém* daqui que queira conhecer a Califórnia ou a Costa Leste.

— E essa é a outra razão pela qual não quero que você namore o treinador Jackson — diz ela, ignorando por completo minha solução óbvia para sua objeção para fazer boas amizades. — Vou embora daqui a dois anos. Tem tanta coisa a ser feita no rancho, e você gosta dele, então vai ficar, e daí terá pessoas que vai evitar porque sua relação com elas terminou mal.

— *Juniper.* Não tenho nenhuma intenção de pegar toda a população de homens solteiros de Hell's Bells nos próximos dois anos. O que *pretendo* fazer é chamar Charlotte e algumas outras integrantes solteiras da APM para reuniões do clube de leitura que não giram em torno dos livros, necessariamente, para fazer amizades mais próximas com as *mulheres* solteiras da cidade. E talvez eu me mude para o outro lado do país, para algum lugar a uma ou duas horas de onde você for estudar quando me deixar.

— Não mesmo. Você vai consertar o rancho todo e fazer dele um escape para as mulheres que estejam se recuperando de cônjuges que as trataram feito merda, porque *essa é a sua missão*, e é ótima. Você *deveria* ter uma missão. *Deveria* ter uma vida. E daí também vai consertar o velho chalé e botar a vovó lá quando ela sair da cadeia, assim pode ficar de olho nela e limitar seu acesso à internet.

É bom que já estejamos quase em casa.

Meu olho está tremelicando demais para eu continuar dirigindo.

— *Urso!* — berra ela.

Piso no freio com tudo, fazendo com que nós duas saiamos voando e sejamos contidas pelo cinto de segurança, a picape estremecendo quando a traseira derrapa e o sistema antitravamento dos freios é ativado.

— *O quê? Onde?*

O traste do Earl sai gingando de um arbusto morto e esquálido ao lado da estrada e atravessa dez centímetros na frente do meu para-choque, os faróis iluminando sua pelagem escura e a expressão de nojo que ele lança para nós.

Estou ofegando como se tivesse acabado de correr um raio de uma maratona.

Junie está audivelmente arfando também.

— Tá bem — diz ela. — Tá bem. Você pode se mudar quando eu me mudar. Para algum lugar... algum lugar sem Earls.

— Porcaria de *urso*.

— Ele até que é fofinho.

— Ele até que *quase morreu.*

Ela gargalha.

Minha filha, que teve a experiência mais montanha-russa de sua vida nos últimos meses, e mais ainda hoje, está gargalhando por quase termos matado um urso.

— Se isso é engraçado, quer dizer que você está disposta a tentar dirigir em algum momento antes de partir para a faculdade?

— Não. Ainda estou esperando você arranjar um *sugar daddy* pelo qual não se sinta atraída, que também seja bem velho, então vá morrer logo e te deixar com bastante dinheiro para você poder bancar um motorista para mim.

— Você sabe como funcionam os *sugar daddies*. Eu provavelmente teria que fazer sexo com ele.

— *Eca*, mãe! Tá falando sério? *Não fale isso para mim!*

Mas ela está rindo de novo, e isso é música para a minha alma.

— Você realmente odeia aqui? — pergunto baixinho enquanto lentamente pressiono o pedal do acelerador, colocando-nos a caminho de casa outra vez.

— Não — responde ela, mais baixo ainda do que perguntei. — É bonito. As pessoas são bacanas. Eu queria que você tivesse largado o meu pai antes de ele começar aquele programa idiota e que nós tivéssemos nos mudado para cá para eu poder ter conhecido seu tio e ajudado a cuidar de Gingersnap, e assim todo mundo na escola não teria que parar e explicar todas as piadas internas para mim, mas eles param e explicam, mãe. Eles param e explicam. Eu nunca teria feito isso por um aluno novo em Cedar Rapids. Mas eles fazem isso por mim, mesmo quando acho que não mereço.

Não ouso tirar os olhos da estrada de novo, mas estendo a mão e torno a apertar o joelho dela.

— O tio Tony não teria escolhido morar num lugar habitado apenas por cuzões.

— Podemos voltar? — pergunta ela, quando nos aproximamos do portão. — Acho que quero ir para a festa do pijama, no fim das contas.

É isso aí!, grita meu coração.

É isso aí!, minha vagina se junta ao coro.

É melhor a porra do Earl estar totalmente do outro lado da rua, meu cérebro suspira.

— Mas é claro, docinho.

— A gente diz para eles que eu tinha esquecido minha mochila e precisei buscar.

— Nunca vou desmentir.

— Fico feliz por você ter este lugar para a gente vir quando o mundo todo virou as costas para nós — sussurra ela.

— Eu também, neném. Eu também.

Capítulo 27

FLINT

Eu não sinto nervosismo por causa de mulheres.

Simplesmente não sinto.

Você tem que se importar para ficar nervoso, né?

Hoje, porém, quando recebo a mensagem de texto de Maisey de que June resolveu ir para a festa do pijama, no final das contas, e eu devo ficar à vontade para passar na casa dela e discutir *aquele assunto* que precisávamos resolver, cada célula em meu corpo entra no modo pânico.

E se isso não for um código e *houver mesmo* um assunto sobre o qual precisamos conversar?

E se eu disser algo errado antes de tirar a roupa dela?

E se eu tirar a roupa dela e não conseguir entrar em ação?

E se eu conseguir, mas for rápido demais?

E se eu tiver que ir embora de manhã e ainda quiser voltar?

Idiota, zomba meu pau. É claro que você vai querer voltar. Está caído de um jeito que tem evitado ficar há décadas. Ela não é um casinho; é a mulher pela qual você esperou a vida inteira, e precisa dar esse salto ou vai se arrepender até o fim dos tempos.

Irritante quando a cabeça de baixo é a mais inteligente das duas.

Mas não vou deixar o nervosismo me deter. Não quando faz semanas que quero uma noite sozinho com Maisey.

Possivelmente meses.

Assim, uma hora depois da mensagem dela, estou de pé na soleira de sua porta. Maisey ainda não retirou as decorações de Dia das Bruxas, então seu alpendre coberto está decorado com abóboras, pés de milho e aqueles espantalhos de tecido engraçados.

A luz acima de mim brilha alaranjada, como se ela também a tivesse trocado para o período.

Estou estendendo a mão para a campainha quando a porta se abre.

E lá está ela.

Maisey, o cabelo curto preso atrás das orelhas, os olhos cautelosos, mas cheios de esperança, mordendo o lábio. Ela está com uma blusa de moletom enorme da Hell's Bells High e legging preta. Sem maquiagem. Descalça.

— Você chegou cedo — solta ela.

— Desculpe. — Minha voz soa áspera, então pigarreio e tento outra vez. — Não sabia que queria que eu esperasse.

— Eu ia... — Ela se cala, depois gesticula com a mão para cima e para baixo, indicando o próprio corpo como se houvesse algo errado ali.

— Não deixe que eu te impeça. Mas posso assistir?

Seus olhos se arregalam por meio segundo antes que ela me agarre pelas lapelas do casaco aberto e me puxe para dentro.

E então Maisey me beija.

Ouço vagamente a porta ser trancada e bato o quadril numa mesinha de canto que não estava no vestíbulo da última vez que estive aqui. Mas ignoro a dor porque *Maisey está me beijando*.

Ela move as mãos para segurar meu rosto, os dedos gelados são um requinte em minha pele enquanto seus lábios sugam os meus. Tiro meu casaco, envolvo suas nádegas em minhas mãos e a levanto.

As pernas dela dão a volta em meus quadris e ela lambe o ponto em que meus lábios se encontram. Eu os separo e sua língua mergulha lá dentro, e *Deus do céu*.

Isso.

Isso.

Dou encontrões em tudo que é humanamente possível enquanto a beijo, massageio sua bunda e a carrego para a sala de estar. Registro de forma vaga a luz de velas. Um novo sofá modular onde antes ficava o sofá antigo de couro de Tony. Um tapete felpudo na frente da lareira.

Isso!
Sexo no tapete felpudo.
Quero sexo no tapete felpudo com Maisey.
Caio de joelhos com ela ainda à minha volta, e ela interrompe o beijo com uma risada.

— Desculpe. Eu não pretendia ser... Digo, você quer beber alguma coisa?

— Não. Tira a roupa.

Mordisco a orelha dela.

Maisey geme.

Deus, esse gemido. Eu amo esse gemido.

Eu me sento sobre os calcanhares, Maisey ainda montada em minhas coxas, mas começando a escorregar.

Ela se reposiciona sobre meus quadris e me empurra para deitar de costas.

— Eu quase não te mandei a mensagem.

— Fico feliz que tenha mandado.

— Preocupada... Junie... Mas você... *Obrigada*.

— Não sou cuzão.

Estou ajudando-a a tirar o moletom, e minha boca fica seca ao ver a regata minúscula por baixo.

Sem sutiã.

Apenas os seios fartos e exuberantes de Maisey, com mamilos duros espetando o tecido e uma tatuagem de beija-flor na frente do ombro.

Eu me sento para sugar um mamilo por cima do tecido de algodão fino, e ela ofega enquanto enfia as mãos no meu cabelo outra vez, segurando-me ali, ruídos incoerentes escapando de sua garganta e deixando meu pau mais e mais duro a cada som.

— Quero... você... sem nada... dentro de mim — arfa ela.

Maisey rebola o centro de seu corpo contra meu pau e, juro por Deus, uma calça jeans nunca foi tão dolorosa.

E nunca valeu tanto a dor.

Eu ficaria aqui sentado deste jeito para sempre, se isso significasse que Maisey estaria enchendo minha cabeça de beijos enquanto sugo seu mamilo, os quadris rebolando contra minha ereção violenta, cada ruído que ela emite me dizendo que o que estou fazendo está gostoso.

Mas a dama me quer sem nada, dentro dela.

Quem sou eu para recusar?

Subo as mãos pela pele sedosa cobrindo suas costelas, empurrando a regata para cima até poder trocar para o outro mamilo, agora exposto, e provar de sua pele doce com minha boca.

Ela grita como se estivesse basicamente à beira de um orgasmo só com essa brincadeira com seus seios, e isso... *isso mesmo...* Eu preciso estar dentro dela.

É necessário mais esforço do que deveria para deitá-la de barriga para cima, arrancando sua regata no caminho. Ela se contorce sob mim, as pernas bem abertas me impedindo de tirar a legging com facilidade, enquanto desabotoa minha calça jeans e abre o zíper.

Meu pau salta, quase livre, ainda contido pela boxer, mas, *Jesus Cristo*, que alívio não estar mais preso pelo denim.

— Uma ajudinha aqui, Maisey — resmungo, ainda incapaz de tirar a calça dela.

Ela levanta os joelhos até o peito, puxa, faz uma acrobacia sob mim e, de súbito, está completamente nua, exposta e aberta para mim.

Engulo em seco. E engulo outra vez.

Ela é linda pra caralho.

O pescoço alongado. Aquela tatuagem. Seios redondos, encimados por mamilos de um rosa profundo. A barriga macia. Quadris estreitos e coxas fortes. Os pelos castanho-claros cobrindo sua boceta. Uma cicatriz perto das costelas que eu sei que veio de ser atingida por uma viga de madeira, porque, sim, eu assisti àquele episódio do programa. O brilho das estrias iluminadas pelo fogo, mais provas do quanto ela é forte e capaz, do quanto *viveu*.

— Caralho — murmuro.

Ela enfia a mão por dentro da boxer, tira meu pau, segura-o com as mãos e o acaricia, depois leva a mão até minhas bolas e aperta de leve. Um arrepio percorre meu corpo inteiro.

— Maisey... — Não consigo terminar a frase.

Minha voz está rouca demais, e não quero fazer nada para interromper as sensações que vêm com as mãos dela me acariciando e aninhando.

— Meu — diz ela, fechando a mão com mais força no movimento seguinte.

Dela.

Todo dela.

Eu deveria tocá-la. Beijá-la. Enterrar o rosto entre suas coxas e lamber Maisey até ela gritar meu nome.

Mas tudo o que consigo fazer enquanto ela explora e brinca com meu pau é fechar os olhos, abaixar a cabeça e respirar fundo enquanto tento não desabar por cima dela.

— Eu tô tão molhada — murmura ela.

Ainda estou de botas. A calça jeans está aberta, mas cobrindo a maior parte do meu traseiro. Minha respiração está entrecortada, e uso cada gota de autocontrole para não gozar por toda a barriga dela.

— Maisey...

— Camisinha?

Cerro os dentes.

— Bolso de trás.

Ela rola minhas bolas mais uma vez antes de deslizar a mão por cima do quadril para minha bunda, que aperta antes de procurar em meu bolso traseiro.

— Uma fileira delas, hum? — murmura ela.

Meus olhos ainda estão fechados, mas posso ver seu sorriso.

— Oto... omi... otimista — consigo finalmente dizer.

— Você gosta que eu o toque.

— É... tão... gostoso...

— É uma delícia ter você nas minhas mãos. Tenho que saber como é ter você dentro de mim.

A embalagem é rasgada e então ela está me acariciando de novo, desta vez para desenrolar a camisinha sobre mim.

O instinto assume o controle assim que ela termina, e Maisey ofega quando a penetro fundo.

— Não consigo... devagar — solto, num grunhido.

— Não... *Ai, Deus...* quero... *Isso, isso, isso!...* devagar. Quero você... *Aí!* Ai, Deus, *isso, aí, aí*!

Meu corpo está pegando fogo. Meus quadris se movem de maneira errática, descontrolada, enquanto me enfio na boceta apertada dela, o calor irradiando em volta do meu pau, que está tão duro, pronto e preparado que eu nem sei como não estou gozando dentro dela depois de duas investidas.

Caralho, como ela é gostosa.

— Flint, *isso*, aí, ai meu Deus, *aí* — repete ela, arqueando os quadris de encontro aos meus, as mãos em torno das minhas costas, as pernas cruzadas sobre minha bunda, tudo nela me deixando louco.

Estou oscilando por um triz e não acho que seja só prestes a gozar.

Esse limiar é muito mais perigoso.

Muito mais arriscado.

Vale muito mais.

E é apavorante pra cacete.

Eu deveria estar dizendo que ela é linda.

Deveria estar venerando seu corpo todo, não apenas colidindo com ele feito um animal selvagem reivindicando seu território.

Deveria estar mandando ela gozar para mim.

Mas tudo o que consigo fazer é fechar os olhos com força e deixar meu pau falar por mim.

O que é a última coisa que esta mulher merece.

— Ai, Deus, Flint... *Ai, meu Deus... ai, meu Deus... ai, meu Deeeus...* Isso, eu vou... eu vou... *Isso, isso, isso aaaaahhh* — geme ela.

Sua vagina se contrai como um punho em volta do meu pau enquanto suas pernas se retesam e se endireitam, a boceta empurrada bem de encontro aos meus quadris.

Ela está gozando com tanta intensidade ao meu redor que pontos pretos dançam em minha visão, mesmo com os olhos fechados, e eu finalmente perco o controle.

Abro mão do controle, meu próprio orgasmo represado me deixando a toda velocidade feito um trem desgovernado enquanto gemo com a sensação.

Meu pau está pulsando. A vagina de Maisey continua contraindo e relaxando, apertando e soltando, tendo espasmos em volta de mim enquanto gozo mais intensamente, mais demoradamente, mais profundamente do que consigo me lembrar de já ter gozado na vida.

Sinto o orgasmo no fundo do meu estômago.

Nas minhas bolas.

Nos dedos dos pés.

Nos bíceps.

Tudo, *tudo* se esforçando para encontrar o alívio no aperto desta mulher que me enfeitiçou por completo e a quem eu seguiria alegremente até os confins da Terra.

— Ah, meu Deus, você é bom — ofega ela. — *Tão* bom. Tão, tão bom.

Os dedos dela estão curvados no meu cabelo outra vez. Suas pernas se afrouxam, mas ainda posso sentir pequenas contrações apertando meu pau dentro dela enquanto o finzinho de meu próprio orgasmo me percorre.

Não sei se estou respirando.

Não sei se ainda estou vivo.

Tudo o que eu sei é que, se a vida tem algum sentido, é este.

É Maisey, sob mim, num tapete felpudo na frente de uma lareira, a respiração escapando em doces arfadas enquanto ela deposita beijos por toda a minha cabeça.

É isto.

Isto é tudo.

Isto é lar.

E é aterrorizante pra um caralho.

MAISEY

Levo um longo tempo para recuperar o fôlego.

Mais tempo ainda para segurar minhas emoções.

Se eu já gozei tão intensamente assim, não me lembro. Não sei nem se vou me lembrar de como era sexo antes disso.

Cada centímetro do meu corpo está satisfeito. Cada terminação nervosa está relaxada. Até meu cérebro está, na maior parte, numa situação calma, tranquila e feliz de não pensar em nada.

O fogo crepita e estala perto de nós, e o tapete que eu quase não comprei por não ser nada prático é quente e macio sob minhas costas, quase fazendo cócegas no meu pescoço, mas não exatamente.

Flint se desvencilha de mim e se ajeita ao meu lado, passando o braço por cima da minha barriga e pressionando um beijo gentil na têmpora.

Sem pressa.

Nenhum outro lugar onde estar para qualquer um de nós.

Deixo meus olhos se fecharem e inclino a cabeça para encostar na dele e ouvir sua respiração se estabilizar.

Ele não pergunta se foi bom para mim. Dean perguntava o tempo todo. *Uau, meu bem, isso foi tão bom pra você quanto foi pra mim?* Ele nunca ouvia minha resposta, então parei de dizer qualquer coisa além de *uhum*.

Flint, contudo, não pergunta.

Porque sabe que foi bom? Porque sabe que, se eu quiser ou precisar de algo diferente da próxima vez, eu vou pedir? Porque não vai haver uma próxima vez?

Porque não foi bom para ele?

Droga.

O cérebro religou.

Eu disse para ele que foi bom, não disse?

Disse?

Tudo o que saiu da minha boca enquanto ele estava dentro de mim é um borrão.

Entretanto, a despeito das inseguranças chegando, afago as costas da mão dele com a ponta dos dedos, como se declarando posse dele. Esta mão. Eu adoro esta mão. As veias grossas. Os ossos fortes. A pele macia, os pelos ásperos e os dedos compridos de ponta arredondada. Esta mão é minha.

— Junie diz que todo mundo sabe que você é mulherengo — murmuro.

Ele faz um ruído que não é bem um grunhido.

Não digo mais nada e, eventualmente, ele faz outro ruído que não é exatamente um suspiro nem exatamente um grunhido.

Continuo sem dizer nada.

No final, minha paciência é recompensada com uma confissão em voz baixa.

— Eu sei como é se sentir abandonado — diz ele, devagar. — Não fui abandonado fisicamente quando era criança, mas emocionalmente... — Eu me movo apenas o bastante para poder o olhar. Seus olhos ainda estão fechados, mas ele continua falando. — É mais fácil manter as pessoas à distância do que arriscar permitir que elas me magoem.

Esqueça a mão dele.

Preciso tocar seu rosto. Suas bochechas. Sua têmpora. Seus lábios.

— Esse é um jeito solitário de viver — cochicho.

— Olho para você e vejo eu mesmo. — As pálpebras dele se abrem, trêmulas, e perco o fôlego diante da pura vulnerabilidade em seus lindos olhos amendoados. E, sim, eles são amendoados, brilhando em tons dourados e verdes esta noite. — Tão magoada com as pessoas que mais deveriam se importar. Com medo de se abrir de novo para qualquer um. Mas tão desesperada para se encaixar que vai se dobrar para todo lado, se entregando, entregando, entregando até não restar mais nada para si mesma.

Um calor pinica meus olhos.

— Você se encaixa aqui. Você é amado aqui.

— Existe a compreensão do fato lógico e existe o sentimento desse fato, e eles não são a mesma coisa.

A voz dele está ficando rouca, e uso todas as minhas forças para não ceder ao impulso de deixar as lágrimas caírem.

Este homem não quer minha piedade, e eu não quero que ele pense que é isso o que estou sentindo.

— Isso é compreensível até demais para mim.

— Você entende. Ninguém mais... — Ele para, pigarreia, fecha os olhos por um instante e então torna a olhar para mim, o polegar afagando preguiçosamente minha barriga. — Nunca confiei em mais ninguém para entender isso.

— Por que eu?

— Porque foi só quando você começou a aparecer e consertar galinheiros, pintar quartos de bebês e organizar serviços de telhados que eu teria feito se você não estivesse aqui que percebi o que eu fazia. — Ele espreme os olhos de novo e solta um suspiro enorme. — E não me dava conta. Alguém falou isso para mim, e a pessoa não estava errada. Tudo o que você fez por Hell's Bells... Você assumiu o que *eu* vinha fazendo para me encaixar. Você entende. Sabe como é querer tão desesperadamente se encaixar num lugar que sacrifica tudo o que deseja para si mesma para saber que as pessoas ao seu redor gostam de você, mesmo quando diz para si que precisa fazer de tudo porque ninguém mais fará e é aqui que você é necessária.

Alguns meses atrás, isso teria me deixado com a sensação de estar nua, exposta e sob ataque.

Agora, porém, tudo o que sinto é uma conexão profunda com um homem que me entende mais do que entendo a mim mesma e que *gosta* de mim porque *eu o entendo* mais do que pensei ser possível.

— Somos uma bagunça, não? — pergunto.

— Um pouquinho. — Os olhos dele vagueiam pelo meu rosto. — Mas, pela primeira vez, provavelmente desde sempre, eu não me sinto sozinho nisso.

Isso não é *vamos saciar nossa curiosidade.*

Isso é *eu poderia levar muito a sério um relacionamento com você, se um de nós desse o menor empurrãozinho nesse sentido.*

— Somos amigos? — murmuro.

Ele me escrutina, e me vejo prendendo a respiração como se o destino da minha vida inteira dependesse de sua resposta.

Mas, quando finalmente responde, é tudo.

— Quero ser mais do que seu amigo, mas sei que é complicado e que temos que ir devagar, e sei que há pessoas na sua vida que precisam vir antes de mim.

— Por um tempo — reconheço.

— Passei minha infância inteira desejando que alguém fizesse por mim o que você está fazendo por sua filha. Eu entendo, Maisey. Entendo, sim. Ela precisa vir primeiro. Então, seja lá o que for preciso... quanto tempo for preciso... para ela ficar confortável com a ideia de nós dois, posso esperar.

— Sabe aquilo que você disse para Junie esta noite? — sussurro. — Aquilo foi um discurso de super-herói. Faz alguma ideia do quanto ela precisava ouvir aquilo?

— Faço, sim.

— E sabe qual foi a pior parte?

— Houve uma pior parte?

— O próprio pai dela não teria feito aquilo pela filha.

O maxilar dele se estreita e um rosnado feroz emana do fundo de seu peito.

E eu me derreto de vez.

Sei que terei que explicar isso para Junie em algum ponto. Sei que não vai rolar do jeito que torço para que aconteça.

Mas também sei que este homem defenderá minha filha, que ele a fortalecerá e se empenhará para garantir que ela esteja confortável se quiser fazer parte da minha vida.

Ele sabe que somos um combo fechado, esteja ela no ensino médio ou além.

E confio nele.

Confio nele para se importar com os sentimentos, os desejos e as necessidades dela, e confiaria nele mesmo que não estivesse deitado no tapete da minha sala de estar seminu comigo.

— Ela não te odeia — sussurro para ele. Ele grunhe. — Não odeia, não — repito, mais forte. — Ela apenas não quer que você me magoe.

O polegar dele fica imóvel.

— Eu também não quero te magoar.

— E não quero te magoar. Mas também não quero deixar que você saia da minha casa sem uma promessa de que podemos fazer isso outra vez. Porque gosto de você. Nu. Vestido. Derrubando celeiros. Limpando templos secretos de adoração a pés. Falando. Ouvindo. Entendendo. Vendo minha filha como ela é e a incentivando para o que ela pode fazer. Gosto de você.

Ele me estuda sob a luz trêmula do fogo.

— Não faz muito tempo, você me disse que precisa descobrir quem você é antes de se envolver com outra pessoa.

— Às vezes, descobrir quem você é e quem quer ser envolve descobrir em quem confiar para seguir na jornada com você. — Os lábios dele se separam e lentamente tornam a fechar. — Junie diz que estou sendo impulsiva e que você vai me magoar. Mas *eu gosto de você*. Gosto de você um pouco mais a cada dia e gosto quando confia em mim; gosto quando permite que eu te veja. Seja lá o que aconteça amanhã, na semana que vem, no mês que vem ou quando for, não vou me arrepender por você ter sido parte da minha jornada. — Ele pisca e chacoalha a cabeça.— Eu sou um pouco ridícula, eu sei.

— Não é, não. — Ele pisca outra vez. — Você só tem muito mais de Tony do que pensei que tivesse.

— Ah. — Ele ergue as sobrancelhas. — Isso quer dizer que as coisas ficaram esquisitas agora? — murmuro.

O sorriso dele é lento, mas, *ai, meu Deus*, ele tira meu fôlego.

— Fique tranquila, em nenhum momento desta noite senti que estivesse pelado com o seu tio.

Faço uma careta.

— Você está piorando a situação.

A risada dele reverbera por minha alma.

— Que tal se eu melhorar a situação? — sussurra ele, enquanto sua mão desliza por meu quadril desnudo e ele se debruça para dar um beijo em meu maxilar.

Meus mamilos se retesam, excitados, e minha vagina já satisfeita começa a sorrir em antecipação.

— Suponho que você possa tentar.

Desta vez, recebo uma risada cheia.

É linda.

Como praticamente tudo o que ele faz com meu corpo pelo resto da noite.

Capítulo 29

FLINT

O último dia de aula antes do feriado de Ação de Graças é sempre infernal. É longo. As crianças estão com a energia de um esquilo cafeinado. A APM sempre traz petiscos para nos ajudar a suportar, mas não quero petiscos hoje.

Eu quero que o dia *termine*.

Faz dias demais desde que fiquei sozinho com Maisey e a quero. Quero-a na minha casa ou na dela, nua, na minha cama ou na dela, no meu chuveiro ou no dela, na minha sala de estar ou na dela.

O que não quero?

Ela andando pelos corredores entregando biscoitos de gengibre em forma de peru e minitortas de abóbora.

E não quero me sentir esquisito toda vez que pego June Spencer olhando para mim durante o segundo período.

Todas as minhas turmas fizeram prova ontem, o que serviu ao propósito duplo de dar às crianças uma chance de se saírem bem e também me dar o dia de hoje para corrigir as provas em sala de aula, enquanto elas participam de jogos matemáticos em grupos pequenos.

Ou assim deveria ser, teoricamente.

Na realidade, meus alunos estão muito mais interessados em me fazer perguntas o dia inteiro do que em se distraírem enquanto faço minhas correções.

Especialmente no segundo período.

Com June bem ali, na segunda fileira.

— Sr. Jackson, o que o senhor vai fazer no dia de Ação de Graças?

— Sr. Jackson, o senhor vai para o desfile?

— Sr. Jackson, o senhor vai boicotar o shopping de novo este ano?
— Sr. Jackson, o que dou de Natal para o meu namorado?
Finalmente desisto, largo minha caneta de correção e apoio os pés sobre a mesa.
— Tá bom, vocês venceram. Vamos passar pela sala toda. O que vocês vão fazer no dia de Ação de Graças?
É o de sempre.
Visitar a vovó. Alguém está torcendo para que o pai não bote fogo na garagem outra vez tentando assar o peru. Uma família vai esquiar. Outra vai hospedar parentes de fora da cidade.
E aí tem June.
— Vou visitar meu pai e sua peguete da semana — anuncia ela.
Ela fala de um jeito frio que diz que não quer se importar com isso nem com o que qualquer um na sala pensa a respeito, mas também me lança um olhar como se quisesse saber o que *eu* penso disso.
— Ele tem uma nova? — pergunta Hugh.
Ela nega com a cabeça.
— Eca — outra pessoa diz. — Você acha que eles vão *se casar*? Eu vi a *People* da semana passada, e lá dizia que ele vai fazer o pedido.
June se encolhe, mas também cerra as mandíbulas do mesmo jeito que já vi Maisey fazer dúzias de vezes.
— Ele só está sendo um homem.
— Abigail — chamo. — Sua vez.
— Não é bem a cara de um homem ter que se casar logo em seguida porque não consegue cuidar de si mesmo? — diz Abigail.
June levanta um ombro.
— Abigail, sua vez passou. Próximo? Sariah?
— Você acha que ela é bacana de verdade? — pergunta Sariah para June. — Tipo, assistindo ao programa, eu achava que a sua mãe fosse uma cabeça de vento, mas era tudo falso. Sua mãe é bem legal. Então será que a namorada do seu pai é tão bacana na vida real quanto na TV?
— Seus próprios planos para o dia de Ação de Graças ou teremos um teste surpresa, gente — interrompo.

NÃO FAZ MEU TIPO

Todas as crianças soltam um grunhido, mas param de encher June de perguntas e começam a falar de coisas da cidade em vez disso.

O desfile que acontecerá no dia seguinte ao de Ação de Graças, no qual metade deles vai faltar, pelo visto. Nosso time de futebol americano ainda está nas eliminatórias, então todo mundo vai para o jogo deles antes da nossa semana de descanso pelo feriado de Ação de Graças. O show de luzes que normalmente acontecia no rancho de Tony será em outro rancho este ano, e qualquer um que ainda estiver na cidade *definitivamente* vai para lá.

Quando o sinal toca, ninguém tem nada para recolher porque ninguém tirou nada das mochilas. Estou atrasado na correção, o que vai comer um pouco do tempo de que disponho com Maisey nesta semana, mas ela precisa dormir em algum momento.

E está ajudando amigas da APM com projetos paralelos para todas as festividades de fim de ano que acontecerão em Hell's Bells.

Vou fazer as correções.

June é a última pessoa a deixar minha sala, o que é incomum.

Ela para na minha mesa e, por um segundo, acho que vai perder a coragem de dizer o que quer dizer.

Mas não perde.

— Posso lidar com meu pai namorando de novo. Abigail não estava errada. Ele não consegue cuidar de si mesmo. Nunca conseguiu.

Sinos de alerta estão disparando em minha mente.

Não gosto disso, mas conheço esses alertas.

Eles estão atingindo um ponto dentro de mim que não gosto de lembrar e não gosto que outras pessoas vejam. *Flint, cuide do seu pai. Eu não me sinto bem esta semana, e você sabe que ele não consegue cuidar de si mesmo.*

— Você vai ficar bem com ele por uma semana? — pergunto a June.

Ela revira os olhos.

— Ele é o meu pai.

— Essa é a resposta mais não resposta do mundo.

As sobrancelhas dela se juntam e ela franze o nariz, depois rapidamente deixa o rosto numa expressão neutra de novo.

Mas ainda está cutucando as unhas.

— Você não é obrigada a gostar dos seus pais, June.

— Isso é algo estranho para você dizer.

Eu me recosto na cadeira e dou de ombros.

— Fugi de casa quando tinha a sua idade porque meu pai era um babaca, minha mãe lutava contra a depressão e eu finalmente me dei conta de que alguém com dezesseis anos não deveria ser responsável por administrar uma casa com gente que nem me queria ali.

Ela pisca duas vezes para mim.

Continuo falando como se não estivesse com vontade de vomitar.

Ainda não é algo que seja fácil dizer em voz alta, mas, se eu devo a verdade a *uma criança*, é a esta aqui.

— Você pode se sentir como quiser sobre coisas que estão fora do seu controle — digo a ela —, e escolher seus pais está sempre fora do seu controle.

— Como você sabe? Como sabe que não existe, tipo, um berçário de almas no paraíso ou seja lá onde for, e você pode escolher os pais que quiser?

— Se existir, você devia saber que tem alguma coisa muito boa vindo por aí. Não os teria escolhido se não fosse assim, certo? — Ela me encara como se eu fosse um alienígena. — Olha, entendo toda essa coisa de *ah, pobre de mim* para receber compaixão de seus amigos. Sei que você não vê seu pai há meses. Sei que provavelmente está empolgada em vários sentidos. Mas sabe que, se não quiser ir, sua mãe vai brigar e arrastar metade do estado junto com ela para te dar o que você quiser, certo?

— Como você sabe disso?

A voz de Maisey soa em algum lugar no corredor, alegre e dizendo a uma criança para pegar um cookie. Olho para June enquanto os lábios dela formam uma linha reta e depois se levantam num sorriso relutante.

— Tem razão, eu estou enganado — digo, sem emoção. — Sua mãe odeia fazer qualquer coisa por você e está, sem dúvida, contando as horas até não ter mais que inventar desculpas para ficar perto de você. — É espantoso para mim que adolescentes ainda não tenham desenvolvido uma reação mais avançada do que um revirar de olhos. — Ei, sobre futebol…

—Também não vou pode jogar na primavera? — pergunta ela.

— Lamento muito mesmo que não tenha achado um jeito de deixar você ter mais tempo em campo neste outono. Você é boa e uma boa líder. Eu deveria ter feito um esforço maior para o revezamento.

Recebo um olhar feio de dúvida adolescente, seguido por uma mexida na mochila.

— Obrigada. Acho.

— Aproveite o feriado de Ação de Graças, June — digo, enquanto ela se dirige à porta.

— Você também, sr. Jackson.

Hã.

Vou contar como uma vitória.

Ela se esgueira entre os alunos do terceiro período começando a passar pela porta. Ouço Maisey chamar seu nome e não consigo me impedir de sorrir.

June vai entrar num avião amanhã logo cedo, e, uma vez que Maisey se recompuser, ela é toda minha.

Pela semana toda.

Não sei o que significa em longo prazo que eu esteja maluco por ela. Não sei como June vai reagir eventualmente, quando Maisey decidir que está na hora de contar a ela — o que, conhecendo Maisey, será mais cedo, em vez de mais tarde.

Não sei se não vou terminar com um coração gravemente partido.

Mas sei, sem sombra de dúvidas, que seria muito mais doloroso *não ver* Maisey esta semana do que seria me afastar e não a ter em minha vida, não importa o quanto possa doer depois.

Capítulo 30

MAISEY

*E*sta não é a primeira vez que coloco Junie num voo sozinha, mas é a primeira vez que não pude passar com ela pela segurança e lhe fazer companhia até o minuto de ela embarcar no avião.

Junie está com dezesseis anos agora; idade suficiente para ser tratada como adulta pelas linhas aéreas.

Eu, em contrapartida, não sou velha demais para sentar em minha picape no estacionamento e soluçar enquanto mantenho vigília e espero o avião levantar voo.

E, sim, há cookies envolvidos.

Tantos, tantos cookies...

Meu telefone toca quando estou enfiando mais um na boca e quase aperto o botão para *ignorar* a chamada, e aí percebo que é da prisão.

— Aaauoô? — soluço ao telefone.

Migalhas de biscoito caem da minha boca para o colo.

Droga.

Preciso mandar limpar a picape agora, antes que Earl sinta o cheiro e venha se servir do que restou.

— Feliz dia de Ação de Graças para você também — diz minha mãe, sarcástica. — O seu vigia também te mandou pra lavanderia?

— Junie... Voando... Dean... *Triiiiiiste*. — Estendo a última palavra em outro soluço.

— Ounnn, Maisey, docinho. Meu anjo. Vai ficar tudo bem. O que você precisa fazer é se jogar enquanto ela estiver fora, e daí vai se esquecer até que é Ação de Graças. Enquanto sua mãe está na cadeia e você pode desfrutar de torta de abóbora. Tem a minha receita? Sabe que mais ninguém chega nem perto daquela perfeição.

Fungo algumas vezes. Respiro fundo. Digo a mim mesma que estou bem. Junie estará de volta em breve, não está me trocando por Dean para sempre, e *tenho* planos fantásticos para esta semana.

— Você faz a receita que vem na lata de abóbora.

— Mas coloco *magia* na receita.

— Mãe.

— Ah, é verdade. Você consegue queimar até água. Provavelmente não tem a magia nos seus genes. Ela pula uma geração. Acha que Junie vai fazer torta para Dean e a rameira dele?

— *Mãe*. Nós *não vamos* chamá-la disso.

— Por que não?

— Porque não era *ela* quem estava *casada* quando eles começaram a dormir juntos.

— Mas ela sabia que ele era casado. E ele é homem. Eles não conseguem...

— Juro por Deus, vou desligar na sua cara e só falo com você de novo no ano que vem se completar essa frase.

— Não está mais chorando, está?

Tiro o telefone da orelha e olho, boquiaberta.

— Você é a pior.

— E a melhor — diz ela, muito alegre.

Meu celular apita, então coloco minha mãe no viva-voz enquanto confiro o que está acontecendo.

Fico com os olhos lacrimejando de novo.

— Junie diz que estão fechando a porta de embarque e ela vai me avisar quando chegar na Flórida.

Isso mesmo, *Flórida*.

Dean e os pais dele resolveram que Junie merecia uma folga numa praia quente para o dia de Ação de Graças, então alugaram um apartamento numa praia na *Flórida*. Onde não há ursos. Onde faz calor. Onde há praia. Nada de vacas mortas. E onde provavelmente a deixariam entrar no time de futebol, mesmo que ela estivesse atrasada para os testes.

— Ela nunca mais vai voltar, né? — sussurro.

— Junie é uma garota esperta. Não pode ser influenciada por idas à praia e pilhas de presentes de Natal antecipados.

— Ai, Deus. Ela vai ser influenciada pela praia e pelos presentes. Ela bufa.

— Não vai, não.

— E se ela estiver sofrendo? Ela não é burra. Notou que Dean só liga uma vez a cada quatro vezes que diz que vai ligar. Está ficando cansada das desculpas. E ele diz que isso é para lhe compensar, mas e se ela estiver secretamente ressentida e não estiver se sentindo bem, e sim uma merda?

— É só uma semana. Ela é uma garota forte. Vai encontrar seu caminho. Eu já te contei que um dos guardas estava me lançando olhares na semana passada?

Nem finjo que estou aborrecida com a ideia de minha mãe flertando com um guarda na prisão. Estou grata demais pela distração que ela oferece.

E não me diga que ela não sabia que devia ligar *neste instante.*

Ela provavelmente mexeu seus pauzinhos na cadeia para mudar o horário da ligação. Porque esse é exatamente o tipo de coisa que minha mãe faria.

Ela está lá comigo enquanto fito a pista de decolagem conforme o avião que sei ser o de Junie finalmente decola e conversa comigo enquanto eu começo a viagem de volta para casa, sem me alertar que está prestes a cortar a ligação, como sempre, o que acontece cerca de cinco minutos após o início da minha viagem de uma hora.

Paro em Hell's Bells para pegar um sanduíche na delicatéssen e sorrir para a foto de tio Tony e eu ainda pendurada na parede. Queria que Junie tivesse lembranças dele, mas ela está se instalando no lar que ele nos deixou, então tenho que me satisfazer com isso.

— Você tá bem, Maisey? — pergunta Izzy, a dona da loja, enquanto me entrega o sanduíche.

Meus olhos estão ressecados e doloridos, e provavelmente estou com uma aparência péssima, mas assinto.

— Acabei de levar Junie ao aeroporto — murmuro.

Se eu falar mais alto, vou chorar de novo.

Ela concorda uma vez, pega três cookies com gotas de chocolate e os joga na minha sacola, dando tapinhas em meu ombro do outro lado do balcão.

— Ligue se precisar de alguma coisa.

Eu pisco, concordo e disparo para a porta, antes que uma gentileza simples piore ainda mais a situação.

Entretanto, quando chego em casa, não é melhor.

Tem uma cesta de delícias na soleira da porta.

E ela contém *todos* os meus preferidos. KitKat. Canudos azedinhos mastigáveis. Oreo. Copinhos de manteiga de amendoim. Um pacote de miniovos de Páscoa totalmente fora de época. Latas de kombucha alcoólica e uma garrafa do meu vinho tinto favorito. Velas. Sais de banho. Hidratante corporal. E um rolo de balas mastigáveis.

No meio, há um cartão preso com uma mensagem curta numa caligrafia masculina e arrojada.

Para ajudar se você estiver triste. Ligue se precisar de mim.

São sete dias.

Sete dias em que eu deveria estar muito empolgada por não ter nenhuma outra responsabilidade além de fazer o que eu quiser para me deixar feliz, e sei *exatamente* o que quero fazer para ficar feliz.

Mas estou uma bagunça.

Eu afundo no degrau da entrada, escrutino a leve cobertura de neve no chão e, subindo a colina, fecho o zíper da minha jaqueta e mergulho na cesta.

É assim que Flint me encontra, quinze minutos depois.

Sentada em meu alpendre, cesta no colo, meu sanduíche intacto ao meu lado e o estômago começando a doer por causa dos cookies no aeroporto, somados a KitKat e kombucha.

— Estou com saudades do meu neném — solto e, então, para meu horror total, começo a chorar.

Ele indica a porta da frente com o queixo.

— Ela tem acesso àquilo pelo celular?

— Por que ela controlaria a porta com o celular? — soluço.

— A campainha, Maisey. Aquela campainha com vídeo que você instalou semana passada. Ela pode ver quem entra e sai pelo celular?

— Ah. Não. A menos que... merda. A menos que ela tenha roubado minha senha. — Ele arqueia as sobrancelhas. — Não — digo, mais firme. — As senhas da conta bancária, sim. Mas não da câmera da campainha.

Ele fecha os olhos com força, depois sorri e se junta a mim no alpendre. Não está com um casaco — apenas calça jeans, botas e uma camisa grande de flanela — e me pergunto se ele está com frio.

— Ela se preocupa com você — diz Flint.

Enxugo os olhos e juro que esta é a última vez. Ela vai ficar bem.

— Esse não é o trabalho dela. É *meu* trabalho me preocupar com *ela*.

— E você está se saindo muito bem.

Ele passa um braço em torno de meu ombro e sinto algo que nunca senti quando me preocupava com ela enquanto estava na estrada com Dean.

Compaixão verdadeira.
Conforto.
Compreensão.
Paciência.

Não há nenhum *engole o choro, Maisey. Nossos pais nos criaram, eles dão conta da nossa filha.*

Não que Flint fosse usar a mesma fala de Dean, mas poderia expressar o mesmo sentimento.

E ela não está passando algumas semanas com seus avós enquanto o pai dela e eu estamos na estrada desta vez. Desta vez, ela vai passar uma semana com os avós, o pai e a namorada dele, e todos vão fingir que eu sou a grande vilã por mantê-la longe deles.

— Não quero ser a vilã — confesso, enquanto me aproximo do calor dele.

— Para ela ou para os outros?

— Para ela.

— Ela sabe que você não é a vilã.

— Você só está dizendo isso para me comer.

Ele bufa, achando graça.

— Está funcionando? — pergunta ele, irônico.

— Evidentemente. Não viu que já comecei a tirar a roupa? — Suspiro e apoio a cabeça nas mãos. — Olha, estou um desastre total. Talvez... talvez você possa voltar daqui a algumas horas?

— Não. Vamos, Maisey. Para dentro. Hora de assistir a seu filme preferido e esperar Junie ligar e dizer que aterrissou.

— Você a chamou de Junie.

— Todos os amigos dela a chamam assim quando você não está por perto, apesar de ela pedir para nós, professores, que a chamemos de June.

Não sei por que isso me quebra outra vez, mas é o que ocorre. Flint me coloca de pé, me puxa para dentro de casa e então me manda para o sofá em frente à lareira, com a televisão acima dela. Ele desaparece por um instante, mas volta com a cesta de gostosuras do alpendre.

— Super-heróis, carros velozes, ficção científica e alienígenas, comédias românticas ou a festa dos heterotops? — pergunta enquanto pega o controle remoto.

— Você não precisa...

— Tem um filme absolutamente horrendo a que assisti uma vez quando era pequeno. *Uma estreia divertida.* Já ouviu falar?

— Não.

— É melhor corrigirmos isso, então. Se eu vou continuar por perto, não posso ter uma lembrança de um filme horrível que não divida com você.

Aí está de novo.

Calidez.

Paciência.

E isso faz este lugar parecer *um lar.*

Não apenas um lar. Mas o lar que eu sempre quis.

A única coisa que falta é Junie.

Ele se ajeita no sofá perto de mim e aponta o controle remoto para a TV mais uma vez.

Não é *Uma estreia divertida*.
É *A princesa prometida*.
Olho para ele, sem dizer nada.
— Diga para algum dos meus alunos que eu gosto deste filme e vou deixar camundongos entrarem na sua casa — murmura ele.
— Não vai, não.
Os lábios dele se curvam para cima sob a barba.
— Mas vou querer.
Pressiono um beijo no rosto de Flint, depois me aninho junto dele enquanto rolam os créditos de abertura.
— Obrigada — sussurro.
Ele me abraça mais apertado.
— Vale a pena.

Capítulo 31

FLINT

Por volta da hora do jantar, June manda uma mensagem de texto avisando que chegou à Flórida e está segura com seus avós.

Maisey fecha a cara para o celular.

— Está de brincadeira comigo? Dean não se deu ao trabalho nem de ir buscá-la? Só porque quero ser a preferida dela não significa que desejo que se sinta como se só tivesse a mim.

Passo os dedos pelo cabelo dela.

— Ela será uma adulta muito criteriosa em se tratando de quem confiar quando crescer.

Isso me vale um olhar para o qual não estou preparado.

— É isso o que você é?

— Está com fome? Posso cozinhar.

Ela imita uma galinha bem baixinho.

É o som mais engraçado, fofinho e inesperado que já fez, e caio na risada.

Ela se recosta no sofá e sorri.

— Um ponto para mim…

— Eu te dou três — respondo, ainda rindo.

— Três… pontos? — Ela levanta e abaixa as sobrancelhas.

Meu pau fica duro em um instante.

— É isso o que você quer? Pontos?

O nariz dela se franze como se ela estivesse concentrada pensando, mas aqueles olhos… eles cintilam com travessura e diversão.

Não é o máximo de travessura e diversão que já vi no rosto dela, mas é o bastante.

— Está oferecendo três de alguma outra coisa? — pergunta ela.

— Suponho que isso dependa do que seria essa *outra coisa*. Eu tenho meus padrões. E limites.

— Então você não me daria três imitações de seus colegas de trabalho?

Aquele sorriso.

Aquele sorriso é totalmente irresistível, e tenho vontade de beijá-lo.

Eu me debruço próximo a ela.

— Só faço minhas imitações a quem preciso mandar para longe.

— São tão ruins assim?

Os olhos dela dançam quando se abaixam rapidamente para minha boca.

— São terríveis.

Roço meus lábios nos dela, de leve, esfregando de um lado para o outro, provocando, mas sem aprofundar o beijo.

Ela afaga meu rosto e a barba, seus olhos se fechando.

— Isso não é terrível — murmura contra meus lábios.

— Pode ficar melhor.

Ela estremece.

— Eu sei.

Contudo, em vez de se aproximar para me beijar, ela subitamente se levanta num pulo.

— Ah! Eu me esqueci. Mas não, não esqueci. Não esqueci. Só... temporariamente. Fique. Bem aí.

— Eu...

— *Fique* — repete ela, enquanto corre para a porta de entrada e enfia os pés nas botas.

Começo a me levantar.

Ela estala os dedos e aponta para eu voltar ao sofá.

— Você pode, *por favor*, deixar outra pessoa fazer alguma coisa por você e confiar que será algo bom?

E lá se vai minha fantasia com a bibliotecária safada de novo.

— Você pelada é algo bom.

Ela ruboriza.

Ruboriza de verdade.

E, porra, se isso *também* não é excitante.

— Estarei pelada em breve. Mas não quero me esquecer disto. Dois segundos, tá?

Ela dispara pela porta antes que eu possa responder, vestindo o casaco enquanto sai, e assisto pela janela lateral enquanto Maisey dá a volta na casa correndo.

Balanço o pé.

Meu pau está dolorido.

Ela precisava assistir a um filme, ter notícias de June e que eu *não* fosse um tarado, mas *eu quero*.

Jesus, como a quero.

E está fora há mais de dois segundos.

Mais de um minuto...

Mais de dois minutos...

Tá.

Estou cronometrando.

E, quando dá três minutos, estou prestes a ignorar as ordens dela e saltar de meu lugar para a seguir quando ouço a porta dos fundos abrir.

— Você ainda está sentado? — pergunta ela.

— Contra minha vontade — respondo.

— Bom menino.

Eu encaro o corredor.

E daí caio na risada.

Estar com Maisey é como estar com uma de minhas melhores amigas, só que melhor.

Não apenas porque o sexo com ela é incrível e quero mais, mas também porque vejo muito de mim nela.

O modo como ela enxerga o mundo. As coisas que faz por aqueles a quem ama. Como teme que isso nunca será o bastante e como vai muito além para apoiar todo mundo ao seu redor. Suas esperanças por June. Sua missão para si mesma. Seus temores de que ela nunca será suficiente.

Ela me entende e, com ela, eu não me sinto tão sozinho.

Ou tão quebrado.

Algo faz barulho na cozinha.

— Não ouse se mexer — grita ela. — Eu me viro. Está tudo bem.

— Já te disse o quanto gosto do fato de você não ser a melhor na cozinha? — respondo. — Você é imbatível em todo o resto. Gosto que tenha um ponto fraco.

— Eu tenho muitos, muitos, muitos pontos fracos mesmo. — Algo retine. Depois outra coisa. E então ouço um guincho que não ouvia há mais ou menos um ano e meio, e ele me deixa paralisado.

O guincho fica mais alto até que o antigo carrinho de jantar de Tony, aquele com os puxadores de ouro falso e a rodinha imprevisível, fica à vista uma fração de segundo antes de Maisey.

E, quando me dou conta do que está na bandeja, minhas entranhas se contraem.

Não era para ela saber.

— Sem caras bravas — informa ela. — Na cidade, você pode escapar com um *não é nada demais*, mas aqui, nesta casa, nós celebramos o que torna as pessoas fabulosas. E você, Flint Jackson, é *fabuloso*. Então... Temos bolo de sorvete. Torta de cereja... E sim, foi Regina quem fez... E um pacote de tortinhas de creme de aveia da Little Debbie.

Eu a encaro, boquiaberto.

— Eu não...

Ela pigarreia e me interrompe.

— Também tenho cartões de basicamente todo mundo que já conheci na cidade, mas não se preocupe. Eles acham que comecei um projeto com os Dez Residentes Mais Incríveis de Hell's Bells, então ninguém sabe que isso foi só para que você, e apenas você, se sentisse apreciado e valorizado num dia que, por acaso, você odeia.

Tenho que piscar para afastar o ardor nos olhos e pigarrear algumas vezes antes de conseguir falar.

— Alguém te contou que é meu aniversário.

— Aniversários, *beh*! Não passam de dias que, às vezes, vêm com um monte de lembranças ruins. *Esta* é uma celebração das Dez Melhores Pessoas de Toda Hell's Bells. É um negócio que existe, real oficial. E, como fui eu que criei, sou eu quem escolhe os vencedores.

Há uma dor em meu peito, mas não é exatamente dor.

Não é remorso.

Não são lembranças antigas.
Acho que isso é gratidão.
Pertencimento.
Respeito.
Apreciação.
Acho que essa deve ser a sensação de se apaixonar.

— Você inventou toda uma premiação só para poder me dar um presente de aniversário sem ser de aniversário? — forço-me a perguntar.

Ela sorri para mim enquanto puxa um cesto da prateleira de baixo do carrinho e me entrega.

— Você faz tanto por todo mundo aqui na cidade. Merece se sentir apreciado também.

— Você dorme? — Eu deveria dizer *obrigado*, mas estou apavorado que vou chorar se o fizer.

Ela desliza de volta ao sofá do meu lado, dobrando as pernas por baixo do corpo e descansando-as na minha coxa, junto do cesto, apoiando o cotovelo no encosto do sofá e a cabeça na mão enquanto me observa.

— De vez em quando. E você?

— Não o bastante.

Ela enfia a mão no cesto e pega o primeiro envelope. Ao contrário dos outros, que são todos envelopes coloridos daqueles que acompanham cartões, este é branco e liso, do tamanho certo para uma carta.

— Sobre este aqui... — diz ela, lentamente.

— Aviso de despejo? — Estou tentando desesperadamente inserir leveza.

Eu *preciso* manter a leveza.

Senão, talvez diga a esta mulher que eu a amo, e não estou preparado.

Não estou.

Ela balança a cabeça.

— Junie meio que me fez perceber outro dia uma coisa, e eu me dei conta de que estava alocando recursos para algo que não cabia a mim resolver quando deveria alocá-los para algo que traria muito mais alegria a alguém muito importante para mim.

Eu estudo o envelope. O cesto cheio de cartões. Minhas sobremesas preferidas, tudo arrumado num carrinho de jantar antigo que Tony usava para servir petiscos durante o Super Bowl ou para degustarmos seus uísques favoritos.

— Maisey, eu acho que não...

— Sem contrapartidas — interrompe ela. — Tudo isso, sem contrapartidas. Você esteve ao meu lado, apoiando Junie e eu desde o momento em que chegamos. Esteve ao lado do tio Tony, e tenho tantos e-mails dele, embora nem de longe o bastante, falando sobre as coisas que vocês dois faziam juntos. Todo mundo na cidade te adora. Seus alunos te adoram. E sei que você vive por aquilo que faz por outras pessoas, mas também merece as coisas. Então dei um telefonema e agora o rancho tem seguro contra acidentes. Pode trazer quem quiser para cá, para fazer o que quiser. Estou coberta. Não posso trazer o tio Tony de volta, mas isso posso fazer. Ele desejaria que eu o fizesse. Mas, mais do que isso, *quero fazer*. Por você. E não significa que *espero* que você traga crianças aqui para o rancho. Só quero que saiba que, *caso queira*, se isso te faz feliz, o rancho está à sua disposição para usar como achar melhor.

As palavras não vêm. Estão soterradas sob uma avalanche de emoções.

Gratidão.

Avassalamento.

Pesar por mim mesmo, por todas as vezes que senti que não era bom o bastante.

Uma consciência crescente de que, assim como Maisey é mais do que suficiente, mas não se sente assim, eu também sou.

Que sou digno de vir em primeiro lugar, às vezes.

— Você... — começo, mas minha garganta está embargada demais para palavras.

Portanto, em vez disso, faço a única coisa que sei fazer e que é melhor do que palavras.

Coloco o cesto de lado, puxo-a para meu colo e a beijo até que nenhum de nós consiga respirar.

Capítulo 32

MAISEY

Sinto saudade de Junie, mas a semana de Ação de Graças não é ruim.

Se Flint e eu não estamos na cama juntos ou fora em um dos poucos outros compromissos que temos esta semana, estamos caminhando pelo rancho juntos enquanto conto a ele mais sobre o que gostaria de fazer com o terreno, e ele oferece sugestões complementares que só deixam tudo melhor, além de me mostrar os trabalhos que deu para alguns de seus estudantes do ensino médio fazerem aqui ao longo dos anos e me contar mais histórias sobre Tony, Gingersnap e seus alunos.

Assistimos a filmes. Cozinhamos juntos. Pico vegetais e meço ingredientes, mesmo que não tenha a paciência ou a habilidade de fazer o restante da receita como ele.

Até passamos toda uma noite jogando strip-quebra-cabeça.

É como strip-pôquer, só que, quando um de nós encontra a peça exata que os dois estavam procurando, escolhemos qual peça de roupa o outro tem que tirar.

O quebra-cabeça não, *há*, vai até o fim.

Gradualmente, relaxo sobre Junie estar fora. Ela manda mensagens de texto algumas vezes por dia, com frequência com um emoji revirando os olhos para alguma atividade planejada com a família, mas, no geral, parece bem. Ela me diz que o tempo na Flórida é incrível, que seus avós a estão mimando, que seu pai não lhe permitiu usar um biquíni e a está pressionando muito para treinar direção.

Tudo parece normal.

E sinto falta dela, mas também gosto desta oportunidade para poder conhecer Flint melhor, sem pressão.

Nós dois nos evitamos na cidade. Recebo olhares maliciosos de minhas amigas da APM, que sugerem que pareço estar sendo bem comida, então me empenho para conversar sobre o quanto adoro os suprimentos de tratamento facial e de spa que apanhei no apotecário local, e uso minhas botas enlameadas na cidade também.

Trabalhando muito e tirando um tempo para me mimar enquanto minha filha está fora é a mensagem que estou tentando passar.

Charlotte me deixa em paz com isso durante o jantar de Ação de Graças em sua casa.

Flint está jantando com Opal, a quem visitei para um corte de cabelo alguns dias atrás e que não disse uma palavra sobre o que ando aprontando com ele.

No minuto em que entro na estradinha de casa após o jantar de Ação de Graças, porém, e vejo a picape de Flint perto da casa dele, eu alegremente estaciono ao lado.

Ele me encontra na porta da frente.

— Está sozinho? — cochicho.

Ele me responde com um beijo de queimar a alma, arrasta-me para dentro, bate a porta e então tira minha roupa, banqueteando-se comigo como se eu fosse a sobremesa de Ação de Graças pela qual ele vinha esperando.

Esta não é a semana de Ação de Graças.

É a semana de Ação Orgásmica.

E é incrível.

Estamos deitados na cama juntos nas primeiras horas da madrugada, cansados, mas muito, muito satisfeitos fisicamente; os batimentos cardíacos dele fortes sob meu ouvido, meus dedos brincando com os pelos no peito dele, os dedos de Flint afagando meu cabelo, quando não consigo mais conter a insegurança que ainda perdura.

— Você vai me largar depois desta semana? — murmuro.

Ele trava.

— Você acha que eu te largaria?

— Estamos... escondidos. E quando Junie voltar...

De súbito, ele me vira de barriga para cima e, um instante depois, o abajur é aceso. Ele assoma sobre mim, o rosto a centímetros do meu, seu corpo cobrindo o meu por completo, e rosna.

— Eu *não* vou te deixar.

— Então como...

— *Não* tenho vergonha de ser visto com você. E não *quero* me esconder com você.

— Tá bem.

— Isso não soou como um *tá bem* de verdade.

Suspiro e esfrego as mãos no rosto.

— Não sei o que Junie vai pensar, mas sei que tenho que discutir isso com ela. Não tenho como *não* fazer isso.

— Então iremos devagar. — Ele afasta uma mecha de cabelo da minha testa. — Quer que eu peça permissão para namorar a mãe dela?

— O time de futebol...

— Se alguém tiver a coragem de sugerir que eu daria tratamento preferencial a ela depois do que a fiz passar neste outono, essa pessoa pode ir se foder.

Sinto um sorriso brotando.

— Você é meio que adorável quando vira um homem das cavernas.

— Homens das cavernas não são adoráveis.

— E, no entanto, olha você aqui, sendo um homem das cavernas e sendo adorável...

— Está desviando do assunto.

— Passe você dezessete anos casado com alguém que não te dá valor, os últimos seis negligenciando sua filha, mude-se para o outro lado do país, fique obcecado com o seu vizinho rabugento, mas adorável, que tem problemas com compromisso, e me diga se também não iria querer desviar do assunto.

Ele me analisa sob o brilho suave do abajur.

— Eu gosto de você, Maisey Spencer — diz ele, baixinho. — Gosto de você o suficiente para dizer isso, o que já é mais do que admiti para qualquer mulher em anos.

— Também gosto de você — murmuro. — E é assustador. E não sei o que Junie vai pensar.

Ele beija minha testa.

— Então pergunte a ela.

— Coloquei as necessidades de um homem acima das dela por *anos*. Mais anos do que me restam antes de ela partir para a faculdade.

— Não sou Dean.

Solto uma risada.

— Estou *bem ciente*. Você fez mais por minha filha do que o próprio pai dela, ultimamente. Mas isso não quer dizer que ela veja as coisas assim.

Ele se ajeita na cama, metade do corpo ainda apoiada em mim, e beija meu ombro.

— Tony falava de você como se você fosse de outro planeta. Eu não entendia por que ele se dava a esse trabalho, já que sempre me dizia que você tinha a própria vida, tinha coisas melhores para fazer do que visitar um velho feito ele. Mas agora entendo. Você é uma estrela, Maisey. Não uma estrela de TV. Uma estrela celestial, brilhando forte, levando esperança e inspiração para onde vai. Você diz que negligenciou June nos últimos seis anos. Mas será que negligenciou mesmo? Ligou para ela todos os dias enquanto estava fora? Você lhe enviou coisas que te lembraram dela quando estava na estrada?

— Claro que sim, mas isso é absolutamente o *mínimo* do que um pai ou uma mãe deveria...

— Dean fazia isso?

— Eu fazia por nós dois.

Ele não responde de imediato.

E sei por quê.

Está me deixando pensar no fato de que Junie vai se lembrar desses detalhes. Ela vai saber que fiz o melhor que pude com as escolhas que fiz.

— Três anos atrás, quando voltamos depois de terminar a temporada e ficamos dois meses inteiros em casa, recusei toda oferta de trabalho que nos surgiu. Dean ficou muito puto comigo, mas, naquele verão, levei Junie para todo lado. Fomos para a piscina. Fomos para três parques de diversão diferentes. Eu fiz Dean tirar uma folga e fomos para a praia. Fizemos compras. Fofocamos. Comemos sorvete demais. Fiz isso tudo por culpa, e não faço ideia se ela gostou ou não; nem sei se ela se lembra. Só sei que nunca pareceu o bastante. Eu me sinto como se estivesse finalmente num ponto em que sei que estou dando o bastante para ela, e é difícil e exaustivo, mas *vale muito a pena*, e não quero voltar atrás.

— Ouvi um boato de que há pessoas que começam a namorar mães solo e se dão bem com os filhos delas porque sabem que estão levando um combo fechado.

— Estou ouvindo o que você diz e quero acreditar. E isso é o melhor que posso fazer por hoje.

— Eu aceito.

Viro meu pescoço para poder o encarar.

— Sério? É isso? Você aceita?

— Não tem pressa, Maisey. Não podemos fazer as contas se você não ler o problema inteiro, e não dá para agitar uma varinha e fazer as emoções de alguém desaparecerem. Se desse, meu trabalho seria muito mais simples.

— Você gosta do seu trabalho.

— Amo.

— Com hormônios adolescentes e tudo o mais?

— Eles são um enigma. Cada um deles. Se saírem da minha sala de aula mais felizes e confiantes, mesmo que não consigam fazer contas nem para salvar a própria vida, então fiz o meu trabalho.

Eu o encaro.

Ele me dá um sorriso preguiçoso.

Sei o que aquele sorriso quer dizer. Quer dizer *e sim, Maisey, estou trabalhando para fazer com que veja a boa pessoa que você também é.*

— Quem te diz com regularidade que *você* é uma pessoa muito boa? — pergunto a ele.

— Eu mesmo.

Uma risada inesperada me escapa em ondas.

Seu sorriso se suaviza enquanto Flint volta a afagar meu cabelo.

— Pelo visto, tem uma mulher em minha vida que está resolvida e determinada a me dizer isso também. Mas o engraçado é que... quanto mais ela me diz que sou bom, mais quero ser ainda melhor.

— Humm... Tenho algo em que acho que você talvez seja melhor.

— Tem, é?

Deslizo minha mão pelo peito dele, sorvendo a vista. A tatuagem de lobo em um bíceps. O desenho geométrico no outro. Os pelos cobrindo seu peito largo, afunilando-se até sua barriga chapada e seu umbigo.

Minha mão desce mais, e mais um pouco. Até estar segurando seu membro duro e acariciando-o com o punho fechado em torno dele.

— Tenho. E começa *bem aqui*.

— Você vai me matar, mulher.

— De nada.

Ele me ataca outra vez.

Eu rio, mas não por muito tempo.

Porque, quando Flint me beija, me toca e me faz ofegar e gemer, ele me leva a um ponto ainda melhor do que o riso.

Capítulo 33

FLINT

Estou dormindo feliz na sexta de manhã, vagamente ciente de que o sol está aparecendo por entre a cortina xadrez azul que Opal insistiu em colocar aqui quando me mudei, debaixo da colcha enorme que foi presente de um aluno em meu primeiro ano dando aulas, sendo a conchinha para o corpo exuberante e quente de Maisey, quando ela se senta num pulo, ofegante.

— Meu telefone.

— Está aqui — resmungo. Apalpo minha mesa de cabeceira do lado oposto ao dela, encontro o celular e entrego para ela. — Por quê?

— Este é o *seu* celular.

— Oi?

Ela suspira.

— Volte a dormir, tonto.

O colchão chacoalha enquanto ela sai da cama. Eu observo com olhos semicerrados, desfrutando a vista de uma Maisey nua se movendo pelo meu quarto, mas não gostando muito de vê-la vestir a legging e a blusa de moletom.

— Acho que deixei o telefone na minha picape quando cheguei aqui ontem à noite. Já volto.

— É melhor mesmo — digo, bocejando.

Minha coisa favorita em Maisey?

Ela não se segura. Não faz joguinhos. Diz o que está sentindo. Ela me diz o que quer. Não tem medo de falar sobre suas inseguranças e o que vê como seus defeitos, e não tem medo do trabalho que dá para conseguir o que quer e o que precisa.

Tá, são muitas coisas favoritas.

Mas todas são verdade.

Meu estômago ronca, então me forço a sair da cama, vasculho a cômoda por uma calça de pijama enquanto Maisey procura o celular pela sala de estar e pela cozinha.

— Eu vou lá fora rapidinho — diz ela, quando saio do quarto. — Acho mesmo que deixei o telefone na caminhonete.

— Estarei aqui para te esquentar. O café já vai sair.

Ela sorri por cima do ombro, o cabelo um desastre, as bochechas rosadas e os lábios marcados por minha barba por fazer, e corre para fora de casa. Eu bocejo enquanto me dou conta de que deveria ter me oferecido para buscar o telefone na picape para ela, mas agora é tarde.

Além disso, outra coisa de que gosto em Maisey?

Ela me diria que eu já faço o bastante para os outros e que ela pode fazer isso por conta própria.

Então começo a fazer o café.

Acabo de apertar o botão para ligar a cafeteira quando ouço um ruído estrangulado que me desperta mais rápido do que a cafeína conseguiria. Estou porta afora antes de registrar que estou descalço, mas a neve e a temperatura abaixo de congelante não me incomodam.

Não depois de uma olhada no rosto de Maisey.

— O quê? — Paro no cascalho congelante da estradinha bem ao lado dela. — O que foi?

Ela ofega em busca de ar enquanto leva o celular à orelha.

— Junie sumiu.

— *O quê?*

— *Shh.*

A voz de June soa pelo telefone. Não consigo ouvir as palavras, mas posso ouvir o tom, e é um soco no estômago.

Ela está chorando.

Não, está *soluçando*.

Maisey está piscando rapidamente, o queixo trêmulo, enquanto escuta.

— Aquele *cuzão* dos infernos — dispara ela.

Coloco a mão em torno de seu cotovelo, empenhando-me em chegar perto o bastante para ouvir as palavras de June. Meu coração está na garganta, e não posso nem imaginar o que Maisey está sentindo agora.

Ela tira o telefone da orelha, olha para ele e fica pálida.

— Maisey?

— Ela foi para o aeroporto ontem à meia-noite — murmura ela. — Meia-noite. São... são dez da manhã lá agora, meu cartão de crédito foi recusado quando ela tentou comprar uma passagem aérea, Dean não consegue encontrá-la, o telefone dela está indo direto para a caixa postal e... *e minha neném sumiu.* — Meu estômago se revira. — Ela precisou de mim e está desaparecida — sussurra Maisey. — Tenho que ir. Preciso encontrá-la.

— Deixe eu ajudar...

Ela não responde. Está discando um número no telefone, subindo em sua picape enquanto disca.

— Onde. *Caralhos.* Está a minha filha? — pergunta ela, antes de fechar a porta com tudo.

Ela puxa o cinto de segurança até encaixar, aperta o botão para ligar a picape e nada acontece.

Claro que nada acontece.

A bolsa dela está lá dentro de casa.

June está desaparecida e Maisey não consegue ligar a picape. Eu me viro para entrar em casa, pretendendo botar sapatos e uma camisa e ir com ela, mas, antes que eu tenha terminado de dar meia-volta, Maisey já pulou da caminhonete e passa correndo por mim na direção da porta.

— Não, Dean, ela não está sendo *mimada.* Você está sendo um cuzão. Não liga quando diz que vai ligar, cancela viagens de fim de semana para vir visitá-la, quando manda um e-mail é cheio de *olha só os lugares legais em que estou e você não está*, e agora você a leva para a Flórida, intimida-a para dirigir quando *sabe que ela tem pavor disso*, e, para completar, diz a ela que vai *se casar e ter a porra de um bebê* com a mulher com quem estava me traindo, e acha que a nossa filha negligenciada deveria ficar *feliz* com isso? Você tem exatamente cinquenta e oito minutos para me ligar e avisar que a encontrou antes que eu embarque num avião para ir até aí te moer na pancada...

O resto da frase dela se perde quando a porta da entrada bate após sua passagem.

Ela torna a abrir quase no mesmo instante e marcha para fora com a bolsa na mão.

— *Não, eu não vou me acalmar, seu desgraçado do caralho!* Você perdeu a minha filha. *Você perdeu a minha filha!*

— Maisey... — começo.

— Obrigada, eu dou conta — diz ela para mim.

— Eu posso ajudar... — Tento novamente.

— É, Dean, é um homem, sim — fala ela ao telefone. — Um homem *com quem eu não estou casando*, um homem *de quem eu não estou carregando um filho* e um homem *que faz coisas pela nossa filha*, ao contrário de você, então pode tomar no meio do olho...

Ela fecha a porta da picape de novo, ainda gritando.

Eu me pergunto se esta é a primeira vez que ela está soltando tudo.

Mas não me pergunto como planeja chegar ao aeroporto e embarcar num avião em cinquenta e oito minutos.

No entanto, sei que não se pode duvidar de uma mãe numa missão.

Ela joga o celular e ouço o câmbio da picape engatar, mas, antes que pise no acelerador, Maisey olha para baixo e desmorona.

A cabeça vai para o volante.

O câmbio volta para o ponto morto.

E ela desmorona.

Cautelosamente, estendo a mão para a porta e a abro, fazendo o melhor para não deixar que veja que estou com o coração na garganta e apavorado por ela. Maisey precisa de calma.

Precisa de confiança.

Precisa acreditar.

Caralho.

Eu preciso disso tudo também.

— Maisey?

— O tanque está vazio — soluça ela. — Eu não posso...

— Vamos. Deixe eu pegar minha camisa e café para nós dois. Eu a levo.

— Flint, não posso...

— Você é Maisey Spencer, caralho. Pode fazer qualquer coisa que quiser. E, neste momento, pode me deixar te levar até o aeroporto enquanto faz algumas ligações, tá bem?

Os olhos dela encontram os meus, e Maisey não precisa dizer o que está pensando.

Eu sei.

Não dá para conhecê-la e não saber.

Eu não estava lá quando June precisou de mim porque estava me divertindo com você.

E, enquanto ela está passando por sua crise de culpa, percebo o que fiz.

Contei a June que fugi de casa quando tinha a idade dela.

Eu contei a ela, caralho.

Será que isso marcou June? Será que ela se lembrou? Será que isso a inspirou?

Será que ela está bem?

Meu estômago se aperta. O peito também. Meus olhos esquentam, mas me viro e entro em casa antes que Maisey possa ver.

Não posso contar para ela que é possível que isso seja minha culpa.

Não posso.

O mais importante é encontrar June.

— Já volto — repito, olhando por cima do ombro. — *Não faça* ligação direta na minha picape. Cinco minutos. Eu compenso na estrada.

— Não posso ir vestida assim — murmura ela. — As pessoas vão achar que eu estou maluca.

— Volto já, tá? Só... só espere.

Eu pego café para nós dois e cato as roupas que Maisey estava usando ontem. Quando volto lá para fora, de calça, camisa, sapatos e uma jaqueta, ela está encolhida junto da porta do passageiro da minha picape. Faz contato visual por tempo suficiente para reconhecer que estou ali.

— Meu celular está quase sem bateria também — ela diz, olhando para a porta. — O frio... A bateria... Ela...

Ela se interrompe enquanto franze os lábios e se cala, como se isso fosse tudo de que precisasse para se recompor.

Destranco a porta, ajudo-a a entrar, entrego o copo de café e me estico para o outro lado para pegar o cabo do carregador que mantenho a postos aqui dentro.

— Obrigada — ela murmura.

Aperto o antebraço dela, fecho a porta e dou a volta na picape para subir ao banco do motorista.

Ambos estamos cheirando exatamente ao que fizemos esta noite, e sinto remorso. Não por um minuto sequer com Maisey, mas por poder sentir enquanto ela impõe distância entre nós.

E não a culpo.

Ainda que ela não saiba o que eu disse a June, não a culpo.

No minuto em que pego a estrada com a caminhonete, ela está no telefone. Primeira ligação: a delegacia local da cidade praiana onde June deveria estar. *Sim, por favor, eu gostaria que o senhor fosse conversar com meu ex-marido sobre por que ele não ligou para vocês ainda para reportar o desaparecimento dela. O nome dele é Dean Spencer. O astro do canal Home Improvement? Sim, fique à vontade para alertar os noticiários de que a filha dele está desaparecida porque ele é um idiota.*

Mamãe ursa com uma missão.

E tudo o que posso fazer para ajudar é levá-la até o aeroporto.

Percebo quando ela rejeita ligações de seu ex. Percebo quando tenta ligar para June outra vez, o que faz entre cada ligação para outro número. Levo um minuto para me dar conta de para quem ela ligou depois de sairmos de uma zona morta para sinais de celular a cerca de vinte minutos do aeroporto, e, quando subitamente irrompe em soluços, de pronto encosto a picape no acostamento da estrada.

— Maisey...

— Junie? — ofega ela. — Junie, neném, me desculpa. Você está bem? Está machucada? Você dormiu? Comeu alguma coisa? Estou quase no aeroporto. Estou a caminho. Estou indo te buscar. Ah, não. Não, não, não, meu docinho, não peça desculpas. Tá tudo bem. Tá tudo bem.

Inspiro um fôlego que não sabia que me faltava e pressiono a palma das mãos sobre os globos oculares enquanto processo o que estou ouvindo.

Ela a encontrou.

Maisey encontrou June.

— Não, não, *shh*. *Shh*, meu bem. Tá tudo bem. Tá tudo bem — repete ela várias e várias vezes.

Lá está a voz de June do outro lado do telefone, aguda e chateada, sim, mas é June.

June está bem.

— *Juniper. Nunca* se desculpe por se defender. Você merece *muito mais* do que isso. Muito, muito mais. Aguenta firme, meu bem. Estarei aí assim que conseguir comprar uma passagem.

Maisey se volta para mim com um olhar desesperado de *por favor, me leve para o aeroporto agora mesmo*, e pigarreio, assinto e volto para a estrada.

Vinte minutos depois, eu a deixo na porta de entrada.

Vinte e três minutos depois, estacionei e estou também passando pela porta de entrada.

— Não, por favor, eu não ligo para o preço — ela está dizendo para a atendente no balcão da única linha aérea que sai de Laramie. — Preciso chegar a Tampa *hoje*.

— Senhora, não temos mais nenhum voo com vagas para hoje que possam levá-la para...

— Eu posso te levar de carro até Denver — interrompo baixinho atrás dela.

A atendente olha para mim.

Maisey também olha, mas há uma angústia em seu rosto que não estava ali quando ela conversava com June.

— Obrigada, mas você não...

— Posso colocar a senhora num voo direto de Denver para Tampa daqui a três horas, mas não tenho nada partindo daqui para Denver nesse tempo — diz a atendente.

— Eu alugo um carro.

— Maisey... — começo.

Ela me interrompe.

— Eu não posso...

— Aceitar ajuda de um amigo quando essa é a maneira mais rápida e fácil de te levar até June?

Sei contra o que ela está lutando.

Sei *exatamente* contra o que ela está lutando.

E é *uma merda*.

A pior parte?

Eu entendo.

Do âmago mais profundo da minha alma, entendo.

No final das contas, você é a única pessoa de quem pode depender.

E, às vezes, precisa se sentir como se fosse a pessoa que está satisfazendo as necessidades de todos ao seu redor para sentir que tem algum valor.

Minha coisa favorita, a preferida de todas mesmo, em Maisey?

É ela ter mudado toda a sua vida para garantir que sua filha soubesse que é amada, protegida e está a salvo. Ela está fazendo por June aquilo que precisei desesperadamente durante toda a minha infância e nunca recebi.

Não posso julgá-la por isso.

Mesmo sabendo o que ela está pensando.

Mesmo sabendo que está pensando isso sem imaginar que eu *contei para June que fugi de casa*.

E o que resolveria se eu falasse a verdade?

Vou contar para ela. Vou. Vou pedir desculpas.

Depois.

Quando ela aguentar ouvir isso.

Se me der uma chance e me deixar ser o que ela ainda quer, uma vez que June voltar para casa com ela.

Se elas voltarem para casa.

Eu levanto minhas mãos.

— Não vou dizer nada o caminho todo. Você pode fingir que é um carro autoguiado. Só... só me deixe te levar para onde você precisa estar para chegar a June.

— A segunda melhor opção para você a partir daqui só vai sair mais ou menos às sete amanhã — diz a atendente.

Maisey fecha os olhos com força.

— Mas eu pago a gasolina.

— Tudo bem — concordo, baixinho.

Ela entrega o cartão de crédito para a atendente e, cinco minutos depois, tem uma passagem impressa na mão.

— Eu sempre fui do Time Maisey — diz a atendente enquanto Maisey enfia a passagem na bolsa. — Dean era um chato tão pomposo, e eu sabia que de jeito nenhum você era burra como eles queriam fazer parecer. Espero que sua filha esteja bem.

Maisey pisca uma vez, então estende a mão sobre o balcão para abraçar a mulher.

— Você é uma pessoa boa, e nunca vou me esquecer disso. Obrigada.

Nós saímos às pressas do aeroporto e voltamos para a picape. Maisey empurra o cartão de crédito na minha direção para pagar pelo estacionamento.

Eu não discuto, na maior parte porque sei que ela precisa de uma vitória. E que vê pagar pelo estacionamento como uma.

— Tudo bem? — pergunto a ela, hesitante, quando retomamos a estrada e nos dirigimos para Denver e seu aeroporto enorme.

— Não — murmura ela. — Ainda não. E provavelmente vai demorar um bom tempo para ficar. Mas obrigada.

— Sempre que precisar.

Ela enterra a cabeça no telefone, os polegares voando. June deve ter colocado o celular para carregar. Ou Maisey está ativando a rede de fofoca em Hell's Bells para explicar por que ela não estará presente no desfile.

Longas, longas duas horas depois e uma parada para ir ao banheiro, eu a deixo no aeroporto de Denver.

— Vou levar sua caminhonete de volta para sua casa — digo, quando Maisey desce da minha picape para a calçada. — Pode me avisar quando chegar lá?

Pela primeira vez na manhã toda, ela me encara direto nos olhos.

— Obrigada. E desculpe. E obrigada.

Eu não deixo que ela abandone o contato visual.

— Eu estarei aqui.

— Isso é ridículo. Você devia voltar para casa. Se divertir... se divertir no desfile. Nas festividades. Dormir. O que precisar.

Suspiro. Eu não queria dizer *aqui*, literalmente, e acho que ela sabe disso.

— Eu também estarei *lá*.

O queixo dela treme.

— Você não devia. Não se... não se encontrar um melhor... lá.

— Venho procurando há vinte anos e não encontrei até hoje.

— Flint...

— Vá buscar June. Traga-a para casa. Faça o que precisa fazer por você. Mas, seja lá o que for, Maisey, você não precisa fazer isso sozinha.

Ela não acredita em mim.

Ou está com medo.

Sei que hoje está uma merda. Sei que está. Mas ela não está sozinha, e eu preciso que ela saiba disso.

Na maior parte, porque preciso que ela volte.

Não posso ficar lá esperando se não voltar.

Seu telefone apita e ela sobe na calçada.

— É Junie. Tenho que... Obrigada. De novo. Pela carona. E... você merece tanta coisa melhor, Flint. Merece mesmo, mesmo.

Ela fecha a porta da minha picape e se vira correndo para dentro do aeroporto.

Espero no estacionamento até saber que seu avião decolou e então começo a longa viagem de volta para casa.

Sozinho.

Capítulo 34

MAISEY

Mudo o voo de volta de Junie e compro passagens para mim no mesmo voo antes de aterrissar em Tampa. Tudo vira uma loucura assim que estou em terra firme. Há a segurança do aeroporto. Burocracia do escritório do xerife. Dean, os pais dele e a mulher que, aparentemente, está no rumo de ser a madrasta de Junie.

E então há Junie.

Encolhida em si mesma, parecendo que preferiria ter sido engolida inteira por uma baleia na noite passada.

— Eu disse a você para não vir — diz Dean para mim.

Ele está mais magro do que antes. Isso ou eu me acostumei tanto ao volume de Flint que qualquer coisa parece pequena agora.

— Não estou aqui por você.

Dou a volta nele e me ajoelho na frente de Junie, pegando o rosto dela em minhas mãos até ela olhar para mim.

— Eu senti tanta saudade de você. E estou muito feliz por você estar bem.

Não faz sentido algum gritar com ela por ter fugido. Ela já está se culpando o bastante por isso, e imagino que Dean já tenha dado umas broncas nela.

Ele que seja o vilão.

— Você está fedida — cochicha Junie.

— Faz quatro dias que não tomo banho e ainda andei de avião — cochicho de volta.

— Este é o *meu* período com a minha filha — diz Dean. — Vá. Embora.

Suspiro.

— Desculpe, Junie, mas essa eu não vou deixar passar — digo a ela.

Então me levanto.

Dou meia-volta.

E me aprumo, mais do que jamais fiz em minha vida toda, abro a boca e...

— Eu não quero mais te visitar.

E Junie contém meu ímpeto.

Eu me viro e olho para ela, mas Junie não está mais na cadeira. Está de pé, bem atrás de mim.

— Isso não é jeito de falar comigo, mocinha — rosna Dean.

Os cabelos na minha nuca se arrepiam.

O policial dá dois passos na minha direção e os olhos do agente de segurança do aeroporto se arregalam, alarmados.

Junie coloca a mão no meu ombro antes que eu possa tentar eviscerar seu pai mais uma vez.

— O acordo do divórcio diz que posso escolher onde vou morar, quem vou ver e quando. Vá pro inferno, pai. Boa sorte, Samantha. Ele é um pai de merda e um marido de merda, e eu nunca mais quero vê-lo.

Engasgo com minha própria língua.

Ela tem dezesseis anos. Está naquela idade em que entende como o mundo funciona, mas não tem permissão de participar plenamente como adulta. Forte, mas ainda tão vulnerável.

— Podemos ir? — pergunta ela para o policial.

Ele olha para mim, depois para Dean e então para Junie.

— A senhora está com o acordo do divórcio? — ele me pergunta.

— Carrego comigo para todo lugar que vou. — Procuro os documentos no meu celular e o entrego para ele.

Junie segura minha mão com força enquanto ele lê por cima.

— Sr. Spencer? — diz ele. — O senhor tem alguma prova do contrário? — Dean me olha feio. — Vou levar isso como um não — diz o policial. — Tem um pouquinho de papelada no escritório aqui para a senhora, sra... Digo, srta. Spencer, e então deixaremos que sigam seus caminhos.

Uma hora depois, estamos num hotel não muito longe do aeroporto. Junie me empurra para o chuveiro assim que fazemos o check-in e leva meu cartão de crédito até a loja de lembranças para comprar roupas para mim enquanto tomo banho.

Penso em mandar uma mensagem de texto para Flint, mas resolvo que não devo.

Não posso mais vê-lo.

Só depois que Junie sair de casa.

Não posso arriscar não estar disponível de novo caso ela precise de mim.

Não quero nem tomar banho enquanto sei que ela vai sair do quarto, mas devo mostrar que confio nela.

E, de fato, quando estou limpinha, ela está lá.

Esperando.

Com calças de moletom novinhas, uma calcinha fio dental, um top esportivo e uma camiseta de turista.

— Escolhi as coisas menos espalhafatosas que pude encontrar — ela me diz.

— Acredito em você.

— Eu não sabia que o seu cartão de crédito não funcionaria no aeroporto ontem à noite — diz ela, caindo no choro outra vez. — Só queria ir para casa, e sabia que você entenderia. Ele foi tão arrogante, pensando que eu ficaria empolgada em ter uma madrasta e um meio-irmão ou irmã quando *ele nem mesmo liga para mim*. Não ligo para ninguém, e tenho amigos em Hell's Bells com quem conversei ao telefone mais do que conversei com *meu próprio pai*.

Eu a abraço apertado.

— Eu sei, neném. Eu sei.

— Por que ele não gosta de mim?

— Ah, Junie. Docinho…

— Não me diga que ele gosta de mim, mãe. Não minta para mim.

Eu a aperto um pouco mais.

O pai dela *deveria* gostar dela, mas não posso forçá-lo. Assim como ela também não pode.

— Eu também vou fazer isso algum dia? — pergunta ela. — Também vou escolher um homem que é um cuzão narcisista total? Você escolheu um. A vovó escolheu um. Estou condenada, mãe? Ou será que eu deveria simplesmente descobrir como ser feliz sozinha? Posso pular para essa parte?

— Com certeza.

— Mãe.

— Você pode, sim. E *deveria mesmo* gostar de você primeiro. Você é a pessoa mais forte, corajosa, esperta e bondosa que eu conheço. E tenho muito orgulho de você. Sei o quanto custou encarar seu próprio pai nos olhos e dizer a ele que você merece mais. E *você merece*. Faz alguma ideia de quanta gente não teria força para fazer aquilo? Você tem *dezesseis anos* e já está se defendendo sozinha. Eu queria ter tido metade da sua bravura e confiança quando tinha a sua idade. Vai se sair muito bem na vida adulta, meu amor. Vai arrasar, mona!

— Não diga *mona*, mãe — resmunga ela.

— Aaah, aí está minha adolescente. Eu estava com saudade.

Ela me olha.

Conheço esse olhar.

É o olhar de *eu peguei a senha do aplicativo da campainha e sei o que você andou fazendo, e acho que você não sentiu muita saudade de mim, não.*

Ou talvez sejam minha imaginação hiperativa, o complexo de culpa e a queda da adrenalina que me fizeram atravessar o país hoje que estejam me derrubando.

— Você pode botar sua roupa?

— Posso! Claro. Com certeza. Quer pedir delivery e assistir a um filme? Nosso voo sai cedinho amanhã, mas temos a noite toda...

— Mãe.

Eu suspiro.

Ela não está mais chorando.

E me encara como se soubesse que existem coisas que não estou contando para ela, mesmo que me escolha e queira ir para casa comigo.

NÃO FAZ MEU TIPO

— Eu… fui em alguns encontros com o treinador Jackson enquanto você estava fora, mas não vou… não vai dar certo. Ele é um profissional, e somos ambos adultos. Isso não vai ter nenhum impacto sobre você na escola ou no time de futebol. Só quero ser honesta com você e quero que saiba que você vem primeiro, sempre. Para mim, você *sempre* vem em primeiro lugar. E *nunca* vou me colocar numa situação em que possa perder uma ligação sua outra vez. Tá bem?

Ela me encara por um longo tempo. Minha toalha está escorregando, mas, mesmo que ela caia, acho que não me sentiria tão nua quanto me sinto agora.

Talvez eu *devesse* deixá-la cair.

Aí ficaria envergonhada o bastante para me permitir chorar por causa disso também.

Depois. Vou lamentar *depois.*

— Obrigada, mãe — diz ela finalmente, baixinho. E então empurra as roupas para mim. — Agora vá se vestir. Não quero te ver pelada.

Então.

É isso.

Minha filha sabe que não serei o mesmo tipo de babaca que o pai dela é, e ela vale a pena.

Se eu ficar em Hell's Bells depois que Junie for para a faculdade e ainda houver algo ali com Flint daqui a alguns anos, então ainda haverá algo ali.

Mas agora, realmente, não vejo isso indo adiante.

Eu disse a ele que podia confiar em mim.

Disse a ele que éramos amigos.

Disse a ele que queria ser mais do que amigos.

E daí, exatamente como todo mundo na vida dele, eu o deixei.

Essa é culpa minha mesmo.

Capítulo 35

FLINT

Estou na Iron Moose quando chega a notícia de que Maisey aterrissou em Tampa para buscar a filha fujona. Não há TV no lugar, mas todo mundo está olhando para seus telefones.

Leva cerca de trinta segundos para ler o furo.

A amante de Dean está grávida. Eles estão noivos. E June teve um piti e fugiu porque é uma narcisista egoísta, igual a Maisey.

É, essa me faz levantar do meu lugar.

— Senta aí, sr. Neandertal — diz Kory, calmamente. — Você sabe que as únicas pessoas aqui que acreditam nisso são as mesmas que acham que alienígenas estão chegando para nos sequestrar amanhã.

— Eu desafio essas pessoas a virem para cá, para Hell's Bells, e dizerem isso sobre nossa Junie e nossa Maisey — diz Regina.

— Estou ficando entediada. Talvez eu expanda minhas atividades para atuar contra calúnia e difamação — acrescenta Charlotte.

Libby está rosnando como não a ouço rosnar desde que o departamento de teatro foi desmontado na escola.

— Estou iniciando uma petição para bloquear qualquer site que diga algo de ruim sobre Junie em Hell's Bells para sempre. Primeiro, Hell's Bells. Depois, todo Wyoming. E, então, *o mundo*. Maisey também, falando nisso. Ela sempre traz petiscos dos bons. Mas Junie… ela é uma boa menina.

— Mande o link para mim — pede Regina. — Vou enviar para o meu primo lá em Montana. Ele é, tipo, viral no TikTok por cortar lenha ou algo assim. Vamos expor o lado correto dessa história.

— Ela te largou? — pergunta Kory quando eu volto a me sentar na cadeira.

— É algo temporário.

— O pé na bunda é temporário ou o caso é temporário?

— O pé na bunda.

— Temporário como?

— June tem mais um ano e meio de ensino médio.

Ele solta uma fungada em seu chá. Engasga com ele, na verdade.

— Ah, espera... Você estava falando sério? — Não respondo. — Você está falando sério — repete ele.

— Eu sou péssimo como técnico de futebol e preciso me afastar e deixar outra pessoa comandar o programa.

Ele larga o garfo.

— Como é que é?

— A porra de uma *adolescente* conseguiu unir essas crianças de um jeito que eu nunca pude. Uma adolescente que tinha todos os motivos para odiar todos nós e não muito a ganhar, mas ela as uniu mesmo assim. E sabe por quê? Porque *foi isso que a mãe dela a ensinou a fazer*. E sabe o que é sexy pra cacete?

O rosto dele se contorce em uma careta horrorizada.

— Mães solo?

— Gente que *se importa*, caralho. Gente que *tenta*. Gente que se reergue. Gente que consegue enxergar além daquilo que você faz quando está deprimido para quem você quer ser. Gente que...

— ... é difícil de se aproximar? — oferece ele.

Olho feio para ele.

E então pego meu hambúrguer de bisão para viagem e vou para casa, onde a picape de Maisey ainda está estacionada.

Droga.

Dou uma olhada no interior da picape.

Nada de chaves.

Não posso levá-la de volta para a casa dela.

Não que faça diferença.

Depois de uma hora tentando me forçar a comer o hambúrguer enquanto não sinto fome, recebo uma mensagem de texto dela.

Eu disse para Junie que saímos juntos algumas vezes e que já terminou. Vou retirar minha caminhonete amanhã quando voltarmos. Desculpe pelo incômodo até lá.

— Você não me incomoda.

Jogo a porcaria do telefone do outro lado da sala, sabendo que ela não pode me ouvir e que não me daria ouvidos, mesmo que pudesse.

Não hoje.

Amanhã, talvez.

Talvez não.

Eu desisto do jantar, vou para meu quarto, vejo os lençóis amarrotados e o travesseiro extra no chão, já que dividimos o meu na última noite, e quase saio outra vez.

Aqui ainda cheira a Maisey.

E quero que *sempre* cheire a Maisey aqui.

Mas se quero Maisey, não é *só* Maisey.

O que significa que eu sei exatamente o que preciso fazer.

Fico meio sumido no sábado e, quando chego em casa, a picape dela se foi.

Continuo na minha no domingo também.

Segunda é uma belíssima porcaria. Nenhuma das crianças quer estar de volta às aulas. Todas estão contando os dias até as férias de fim de ano. Como o dia de Ação de Graças foi mais cedo este ano, elas ainda têm *semanas*.

Entrego os resultados das provas e começamos novos tópicos em todas as salas. Finjo que tive uma excelente semana de Ação de Graças. Interrompo um papo-furado sobre quem ganhou mais doce no desfile. Coloco todo mundo de volta nos trilhos. Ignoro as perguntas sobre que bicho me mordeu.

E fico, eu mesmo, muito puto por as férias de fim de ano estarem tão distantes.

A maioria do restante da semana é igual.

Eu fingindo não ser um desgraçado rabugento. As crianças hiperativas, mas conseguindo focar, na maior parte do tempo.

Os colegas professores me evitando, assim como faziam quando cheguei aqui, seis anos atrás, antes de eu colocar a cabeça no lugar.

Até os voluntários da APM se encolhem quando entro na sala dos professores e encontro um banquete de fim de ano servido para nós.

Saio sem ter nada empurrado goela abaixo por Libby e passo meu tempo recebendo olhares do meu cavalo no estábulo da escola. Tenho montado em Chirívia em vez de andado de carro, para usar um pouco da energia acumulada.

Não é como se houvesse projetos pela cidade para os quais eu pudesse me oferecer como voluntário para ajudar e me distrair.

Maisey está trabalhando neles ou já os completou.

E daí é quinta-feira.

Uma semana desde a melhor noite da minha vida. Seis dias desde que deixei Maisey se afastar de mim. Seis dias em que não mudei de ideia.

Ela deixa minha vida melhor. Ela me faz querer ser feliz. Ela me faz querer ser melhor por ela. Por Opal, meus alunos e meus colegas. Por todos ao meu redor.

E ter June sentada ali quietinha na aula, sem olhar para mim a semana toda, mas entregando o dever de casa perfeito todos os dias, está me matando.

Mantenho a compostura durante minhas aulas, mas estou no pior dos maus humores quando a quinta-feira chega ao fim.

Claro, sei por que tenho que esperar pelas férias de fim de ano para procurar Maisey outra vez.

Devo dar um tempo para ela. Preciso dar um espaço para June terminar o semestre sem um estresse a mais, se quero ter alguma chance de conseguir conquistar o que preciso com as duas.

A lógica faz sentido.

Emocionalmente, porém, estou um caco.

Não sei se Maisey está bem. Não sei se ela viu os tabloides. Não sei se está sofrendo. Não sei se *não está*, e preciso realmente seguir adiante.

Mas sei que, quando estou de pé numa cadeira, levantando a mão para pendurar outra vez o cartaz do Einstein que caiu da minha parede no quinto período hoje, não quero ouvir passos atrás de mim nem lidar com *qualquer coisa a mais*.

— O horário das aulas terminou — digo, brusco, sem olhar para trás.

— Minha mãe está com saudade de você.

Eu quase caio da cadeira.

— June.

Ela paira junto da porta, os braços em torno de si mesma, olhando para mim como se eu fosse morder. Não sei como é possível que ela se pareça mais com Maisey agora do que quando estava na sala de aula hoje cedo, mas parece, e isso faz meu coração se contorcer ainda mais.

Desço lentamente da cadeira, sento-me nela e então gesticulo para June entrar.

Eu não pretendia insinuar que você deveria fugir de casa provavelmente não é o melhor começo aqui.

Nada de jogar a culpa.

E, sabendo que ela não estava bem fugindo, e sim tentando voltar para casa — e vendo que ela está de volta em casa e agindo normalmente no refeitório —, ainda assim assumo minha parte de responsabilidade se for preciso, mas também sinto um orgulho da porra dela e não consigo me obrigar a perguntar se tudo não foi culpa minha.

— Meu pai é um pau no cu — diz ela. Literalmente, não existe uma resposta boa para isso, então não digo nada. — Mas a minha mãe... ela sempre tentou deixar todos ao seu redor felizes. Sei que ela não gostava de participar do programa do meu pai, mas queria vê-lo feliz. E sei que ela não amava montanhas-russas, mas andava nelas comigo porque queria que *eu* ficasse feliz. E o negócio é que ela também merece ser feliz.

— Merece, sim — concordo, mas paro de falar quando recebo o olhar adolescente de *você não está no comando aqui, então fique quieto e escute*.

— Ela não está feliz — prossegue June. — E odeio quando ela não está feliz, apesar de que eu deveria ser uma adolescente que não está nem aí, porque a gente sempre odeia ver as pessoas que ama sofrendo. Sempre. E você também parece estar sofrendo, e não é um pau no cu, não como meu pai... Ainda não, pelo menos... E eu só... Olha. Se você quiser namorar minha mãe, eu não ligo. Digo, ligo, sim. Não a magoe. Não a deixe triste. Não a use. Dê valor a ela. Não seja babaca. Não bote chifres nela. Não minta para ela. E não force a amizade, porque *eu vou saber*, e pelo visto posso botar toda a indústria dos tabloides de joelhos, então *não me teste*.

Jesus.

É por isso que eu trabalho com crianças.

Porque elas são incríveis, porra.

— Você está bem? — pergunto a ela.

O rosto dela se contorce e seus olhos ficam brilhantes.

— Sabia que meu pai não telefonou para me perguntar isso? — Olho para o teto e solto o ar num sopro para não dizer nada que não deveria dizer na frente de June. — Digo, eu falei para ele que para mim ele estava morto, mas pensei que os pais supostamente deveriam lutar por seus filhos e tal. — Ela ri, hesitante. — Ele nem sequer soltou alguma declaração nos jornais, tipo, brigando com os sites de fofoca por falarem mal de mim. Como eu disse... ele é um pau no cu. Mas não acho que você seja. E, mesmo que não dê certo entre você e minha mãe, quero que ela decida isso por si mesma, não por minha causa.

Tenho que engolir em seco duas vezes antes de responder.

— Farei de tudo em meu poder para não magoar sua mãe.

— Obrigada — murmura ela. — Ela está mais triste do que ficou quando a vovó... quando ela descobriu que meu pai a estava traindo.

— Você sabe que eu sei sobre a sua avó, June.

— É *Junie* — sussurra ela. — E, tipo, metade da escola também sabe. — Arqueio minhas sobrancelhas. Ela faz uma carranca para mim. — Tá, tudo bem, comecei a contar a Vivian uma vez, e aí amarelei, porque tantos amigos meus em Cedar Rapids viraram uns arrombabacas quando... O que foi? Eu posso dizer *pau no cu*, mas não posso dizer *arrombabacas*?

Ainda estou em choque, sem ar. Essa foi nova para mim.

— Exatamente isso.

Ela está com o mesmo sorriso matreiro que Maisey exibia no dia em que me informou que minha peça do quebra-cabeça estava errada, semana passada, e me fez tirar minha terceira meia.

Isso mesmo, eu sou um sujeito que entra prevenido numa partida de strip-quebra-cabeça.

E essa é uma experiência que eu não esperava voltar a ter por mais de um ano ainda, e aceito isso.

Também é algo em que preciso parar de pensar na frente de Junie.

— Alguém aqui encheu sua paciência por causa dos sites de fofoca esta semana? — pergunto-lhe. Ela balança a cabeça e acredito. — Tenho quase certeza de que eles também não vão ligar para o que a sua avó fez. Não foi você quem fez. E, além do mais, você tem o fato Tony e Gingersnap trabalhando a seu favor.

— Pode me contar mais sobre eles.

— Posso.

Ela espera.

Eu a deixo esperando.

— Agora? — incentiva ela.

— Ah, não. Não agora. Vou guardar essas histórias para os jantares em família com você e a sua mãe.

Ela pisca duas vezes para mim, tentando esconder as lágrimas brilhando em seus olhos, e eu mesmo tenho que engolir em seco mais uma vez.

Sempre disse que comecei a dar aulas porque me lembro do quanto essa idade era difícil. E Kory não está errado quando diz que amo incentivá-los e deixar que se vão, para não me apegar.

Mas estou apegado.

Estou apegado e não me arrependo de nada.

MAISEY

Aquela porcaria de urso está de volta.

— Não era para você estar hibernando? — pergunto a Earl enquanto ele se aninha debaixo da janela do meu quarto.

Ele para e olha para mim como se eu fosse o problema aqui.

Solto um grunhido para ele.

Ele grunhe de volta.

— Xôôô, ou eu vou te forçar a sair! Junie está voltando para casa já, já.

É sexta-feira.

Uma semana muito, muito longa desde que voei até Tampa para buscar Junie. Com o fim do futebol, ela tem voltado da escola de ônibus e, sim, reclama todo dia da extensa caminhada pela estradinha de casa.

Como se não corresse por campos de futebol por diversão.

E como se não caminhasse por livre e espontânea vontade muito mais nas noites em que desce no rancho Almosta, um pouco mais acima, para ajudar Kory com seus animais, agora que ela tem mais tempo.

Deus, é bom tê-la em casa, mesmo que fingir toda a minha alegria esteja sendo um pé no saco.

Pego meu celular e disparo uma mensagem rápida para ela.

> Earl está aqui. Debaixo da janela do meu quarto. Tome cuidado.

Earl resfolega pela área, comendo algo no chão.

Espremo os olhos.

Seja lá o que chamou a atenção dele, não consigo ver.

— Não me faça pegar a mangueira, Earl. Ainda está cedo demais para os irrigadores.

Ele torna a fungar para mim, depois senta seu traseiro bem ali, do lado de fora da janela do meu quarto, e enfia o focinho no chão.

Meu telefone apita. Junie responde:

> Ora, se isso não é inesperadamente conveniente.

Eu retruco com um emoji olhando de canto de olho.
Sarcasmo adolescente não é minha coisa preferida esta semana.
Termino de dobrar a roupa limpa e olho pela janela de novo.
Earl está *tirando uma soneca.*
Bem ali. Na minha janela.
Suspiro.

— Se você está planejando hibernar aí do lado de fora do meu quarto, Earl, está prestes a ter o pior inverno da sua vida.

Meu celular apita outra vez.
É Junie. De novo.

> Eu estava pensando: deveríamos doar uma estátua de Gingersnap para a cidade. Sabe, tipo, em homenagem ao seu tio Tony e tudo o que ele e Gingersnap fizeram pelo povo daqui. Tipo essa aqui.

Ela inclui a foto de uma vaca de bronze e, a despeito do meu humor esta semana, ainda encontro um sorriso. Respondo:

> É uma ideia muito meiga.

E, mais uma vez, recebo uma resposta quase imediata.

> Fico feliz que pense assim, porque convidei o comitê para a estátua da vaca para ir aí em casa definir os detalhes às cinco.

NÃO FAZ MEU TIPO

— *Como é que é?* — digo em voz alta para meu celular. Ele apita de novo como se Junie tivesse me ouvido.

Não esquenta, mãe. Todo mundo vai levar comida. Eles sabem que você não anda muito bem.

Corro para a sala de estar. Nós temos comido feito membros de fraternidade universitária esta semana. Delivery, comida congelada, às vezes apenas pipoca de micro-ondas, tudo sentadas na frente da televisão assistindo às séries preferidas de Junie.

Ela sugeriu *A princesa prometida* no começo da semana, mas, quando caí no choro, Junie correu para o controle remoto e colocou em *Bob's Burgers*.

Ela não perguntou nada.
Eu não expliquei nada.
Mas sei que ela sabe que a história vai além de *eu saí algumas vezes com o técnico de futebol da escola*.

E agora está trazendo amigos aqui para conversar sobre levantar uma estátua para a velha vaca que Flint nos ajudou a enterrar em nosso primeiro dia, e não estou bem.

Mas vou ficar.

Ai, meu Deus, de novo, não.

Junie escreve enquanto estou no meio de uma rápida faxina na cozinha.

Ela logo deve estar aqui. Já devia estar *subindo a estradinha*.
Campainhas de alarme soam na minha cabeça. Pergunto:

De novo não, o quê? Ah, não! Earl está no seu caminho?

Disparo para o quarto para ver se o urso se mexeu e...
Ai, meu Deus.
Não se mexeu.
Mas está prestes a se mexer.

Porque tem um homem a cavalo vindo a toda velocidade para cima dele.

Abro a janela do quarto.

— Xôôô, seu bicho feio! — grita Flint para o urso.

Eu olho, boquiaberta.

E aí olho mais um pouco.

E aí pisco para conter o calor em meus olhos e digo a mim mesma que é Kory vindo em meu resgate, só que vestido como Flint, o que é basicamente a ideia mais ridícula que eu já tive — eles não se parecem em nada —, mas não.

É Flint.

Galopando para cá sobre Chirívia, a égua antiga do tio Tony, e perturbando o urso.

— O que você está fazendo? — grito para ele.

Ele abre um sorriso para mim sob o boné de beisebol enquanto faz a égua parar a alguns metros do urso e de mim.

— Recebi um aviso de que Earl a estava incomodando de novo. Tente não fazer com que eu seja arremessado para fora do cavalo desta vez, tá?

Como *diabos* ele está tão feliz?

— Vamos, Earl — diz ele. — Não me faça buscar a sirene. Você sabe que não pode hibernar junto da casa. — O urso funga. Flint vira o boné para trás. — Olha que eu vou — diz ele para Earl.

E não posso mais assistir.

Deixo a janela se fechar e atravesso a casa, indo para a parte da frente, que dá para o outro lado.

Junie passa voando pela porta da frente.

— Mãe. *Mãe*. O sr. Jackson está expulsando Earl outra vez.

— Tenho certeza de que ele fará um ótimo trabalho. — Estou com vergonha e irritada, e *não quero lidar com isso*. — Quanta gente está vindo para cá? Quando vocês decidiram fazer *uma estátua*? Como vão levantar o dinheiro para isso? O conselho municipal já aceitou? Onde vocês vão colocar a estátua? Quem está no comando? Você se ofereceu para ficar no comando? Porque você sabe, se...

— *Mãe*. Talvez tente respirar um pouco aqui? É sexta-feira. Hora de deixar para lá e fingir que não existe nenhuma preocupação. Eu me viro, tá?

— Junie...

Ela joga a mochila no sofá que acabei de arrumar, depois me pega pela mão.

— Venha. Vamos ver quem sai ganhando.

— *Juniper Louise*.

Ela ignora a reprimenda e me puxa de volta pelo corredor para meu quarto.

Flint ainda está em cima de Chirívia.

Earl sacode o corpo todo enquanto se põe de pé, lançando olhares zangados para o homem e a égua o tempo inteiro.

Junie abre minha janela, deixando um sopro de ar gelado entrar.

— Ele está sendo teimoso hoje, né? — pergunta ela para Flint.

— Os ossos de inverno já devem ter se instalado — responde ele.

Flint está numa jaqueta amarelo-escuro que eu sei, por experiência, ser superquentinha e supermacia, e quero estender a mão e tocar nele. Ou que me puxe para cima do cavalo na frente dele e me leve para cavalgar.

Mas *não posso*.

— Essa é a coisa mais estúpida que já ouvi — Junie diz para ele.

Ele lança um olhar para Junie, que a coloca em xeque sem dizer nada.

— A terceira mais estúpida? — indaga ela, com um sorriso.

— Não estávamos na mesma sala de aula por uma hora todos os dias esta semana?

Espera aí.

Espera, *como é*?

— O que está havendo aqui? — pergunto, olhando de um para o outro.

Junie me lança o olhar inocente mais fajuto que já vi na vida.

— O sr. Jackson está expulsando o urso. De novo.

— Juniper Louise Spencer, *não era isso o que eu queria dizer*.

— Sua filha é uma boa garota, Maisey — diz Flint. — Ainda que seja completamente inútil quando se trata de espantar ursos.

Olho de um para o outro como se eles estivessem jogando uma partida de tênis em silêncio, sem saber a quem perguntar *algo*.

— Ajudaria se eu pulasse nas costas da minha mãe outra vez? — pergunta Junie.

— *Você preparou isso tudo? O quê? Por quê? Deu comida para o urso debaixo da minha janela?*

— Ninguém dá comida para ursos — diz Flint.

Chirívia relincha, concordando, depois resfolega.

Earl resmunga, bufando, e dá dois passos lerdos para longe da janela.

— Isso é o que eu chamo de um *bom timing* — diz Junie, mais uma vez parecendo concordar com Flint. — Um urso alimentado é um urso morto.

— Vocês... vocês estão... *O que raios está havendo?*

— Se você tem que namorar alguém, pelo menos escolheu alguém mil vezes melhor do que o meu pai.

— Passa fora, Earl — rosna Flint.

Chirívia também grita com o urso.

E Earl finalmente entende a deixa, olhando feio para todos nós enquanto se desloca lentamente na direção do riacho.

Olho para Junie.

— *Ufa* — diz ela. — Eu nem tive que montar nas suas costas desta vez. Que alívio.

— Junie.

Ela olha pela janela para Flint, que assiste ao urso vagabundear de volta para o antigo chalé enquanto rouba olhadelas para nós duas pela janela. E então ela torna a me encarar.

— Você deveria estar feliz. Mesmo que apenas por um tempinho.

— Obrigado, June — diz Flint.

Ela revira os olhos, mas minha adolescente rabugenta, solitária e raivosa sorri enquanto o faz.

— Sei que você já fez coisa bem pior, por muito mais tempo — ela acrescenta para mim.

— Você... você sabe que vem em primeiro lugar — gaguejo.
— Mãe. Eu tenho dezesseis anos. Às vezes sou burra, e às vezes, ridícula. Mas ainda estou a menos de dois anos de poder fugir de casa de verdade. Se puder te deixar em boas mãos, então é o que quero fazer. Além disso, você *sabe* que é bem idiota ficar me dizendo que venho em primeiro lugar quando você nunca se coloca em primeiro lugar, não sabe? Que lição eu devo aprender aqui? Fazer o que você diz ou fazer o que você faz?
— Esse não é o discurso que ela me disse que faria — diz Flint, pela janela.
Junie sorri para ele de novo.
— Estou improvisando.
Flint chacoalha a cabeça, depois olha para mim.
— Quer dar um passeio?
— *Agora?*
— Melhor agora do que depois que escurecer.
— Vá lá — diz Junie. — Pelo menos decida por si mesma em vez de por mim. Mas não quero chamar ninguém de *pai* nunca mais. Só para deixar registrado.
Eu a puxo para um abraço e a aperto bastante.
— Você faz alguma ideia do quanto é incrível?
— Um pouquinho — responde ela. — Vai lá. Mas não caia, senão eu vou fugir de casa de verdade para não ter que lidar com meu doador de esperma.
— *Junie.*
— Preciso de tempo para aceitar também, mãe. Este é o método de hoje.
Ela empurra minhas botas e um casaco para mim, e me espanta porta afora, e, francamente, não é preciso muito esforço para eu ir.
Flint e Chirívia me encontram do outro lado, na frente de casa. Ele desmonta perto do alpendre da entrada e estende a mão.
— Posso te ajudar?
— Você está aqui.
— Estava logo ali, seguindo a estradinha, a semana toda.
— Junie...

— É um exemplo gentil, esperto e determinado por ter uma mãe muito boa.

Lá vou eu de novo, ficando com os olhos marejados pela enésima vez esta semana.

Essas lágrimas, porém, parecem com esperança. Com perdão. Com um recomeço. Como uma nova vida.

Ele move os dedos e pego sua mão. No minuto em que nossa pele entra em contato, uma corrente elétrica percorre meu braço e vai direto para o coração.

— Você lembra como fazer isso? — pergunta ele, baixinho.

— Montar um cavalo ou me arriscar? — indago.

Nunca deixará de ser uma delícia ter o sorriso dele apontado para mim.

— Sim.

— Não muito, nenhum dos dois.

Ele me ajuda a subir no cavalo, depois se ajeita com facilidade atrás de mim. Tenho quase certeza de que a sela não foi feita para isto, mas ele me assegura que Chirívia é uma senhora robusta e que não vamos muito longe.

— E eu cuido de você — murmura ele.

Cuida mesmo.

O corpo dele está encaixado atrás de mim, seu peito às minhas costas, as coxas coladas às minhas, os braços em torno de mim, as mãos guiando as minhas para ajudar a segurar as rédeas.

Eu inclino o corpo para trás e me apoio nele.

— Senti saudade de você — murmuro, enquanto nos dirigimos aos despenhadeiros que estão ficando do tom laranja profundo do poente.

Os braços dele se apertam à minha volta e ele beija minha cabeça.

— Eu estava tentando descobrir como pedir a permissão de Junie para namorar com você quando ela entrou na minha sala de aula ontem à noite e me deu a permissão.

— Você... Ela... Está falando sério?

— Crianças são espertas. E a sua... a sua é incrível mesmo.

— Ela te disse que você pode namorar comigo.

Eu não deveria estar surpresa. Ela realmente é uma menina ótima.

— Também pediu para anunciar na sala de estudos hoje cedo, para a escola toda, que a avó dela é uma presidiária por ter feito um desfalque por meio de falsas associações de moradores, então talvez você deva ficar preparada para uma porção de mensagens de texto e telefonemas este fim de semana.

— Ai, meu Deus.

— Ela disse que, assim, quando você ficar aqui administrando seu retiro para mães perdidas, ela for para a faculdade e você tiver sucesso em convencer sua mãe a se mudar para o chalé antigo, ela não vai poder dar golpes em mais ninguém.

Levo um momento para entender e, quando isso ocorre, apoio a cabeça no ombro de Flint e dou risada.

E dou risada.

E dou risada mais um pouco.

Não porque seja loucura.

Mas porque, subitamente, eu me sinto muito *livre*.

— A cidade inteira sabe? — pergunto.

— Se ainda não souberem, saberão até amanhã cedo.

— Como as crianças receberam isso?

— Houve algumas que disseram que não podiam emprestar o dinheiro do lanche para ela e outras que queriam saber se ela já tinha ido visitá-la na prisão e se podia descrever como era... Esses eram o pessoal que joga RPG, não se preocupe, nenhum candidato a presidiário... Mas, de modo geral, as crianças foram muito solidárias e disseram que qualquer um que a julgue pelo comportamento fora da lei de sua avó era... Enfim, não vem ao caso que nome eles deram. Isso é um problema para alguém acima da minha alçada.

— Ela realmente é incrível.

— Tal mãe, tal filha...

— Está me lisonjeando, sr. Jackson?

— Estou tentando dizer que estou loucamente apaixonado por você, srta. Spencer, e quero fazer parte da sua vida e da vida da sua filha também.

Minha respiração se perde.

Ele pega as rédeas em uma das mãos e passa o outro braço em torno da minha barriga.

— Eu não me apaixono, Maisey. Eu me recuso. Mas com você... Não consegui evitar. Você não é nada como eu esperava que fosse e é tudo o que eu sempre quis, mas nunca pensei que encontraria. Podemos ir devagar. *Deveríamos* ir devagar. Mas não consigo me afastar de você. Quero estar nesta jornada com você. Os altos e os baixos. Os momentos bons e os ruins. Quero ser o homem ao seu lado enquanto você continua buscando a sua própria estrela e quero que seja a mulher segurando minha mão enquanto eu também dou meus saltos. Sempre pensei que seria feliz sozinho, mas isso foi antes de saber como era estar com você.

— Flint — murmuro.

Não consigo encontrar outras palavras.

— Eu amo o jeito como você fala meu nome — diz ele, a voz baixa e rouca em meu ouvido.

O céu está se tornando de um laranja suave sobre a colina à distância. O vento rodopia ao nosso redor. Earl não está visível em lugar algum.

E estou a salvo, quentinha e *amada*, no lombo de um cavalo, no meio de um lugar que foi minha fuga quando precisei durante a adolescência e agora é *meu lar*.

— Isto é real? — sussurro.

— Muito, muito real.

— Você está com medo?

— De que vá ferrar tudo de vez em quando? Estou. De te amar? Não.

Eu me viro na sela, tentando beijá-lo, e algo vira do jeito errado.

— Ai, meu Deus — ofego.

Mas ele ri.

Ri e rapidamente desmonta de Chirívia antes que caiamos, puxando-me para seus braços enquanto me debato sem ele atrás de mim.

Chirívia resfolega.

Flint me puxa para perto, uma das mãos em torno das minhas costas, a outra segurando a égua.

— Eu te amo, Maisey Spencer. E vou te amar, não importa de quantos cavalos você me derrube, não importa quantas vezes me diga que Junie vem em primeiro lugar, não importa o quanto cozinhe mal ou com que frequência demonstre que consegue consertar um cano vazando e pintar uma parede melhor e mais depressa do que eu.

Lágrimas estão virando gelinhos no meu rosto, então enfio a cabeça no peito dele, ouvindo aquela batida forte e estável de seu coração, enquanto envolvo sua cintura com meus braços.

— Eu não queria te amar — confesso. — Não queria amar ninguém. Mas não consigo evitar. Não quando você é tão mais do que eu esperava que fosse.

— Jovem e bonitão? — murmura ele.

E agora também estou rindo.

— Exato, jovem e bonitão. E gentil, generoso, atencioso e tão, *tão* bom com a minha filha. Quando você disse a Junie que ela era o coração do time… eu não tive mais como lutar contra. Simplesmente não tive. Você é tudo o que ela merece e diferente de tudo o que já teve.

— Ela tem você.

— E merece *mais*.

— Espero que eu também seja tudo o que *você* merece.

— Eu queria encontrar a mim mesma — sussurro — e acho que consegui. Em você.

— Então vai me dar uma chance?

A esperança e o medo que ainda perduram na voz dele atingem uma parte sensível de meu coração que sabe exatamente como ele se sente.

Temeroso. Mas com fé. Sabendo que merece amor, que merece *ser* amado, não por quem desejam que você seja, mas por quem você é.

Levanto a cabeça e pego seu rosto barbudo nas mãos.

— Eu te amo tanto — digo a ele. — Pensei que eu quisesse… que eu *precisasse*… encontrar a mim mesma sozinha. Mas encontrar *nós dois* será a maior alegria da minha vida.

Ele larga as rédeas que seguram Chirívia, levanta-me e vira comigo num círculo que termina com mais uma prova de que Flint Jackson é o melhor beijador do mundo.

Mas ainda mais:

Ele é o *meu* melhor beijador.

E, pela primeira vez em anos, sei que tudo — para mim, para Junie, para Flint — não ficará apenas *bem*.

Minha vida, meu futuro, minha família... Tudo ficará muito melhor.

Epílogo

FLINT

Pela segunda vez em minha vida, estou fazendo elegia a uma vaca.

A diferença é que hoje estou diante de uma estátua de bronze recém-inaugurada dela, na entrada do recém-reconstruído celeiro em Wit's End, com o amor da minha vida e a filha do meu coração ao meu lado.

O tempo está meio frio, mesmo para o final da primavera, e June está com uma camisa de manga longa da Colorado School of Mines e uma touca combinando. Maisey está escondendo as emoções atrás de um par gigante de óculos de sol e um boné do Hell's Bells Demons.

A maioria da cidade compareceu à inauguração da estátua de Gingersnap, e tenho orgulho em dizer que não há um par de olhos secos na multidão quando chego ao fim.

— E, assim, que todos possamos ser tão destemidos e cheios de vida quanto Gingersnap gostaria que fôssemos.

Risos irrompem pelo grupo, misturados com as fungadas.

Gingersnap era amada e agora é a vaca oficial de Hell's Bells. O prefeito que disse.

Maisey pega minha mão e aperta enquanto entrego o microfone a Charlotte, que nos dirigirá para as mesas de comes e bebes em torno da área externa do celeiro.

— Isso foi lindo — cochicha Maisey. — Quase me deu vontade de adotar uma vaca.

— *Mãe* — suspira Junie.

— O que foi? Você está levando o cachorro. Eu vou precisar de um novo bicho de estimação.

— Você tem Flint.

As duas olham para mim.

Tento abafar uma risada, o que me vale um olhar de Charlotte.

— Alguma coisa que queira dividir com o grupo, sr. Jackson?

Os alunos acomodados em arquibancadas temporárias gargalham.

Pigarreio.

— Não, senhora.

— Foi o que pensei.

Ela abre um sorriso travesso para a aglomeração e volta a se concentrar em explicar onde teremos alunos voluntários cuidando das mesas de limonadas e sorvete.

— Eu ainda não entendo o que tem de tão especial naquela porcaria de vaca para ser preciso fazer todo esse escarcéu por ela — resmunga a mãe de Maisey atrás de nós.

— Porque é *Gingersnap*, vó. Vamos lá. Nós guardamos um lugar especial para a senhora entre o xerife e o prefeito.

É.

A mãe de Maisey saiu da prisão e se mudou para o chalé original do terreno. Instalamos no seu computador e no seu celular o mesmo software que usam nos notebooks distribuídos para as crianças pelo sistema de ensino de Hell's Bells, assim Maisey pode monitorar as atividades da mãe.

Junie acaba de terminar o último ano do ensino médio e vai para a faculdade de engenharia a poucas horas daqui. *Com* sua carta de motorista. Só para registro.

Não vou dizer que a ajudar a aprender a dirigir foi minha parte preferida do último ano e meio, mas pode ser uma das realizações das quais mais tenho orgulho.

Isso e de estar na arquibancada ao lado de Maisey quando Junie liderou o time de futebol de Hell's Bells para a vitória no campeonato estadual deste ano.

No final, *havia* outra pessoa disposta a assumir como técnico de futebol.

Eu não tinha ideia de que o namorado de Kory era tão obcecado com futebol quanto com drag queens, e tudo fica bem quando termina com o troféu do campeonato.

Maisey dividiu Wit's End em duas partes. A parte menor é uma verdadeira área de treinamento para os rancheiros do futuro, o que também é útil para deixar cerca de um quarto da população do ensino médio espairecer ajudando a cuidar de galinhas, cabras e dos três cavalos que temos no momento. A outra parte do rancho teve uma pequena inauguração no outono passado, quando contratamos uma equipe de meio período para ajudar a dar aulas de basicamente tudo o que toda mulher em Hell's Bells queria aprender ou testar como hobby.

Tem sido um ano escolar interessante.

Mas, na maior parte, tem sido divertido.

— Sorvete? — oferece Maisey, enquanto a multidão começa a se dispersar para longe da estátua de Gingersnap, que em algum momento será transferida para o parque onde cortei o cabelo de Maisey do balanço há quase dois anos.

Passo um braço em torno do ombro dela.

— Ou poderíamos dar uns amassos no loft.

Ela sorri.

— Poderíamos.

— A menos que Junie esteja planejando chutar alguma bola naquela direção…

— Pelo menos saberão que morremos felizes.

Sorrio para ela outra vez e dou um beijo em sua testa.

— Quem ficaria mais envergonhada, sua mãe ou sua filha?

Ela finge pensar a respeito.

— Aaaah, pergunta difícil.

— Que pergunta? — questiona Opal.

— Morango ou cookies e creme — respondo, no mesmo instante, o que faz Maisey ter uma crise de riso.

— Isso *não* é do que vocês estavam falando — diz Kory, atrás dela.

Dou de ombros.

— E isso é um problema porque…?

Os dois se unem contra nós e nos expulsam do celeiro, sem permitir que escapemos para o loft, a fim de ficarmos sozinhos. Logo, em vez disso, nós nos misturamos a nossos amigos e concidadãos de Hell's Bells, com mais histórias sobre Gingersnap e Tony sendo contadas do que ouvíamos há algum tempo.

A mãe de Maisey é nova por aqui o bastante para que ela seja a novidade agora, e, toda vez que dou uma olhada nela, está contando outra história sobre a prisão.

Podemos dizer que a vida não será entediante, mesmo com Junie nos deixando daqui a poucos meses para ir à faculdade.

Gradualmente, a maioria do pessoal da cidade volta para casa depois de limparmos as mesas de comes e bebes, até que só reste um grupo pequeno.

Charlotte, seus filhos e a cachorra deles. Kory e seu chuchuzinho. Regina, seus filhos e o cachorro *deles*. Opal. Junie e seu namorado, que vai para a Colorado School of Mines com ela. A mãe de Maisey.

As pessoas mais importantes, todas reunidas, comendo sanduíches que encomendamos antecipadamente.

Puxo Maisey para o meu colo quando ela tenta passar por mim.

— Oi — murmuro. — Dia bom?

Ela passa os braços em volta dos meus ombros e beija minha testa.

— O melhor. E o seu?

— Ainda não terminou.

— Não?

— Muita coisa mudando.

Ela suspira e, agora, em vez de beijar minha testa, pousa a dela contra a minha.

— Tem, sim.

— Acho que quero mais uma.

— Festa?

— Mudança.

Ela recua e franze a testa para mim, como se pudesse sentir o modo como meu coração acelerou e minhas veias estão vibrando.

— Que tipo de mudança?

— Do tipo bom.

As sobrancelhas dela se arqueiam.

— Tem mais mudança boa?

— Tem, se você se casar comigo.

A boca de Maisey forma um o perfeito.

Junie solta um gritinho.

— *Ele finalmente pediu* — cochicha ela para Vivian.

— Ai, meu Deus, isso é tão romântico! — responde Vivian, a voz aguda. — Diga que sim, srta. Maisey!

— Eu *não aprovei* esse pedido — diz a mãe de Maisey.

— Senta aí, vó — retruca Junie. — Eu aprovei.

Maisey ainda está me encarando, os olhos começando a lacrimejar.

— Está falando sério?

Levo a mão dela até minha boca e beijo o nó de seus dedos.

— No meu coração, você já é minha esposa. A mulher que completa minha alma. Quero tornar isso oficial. Compartilhar com o mundo. Celebrar. Amar você. Para sempre.

Ela me encara por mais um instante, e então o sorriso mais brilhante, maior, mais lindo ilumina seu rosto todo.

— *Siiiim!* — grita ela e, quando joga os braços ao meu redor, atacando-me na cadeira, caímos juntos para trás, aterrissando na terra empoeirada com um baque.

— Esse não é um início muito auspicioso — murmura a mãe de Maisey. — Mas suponho que se...

— Não comece, vó — diz Junie, enquanto Maisey espalha beijos por todo meu rosto. — Vai ser ele quem vai ajudar a mamãe a escolher seu asilo daqui a poucos anos.

Todo mundo cai na risada.

Charlotte e Regina nos ajudam a levantar da cadeira quebrada. Opal beija o rosto de Maisey.

— Eu soube que você era especial no minuto em que te vi e estou muito feliz em tê-la na minha família.

Junie me agarra num abraço.

— Ela aceitou! Estou tão orgulhosa de você. Olha só o quanto mudou.

Eu a abraço de volta.

— Obrigado por sua permissão.

— Eu não a concederia a mais ninguém. — Ela se volta para Maisey. — Estou tão feliz por você! E quero que saiba que só concordei porque ele disse que vai te levar para casar escondido num lugar tropical e vou poder ir junto.

Maisey solta uma risada.

— Tenho certeza de que essa foi sua única consideração.

— Vocês dois são tão fofos juntos. Estou tão feliz por você.

— Você é *incrível* — sussurra Maisey para a filha.

— Porque aprendi com a melhor — cochicha Junie de volta.

É.

Esta é a minha família.

Minha família inteira.

E valeu a espera por todos eles.

Nota da autora

Querido leitor,

Quando minha família e eu nos mudamos recentemente para nosso lar definitivo, depois que meu marido se aposentou da carreira militar, nossa casa veio com algumas surpresas inesperadas que inspiraram, cem por cento, a abertura deste livro. Então, esta obra sempre vai morar em meu coração.

Espero que você tenha se apaixonado por Maisey, Flint, Junie, Gingersnap, Earl e todos os moradores de Hell's Bells. Como mãe frequentemente sobrecarregada, tenho um ponto fraco por mães, pais, cuidadores e todos que se sacrificam para colocar as necessidades de outras pessoas antes das suas próprias.

Lembre-se sempre de que você importa. Você também merece tempo para respirar. E, se quiser mais amor por mães solo, espero que mergulhe no meu livro *The Hot Mess and the Heartthrob*, que é mais diversão escapista dedicada a todas nós que fazemos nosso melhor todos os dias, mesmo quando é difícil.

Boa leitura sempre e continue incrível.

Pippa

Agradecimentos

Um obrigada imenso a Maria Gomez, por correr outro risco comigo; a Lindsey Faber, por me fazer chorar do melhor jeito quando me assegurou que o primeiro manuscrito deste livro era muito mais do que uma pilha fumegante de cocô; e a Jessica Alvarez, por me inspirar a colocar minhas próprias experiências com a vida selvagem num livro.

Às minhas Pippaverse Lady Fireballs, obrigada por me ajudarem a nomear Wit's End, o rancho Almosta, Gingersnap e Helen Heifer. E obrigada por serem um lugar seguro para dizer coisas como: "Então, o título provisório do meu próximo livro é *O livro da vaca morta*".

A Jodi, Beth e Jess, obrigada por fazerem com que a #EquipePippa funcione tão tranquilamente nos bastidores. Digo isto em todo livro e falo sério: não poderia fazer o meu trabalho sem vocês.

Ao Pipsquad, vocês são uma fonte de luz e alegria, e sou muito grata por terem escolhido passar tempo em nossa pequena comunidade, incentivando umas às outras e fazendo todas rirem.

E para meu maridão e meus filhos, obrigada por me apoiarem nesta montanha-russa que é a carreira de escritora. Vocês sempre foram meus líderes de torcida número um, e o fato de estarem sempre ao meu lado significa para mim mais do que consigo colocar em palavras.

Sobre a autora

Antes de se tornar uma autora de comédia romântica best-seller do *USA Today* e da Amazon, ela era uma jovem esposa de militar que começou a escrever como uma forma de autoterapia. Isso aconteceu na época em que ela descobriu os romances, e os dois acabaram se fundindo em uma carreira. Hoje, ela tem mais de 30 títulos hilários publicados como Pippa Grant e nove publicados sob o nome de Jamie Farrell.